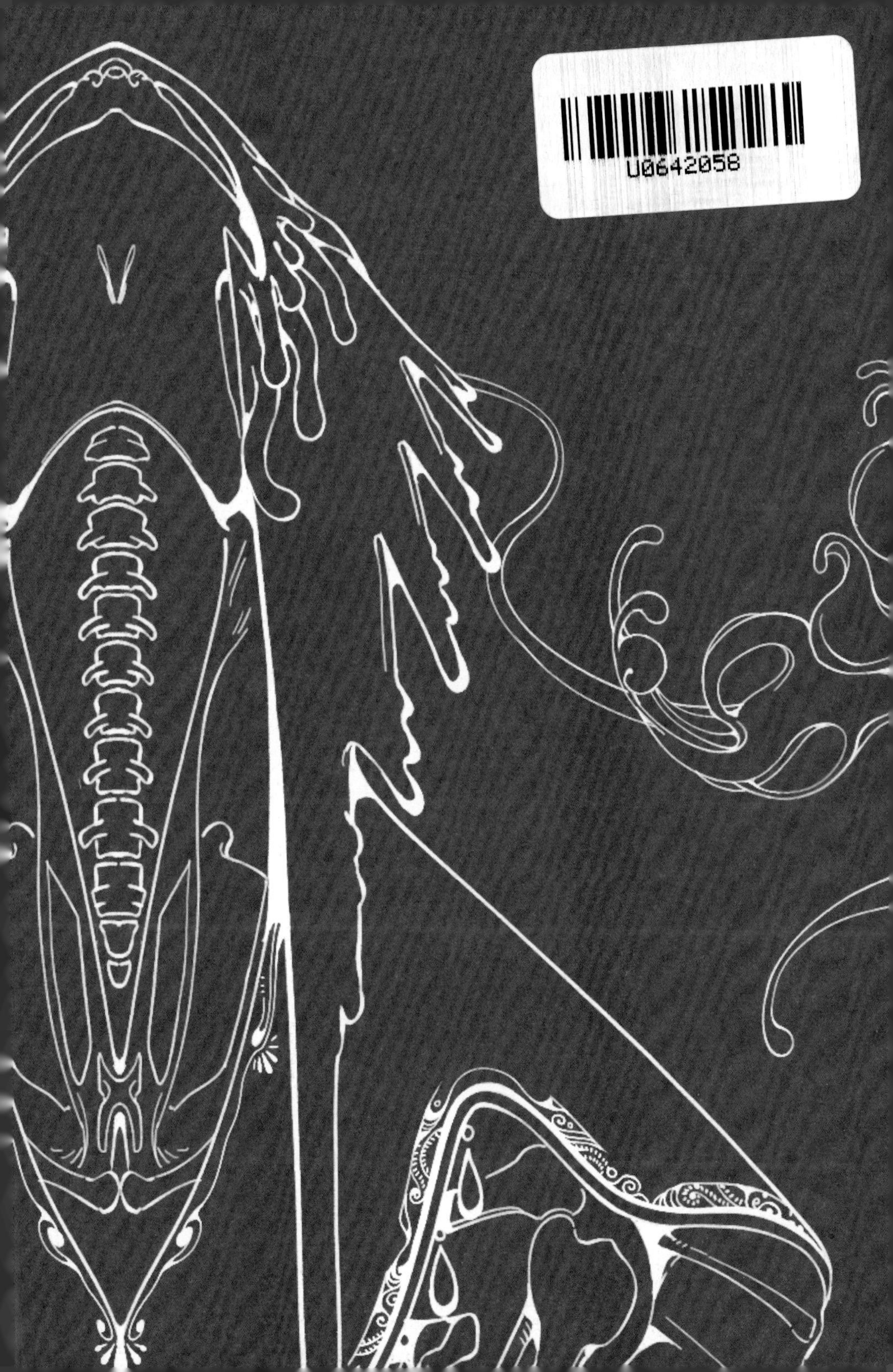
U0642058

CTHULHU
MYTHOS

CTHULHU
MYTHOS

克苏鲁神话

④

土墩

[美] H.P.洛夫克拉夫特 · 著
屈畅 / 赵琳 · 译

中国友谊出版公司

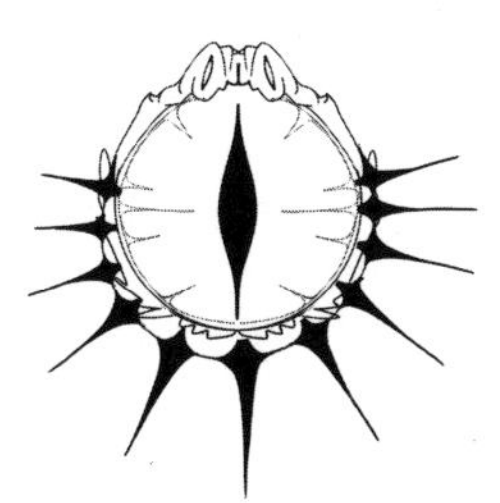

我永远不会再走进晦暗无序的古老山林，

再次面对灰色废土上倾塌的砖石旁那口黑洞洞的深井。

水库即将动工，古老的秘密将安全地埋藏在幽深的水底，

但即便到那时，我也不会在夜里造访阿卡姆的乡野——

至少当险恶的群星显现时不会——更不会喝下新水源的供水。一口也不会。

【目录】

土墩

（一）

近些年，大众终于不再把西部视为人类的新疆域。从前那种根深蒂固的边疆观，在我看来完全是从我们这支新晋文明的角度出发，经过当代研究者的深入探索，不断在平原和山脉底下揭示出史前文明的兴衰篇章，旧观念终究站不住脚。拥有两千五百年历史的普韦布洛人村庄已不足为奇，即便考古学家把墨西哥后佩德雷加尔文化提前到公元前18000年至公元前17000年，也不必为之错愕——谣传这片土地还有更古老的文明，远古人类与今已灭绝的物种共存，却只留下零碎的骨骸和器物，可见我们有多渺小呢？欧洲人比我们更能体会世界的沧海桑田与生命的长河积淀，数年前，一位英国作家便将亚利桑那州形容为“月光下的朦胧国度，自有其可爱之处，好一片苍凉、古老而孤僻的大地”。

但对西部令人震撼乃至惊骇的古老，我自认比任何欧洲人的感受都更深，原因要追溯到1928年。虽然我宁愿将当时的大部分经历归为幻觉，却抹不掉记忆里深邃可怕的印记。此事发生在俄克拉何马州，身为美洲印第安民族学家的我常去那边工作，接触过许多极其古怪、令人不安的事物——毫无疑问，俄克拉何马不只是拓荒者和开发商的前沿阵地，许多源远流长的部落保留着源远流长的记忆，每当手鼓无休止地回荡在忧郁的秋季原野，人们的精神也会被危险地引向只敢悄声提及的远古事物。我是东部的白人，但也能随意参加众蛇之父耶格的仪式，并每每为之不寒而栗。类似见闻累积下来，我称得上是“怪谈专家”了，然而 1928 年的经历实在没法让我一笑而过，无论如何都做不到。

我前往俄克拉何马州是为探究一桩在白人移民中流传并与印第安土著密切相关的鬼故事，自信满满地以为能查出其土著本源。其实，类似的怪谈在那个州西部的荒郊野外比比皆是，纵然从白人口中讲来有点平淡乏味，却明显关乎印第安神话中最富想象力也最为神秘的桥段，颇能引起学者的好奇。相关故事围绕着那些仿若出自人工的孤僻大土墩，且均涉及样貌和装束极奇特的幽灵。

最广为人知的老故事发生于 1892 年。当年，一位叫约翰·威利斯的治安官深入土墩区域追捕三个盗马贼，返回时异想天开地声称晚上有看不见的幽灵大军骑马在天空中交战，不仅能听到急促的马蹄声和脚步声、沉闷的击打声、金铁交击声、士兵模糊的呐喊声，还能听到人马的坠落声。战斗总是发生在月光下，每次持续一个小时，声音固然栩栩如生，但微弱得像是被风吹来一般，且看不见制造声音的军队。饶是如此，威利斯和他的坐骑仍吓得不轻。后来他得知那是一个移民和土著都刻意回避的、臭名昭著的闹鬼地点，许多人在那里见过或隐约见过空中的骑兵战，留下过各种模棱两可的描述。移民说幽灵战士是印第安人，却并非来自熟悉的部落，那些战士的服饰与武器过于奇特，甚至不好断言骑的是马。

然而印第安人不曾将幽灵视为同胞，只称作“那些人”“下面的人”或“古族”，对之深怀敬畏，向来不愿多谈。没有哪位民族学家能让故事的讲述者详述幽灵的形象，显然也没有谁真正瞧个清楚。一两则涉及相关现象的古老印第安箴言声称“古族有巨魂，人越老魂越大，比时间更老的魂堪比血肉。古族魂与肉相连，密切不分”。

当然，太阳底下无新事，在民族学家眼中，普韦布洛人和其他平原印第安人总在讲述富饶的隐秘都市和被埋葬的种族，以至数世纪前，虚无缥缈的奎维拉诱使科罗纳多进行了那场徒劳无功的探险。然而把我引来西俄克拉何马的是一桩独特而实在的本地故事，流传时间虽然不短，对外界来说大抵还很新鲜。这桩故事破天荒地明确描述了幽灵的样貌，其发生地——卡多县偏僻的班热镇——也很了不得，我早知那里与蛇神传说存在千丝万缕的可怕联系。

表面上看，我追寻的故事相当幼稚和简单，围绕着一座孤立的大土墩（亦可称为小山丘）展开，那土墩矗立在班热镇以西三分之一英里的平原上，有说是自然产物，也有说是史前部落建造的墓地或讲台。镇民们坚称那上头多年来会交替出现两个印第安幽灵：其一是个老人，他白天在土墩顶部来回踱步，风雨无阻，从黎明走到黄昏，其间只会间歇性地短暂消失；其二是个女人，她晚上代替老人出现，手握持续燃烧的蓝光火把，直至清晨。月色皎洁时，肉眼能清楚地看到女幽灵独特的体形，多数镇民认为她没有头。

镇民对两者出现的原因及相互关系看法不一。一种看法是老人并非幽灵，而是活生生的印第安部落民，他谋财害命，砍掉女人的脑袋埋在土墩某处。按照这种理论，他徘徊在土墩顶上是良心不安，被受害者晚上显形的灵魂给束缚住了。另一种看法更倾向于肯定幽灵的存在，认为两者均非活人，老人在遥远的过去杀了女人然后自杀。总之，自 1889 年圈地开拓威奇托部落的地盘以来，两种版本的故事——以及经过细微变动的其他版本——就在当地流传开去，据说故事中描述的“幽灵”现象竟延续至今，谁都能亲眼见证。试问有几个鬼故事能不加掩饰地让人公开检验呢？于是我在 1928 年晚夏搭上开往班热镇的火车，迫不及待想从那个远离人潮人海和无情的科学审查的偏僻小镇，揭露出隐藏的真相。火车沿单轨铁道深入越发荒凉的郊野，车厢抖得有些战战兢兢，但我埋头苦思奇妙的谜团，对此并不在意。

班热镇是木屋和店铺簇拥成的小镇，坐落于长年大风吹拂、红土飞扬的平原，镇民约有五百，邻近的保留地还有些印第安人。由于周边土地肥沃，石油热又未波及至此，该镇遂以务农为主。当火车在暮色中进站、撇下我喷着烟雾继续南行时，我竟因完全脱离日常生活和习惯事物而感到迷茫与不安。月台上满是好奇的闲人，当我询问介绍信指明的对象时，他们个个乐于带路，我便任他们领着沿一条平凡无奇的主街——街上的车辙积满了当地常见的红色砂岩土壤——来到将要接待我的那家门前。替我打点的人考虑得很周全，康普顿先生非常聪明又出任本地公职，与他同住的母亲被亲切地称为“康普顿奶奶”，乃第一代移民，对各类奇闻逸事和民间传说可谓信手拈来。

当晚，康普顿一家为我梳理了民间流传至今的所有传说，确证我此行调查的是令人困惑的重要现象。难怪班热镇民几乎把鬼故事当成现实，足足有两代人伴随孤立怪异的土墩与不曾安息的幽灵出生并长大，畏惧与回避是理所当然的。建镇四十年来，人们从未向那个方向拓垦，也只有少数胆大的家伙敢去探访。平安返回的人说近处见不着幽灵，总是单独出没的老人在他们靠近前就消失了，任凭他们攀爬陡峭的斜坡，登上土墩望而生畏的平顶，可那里除了大片乱糟糟的灌木什么也没有。对印第安“幽灵”可能的去向，他们莫衷一是，只能认为对方爬下斜坡、以某种障眼法逃进了空旷的平原。无论如何，仔细搜查土墩各处的灌木与长草并未发现入口，几位敏感的探访者自称感到某种隐形屏障，却无法给出确切描述，仿佛空气会在他们搜查的方向变得稠密一样。值得一提的是，这些胆大的尝试都是在白天进行的，世间没有任何力量能让人类——无论白人还是印第安人——入夜后前往那不祥的高地。说实话，就算阳光最明媚的日子，印第安人也不会接近它。

幽灵出没的土墩带给镇民的恐怖，主要并非出自上述平安返回、神智正常的探访者们的见闻，神秘现象的影响若仅限于此，民间传说就不会大肆渲染了。真正可怕的是许多探访者返回时奇特地身心受损，甚至一去不回。首桩案例发生于 1891 年，青年人希顿带着铁铲上去，试图挖出土墩隐藏的秘密。此前他从印第安人那里听到一些奇怪的故事，并对另一位青年一无所获的挖掘嗤之以鼻——他在镇内用望远镜全程旁观了挖掘之旅，发现守望的印第安老人是在那位青年靠近时从容不迫地钻进土墩的，顶上势必有暗门和阶梯，由于那位青年不曾留意印第安人消失的方式，走近后才不明所以。

希顿决心亲自解密。镇民们看着他斗志昂扬地清理远处土墩上的灌木，但随后他的身影慢慢消失了，一连好几个小时不曾露面，哪怕夜幕降临时，无头女的火把在高地上阴恻恻地燃起，他也没出现。入夜两小时后，他跌跌撞撞回到镇子，不但失去了铁铲和其他工具，还无法控制、前言不搭后语地号叫出许多疯话。他说起骇人的深渊与怪物，恐怖的雕刻和神像，匪夷所思的追捕者与怪诞的折磨，以及其他过于牵强、谁也没记住的荒唐事。“古老！古老！古老啊！”他一遍又一遍地念叨，“老天爷，他们比地球还古老，来自别的地方——不但知道你在想什么，你也知道他们在想什么——半人半鬼——越过界限——虚化显形——越来越弱，但我们最初都起源于他们——苏鲁的子孙——全是金子——半人形的畸形畜生——死而复生的奴隶——太疯狂了——*噫！莎布-尼古拉丝！*——那个白人——噢！我的上帝，他们对他做了什么！……”

希顿留在班热镇疯疯癫癫活了八年，最终死于癫痫发作，而他的不幸只是个开始，土墩上后来又发生了两起发疯案和八起失踪案。就在希顿发疯回归之际，便有三个胆大的亡命徒带上全套工具，包括铁铲和鹤嘴锄，结伴再闯那孤立的高地。远处观望的镇民发现探访者走近后印第安幽灵又消散了，一行三人爬到顶上搜索灌木丛，紧接着突然同时消失，且再未出现。有位镇民的望远镜特别好，他声称有些模糊不清的形影出现在倒霉的探访者身边，将其拖入土墩，但此说无法证实，因为显然没人愿意过去搜索。土墩就这样被弃置了若干年，直到大众淡忘了1891年事件，才有人敢重新尝试。1910年前后，一名并未经历此前恐怖事件的青年登上众人回避的高地，但一无所获。

到1915年，1891年事件的骇人与疯狂之处已逐渐褪色，它成了大众茶余饭后习以为常的鬼故事之一——至少白人是这般健忘，附近保留地里年长的印第安人仍旧疑虑重重。就着再度爆发的探索与冒险浪潮，许多胆大的探访者成功登上土墩并平安返回，但随后又有两个带着铁铲及其他工具的东部人——他们是某所小型大学的业余考古学者，正在印第安人中从事研究——一去不回。镇内没人关注他们的行动，随后派出的搜索队也从土墩空手而回，顺带一提，招待我的克莱德·康普顿就在搜索队里。

接下来是老劳顿上尉的个人探险，这位花白胡子的拓荒者曾在1889年协助开拓这片地区，虽没留下定居，却一直记挂着镇外的土墩及其神秘魅力。过上优渥的退休生活后，老上尉现在有空闲破解古老的谜题，而长期接触印第安神话使他产生了比单纯的镇民古怪得多的念头，为大规模挖掘做足了准备。1916年5月11日星期四的早晨，他在镇内和附近平原上二十多台望远镜的注视下登上土墩，但用剪枝机清除灌木时突然失踪，前一刻还在人们的视野内，下一刻就没了，而后一个多星期没半点消息——直至有人在某天午夜爬进镇子，引发持续至今的争论。

那人自称是——或曾经是——劳顿上尉，却比登上土墩的老人至少年轻四十岁，头发乌黑，那张被无可名状的恐惧扭曲的脸庞看不到半条皱纹，但确实令康普顿奶奶震惊地联想到1889年劳顿的模样……然而那人爬进镇子时双脚遭齐踝切断，断口愈合完美，完全不像一周多前或更短的时间内留下的伤势。他念叨着许多令人费解的话，不断重复"乔治·劳顿，乔治·E.劳顿"，仿佛生怕丢失自我——康普顿奶奶认为那些话与可怜的青年希顿1891年的胡言乱语大同小异。"蓝光！——蓝光！……"他一遍又一遍地念叨，"一直在下面，在所有活物出现之前——比恐龙更古老……一直都在，虽然衰弱了——但不会死——潜伏，潜伏，潜伏——同样的人，半人半气体——会走路和做事的尸体——噢，那些野兽，半人形的独角兽——黄金的房子和城市——古老，古老，古老啊，比时间更古老——来自群星——伟大的苏鲁——阿撒托斯——奈亚拉托提普……等待，等待……"

那人天没亮就死了。

政府当然进行了调查，残酷地盘问保留地的印第安人，却没能问出什么。印第安人三缄其口，唯有年过百岁、超脱凡俗恐惧的威奇托老酋长"灰鹰"屈尊道出几句忠告：

"别惹他们，白人，撞上他们没好事。他们都在这里，都在下面，那些古族。耶格，众蛇的大父，他在这里。耶格就是耶格。提拉瓦，人类的大父，他也在这里。提拉瓦就是提拉瓦。不老不死。

就像空气。活着，等待。他们出来过，生活并征战。搭泥土帐篷，带来金子，要多少有多少。又去别地，建造新居。我是他们。你是他们。接着大水来，一切都改变。不再出来，不让进去。进去就出不来。别惹他们，你们不懂坏巫术。红人知事体，抓不着。白人乱惹事，回不来。躲开小山丘，撞上没好事，务必听灰鹰一劝。”

倘若乔·诺顿和兰斯·惠洛克听从老酋长的劝告，或许能活到今天，可惜后来的发展正好相反。这两位饱学之士坚信唯物主义，一厢情愿地认定土墩内有印第安恶人的秘密基地——他俩以前登上过土墩，现在为给老劳顿上尉讨回公道，豪言不惜把它挖穿。克莱德·康普顿用棱镜双筒望远镜观望他俩在险恶的土墩脚下绕行，显然是要细致入微地勘察地形，然而几分钟后就消失了，同样再未出现。

土墩再次成为恐惧之源，只有参加大战的波澜才让传说得以降温。1916 年至 1919 年，没人敢去探访，若非从法国回来的年轻人天不怕地不怕，这种彻底的回避恐怕还将持续下去。1919 年到 1920 年，乳臭未干的退伍军人中兴起了探访土墩的风潮，随着他们一个个毫发无伤、满脸轻蔑地回来，这股风潮也变得越来越流行。人类真是好了伤疤忘了痛，到 1920 年，土墩的传说几成笑柄，被谋害的印第安女人的乏味故事卷土重来，取代了各种有案可查的可怕见闻，紧接着便有一对年轻鲁莽的兄弟——迟钝又缺乏想象力的克莱兄弟——决定上山挖出那个女人，还有老印第安人谋害她所要攫取的金子。

兄弟俩于 9 月的某天下午出发，每年那个时节，红土飞扬的平原都无休止地回荡着印第安手鼓声。没人盯着他俩，就连他俩的父母起初也不担心，数小时后方才警觉起来，召集起搜索队，却无法避免此事沦为又一桩匪夷所思的悬案。

克莱兄弟最终回来了一个，也就是哥哥艾德，但他稻草色的头发与胡须从根部算起足有两寸变得花白，前额也留下一个奇怪的疤，活像烙上去的象形文字。此时距他和弟弟沃克失踪已有三个月，他在夜色掩护下偷偷回家，全身上下只裹了一条花纹古怪的毯子，而他换上衣服后立刻把毯子扔进火堆。他告诉父母，他和弟弟被西边一个奇特的印第安部落——不是威奇托人也不是卡多人——捕获，沃克死于酷刑折磨，他付出沉重代价后逃脱。那段经历非常可怕，他暂时不想多谈，现在需要休息。他让父母无论如何不要报警，也用不着搜寻和报复那帮印第安人，反正都是徒劳无功——事实上，为班热镇乃至全世界着想，尤其不该去招惹他们隐藏的巢穴，不能把他们与寻常印第安人混为一谈……说到这里，艾德再次声明自己需要休息，日后再做解释。踏着摇晃的阶梯、上楼回房睡觉之前，他再次告诫父母别惊扰全镇老小，又从起居室的桌上拿了铅笔和便笺，从父亲的书桌抽屉里顺走一把自动手枪。

三小时后楼上传来枪响，艾德·克莱左手紧攥手枪，干净利落地把子弹送入天庭，并在床边的破旧木桌上留下一张写得稀稀拉拉的便笺。从削得只剩一小截的铅笔和壁炉里的大量纸灰判断，他原本写了很多，但最终决定只留下模糊的暗示——一份怪异的反手书写，潦草而疯狂的警告，就像精神错乱者口吐的妄语，对向来迟钝又讲求实际的艾德来说，个中文字实在出格：

看在老天爷分上千万不要走近那土墩它是古老邪恶不可言说的世界的一部分我和沃克走近就被抓了进去那东西时而弥散时而显形外界对他们的能耐毫无办法——他们随心所欲永远年轻活着分不清是人是鬼——他们的作为无法描述而这仅仅是一个入口——无法形容整体有多大——见过这些我不想再活下去法国的经历根本不值一提——让大家远离那地方噢上帝啊如果他们看见可怜的沃克最后变成什么样一定会的。

你们真挚的

艾德·克莱

尸检发现，年轻的艾德·克莱的内脏器官全都左右颠倒，活像整个人内部翻转了一遍。没人知道他是否生来如此，直到后来军方记录证明他于 1919 年 5 月退伍时完全正常。到底是法医搞错了，还是他委实发生了史无前例的变异？这问题和他额上象形文字状伤疤的来源一样，始终没有答案。

对土墩的探访到此为止，整整八年，人们避而远之，甚至不大敢拿望远镜观望。大家只是偶尔会紧张地瞥向兀自耸立在西方平原的孤立高地，并为它顶上白天逡巡的小小黑影、夜晚飘摇闪烁的鬼火战栗不已。全镇人民接受了现实，心照不宣地选择回避——说到底，回避它不难，反正四面八方有的是开拓空间，社会生活又讲究循规蹈矩，到头来只有朝向土墩那一边没有开发，仿若有河流、沼泽或沙漠作梗。

谋财害命的印第安幽灵及被谋害的女人的平淡故事很快卷土重来，取代了让孩童和陌生人远离土墩的真切警示，可谓对人类这种动物的迟钝和缺乏想象力做了个奇特的注脚。唯有保留地的部落民和康普顿奶奶这种多思多虑的老前辈，记得那不洁之地的恐怖，记得那些精神崩溃或身体变异的探访者带回人世的胡言乱语及其深层蕴含的宇宙恶意。

克莱德讲完时夜色已深，康普顿奶奶早就上楼歇息了。虽然我对破解恐怖的谜团全无头绪，却本能地遵循理性唯物主义，对任何与之抵触的说法抱以怀疑。众多的土墩探访者到底受到何等影响，以致癫狂发疯或慌乱逃亡呢？无论如何，与其说过去的案例令我望而生畏，不如说我反倒受到鞭策，相信只要头脑清醒、意志坚强，定能查个水落石出。克莱德看出我的决心后担忧得直摇头，随即示意我随他出门走走。

我俩离开木屋，走进安静的侧街或小巷，在 8 月渐亏的月色下走了一段，来到房屋稀疏的地段。半弦月垂得很低，并未掩盖太多星星，当我顺着康普顿指的方向望去，越过辽阔无垠的天与地，不仅看见了西边璀璨的牛郎星和织女星，也能欣赏到银河的神秘辉光。我突然发现地平线附近有个蓝色光点不是星星，它在银河映衬下闪烁移动，随即一切真相大白——光点位于镇外微光照亮的平原，某个遥远的高地顶上。我意在求证地转向康普顿。

“是的，”他承认，“那就是土墩上的蓝色鬼火。从过去到现在，我们每晚都能看见，而今没有任何人会越过平原走近它。没好事啊，年轻人，你要是聪明就放弃吧，到此为止。孩子，在附近另寻一些印第安传说去研究——老天知道，附近的传说够你忙活了！”

（二）

我无意接受克莱德的忠告。尽管他为我提供了舒适的客房，但我只要想到次日早上就能见证白天出没的幽灵，并就相关情况询问保留地的印第安人，便兴奋得合不上眼。我打算循序渐进地摸清这件案子，开展实地考察之前，先详细走访调研白人和印第安人。于是我一大早就起床更衣，听到其他人的响动后即刻下楼。克莱德在厨房生火，他母亲在食品储藏室忙碌。他看见我便点头致意，不一会儿又邀我去初升的绚烂朝阳下散步——我心知肚明他要带我去哪里，沿小巷前进时只管眯眼看向西边的平原。

土墩就在那里，离得虽远，但它如人造物般规整的轮廓非常独特。它的高度在三十至四十英尺之间，从北到南超过一百码，克莱德说自西向东没这么宽，整体呈细瘦的椭圆——我知道他曾多次抵达土墩并全身而退。我打量着深蓝色的西方天幕勾勒出的土墩轮廓，着力寻找其中细微的突兀之处，很快感到有什么东西在它顶上移动。按捺不住激动心情的我迅速接过克莱德默默递来的高倍望远镜，仓促对焦后，最初几眼只见到远处土墩边沿的大丛灌木，接着有个家伙大摇大摆进入视野。

那无疑是个人影，我立刻意识到自己看见了白天出没的“印第安幽灵”。镇民们描述得没错，那家伙高高瘦瘦，身披暗色袍子，黑发扎有头带，古铜色的、鹰隼般的面孔满是皱纹，但毫无表情——以过往经验判断，那的确是个印第安人，但从民族学家的常识出发，我当即认定对方不属于史料记载的任何印第安族群，而是戏剧性的种族变异和独树一帜的文化源流的产物。现代印第安人多为短颅（俗称的圆脑袋），只有在两千五百年前甚至更早的普韦布洛沉积中才能找到长颅（俗称的长脑袋）的范例，那家伙的长脑袋太明显，就算离这么远、望远镜又视野受限，我也不可能看错。我还看出“幽灵”袍子上的花纹与我们熟知的西南部土著艺术截然不同，那家伙身上装饰着闪闪发光的金属饰品，身侧挂了把类似短剑的武器，这些东西的风格亦是我前所未见。

我用望远镜长久地观察“幽灵”在土墩顶部大步来回，琢磨其行动特征和昂头的姿势，不由得产生了一个挥之不去的强烈印象，即无论“幽灵”的身份和来历，其绝非不开化的蛮夷。我本能地意识到对方来自文明社会，却想不出是什么文明。许久之后，“幽灵”在土墩外侧消失，似乎走下了从镇子这边看不见的远端斜坡，我这才怀着百感交集的古怪心绪放低望远镜。克莱德疑惑地盯着我，我不置可否地点头回应。“你怎么看？”他忍不住问，“这就是我们每天在班热镇看见的景象。”

中午，我在印第安保留地见到老灰鹰——他竟奇迹般地活着，想必快一百五十岁了。他是个令人印象深刻的怪客，亦是坚定无畏的部落首领，从穿戴穗鹿皮裤的歹徒与商贩，到穿齐膝短裤、头戴三角帽的法国军官，他都打过交道。由于我态度恭敬，他似乎很喜欢我，但了解来意后，这份欣赏反倒成为阻碍——老酋长一心一意地警告我放弃调查。

“好小伙，你要躲开那座山。坏巫术。许多恶魔在下面，一挖就来抓你。不挖，没事。去挖，回不来。俺小时候是这样，俺爹和俺祖爹小时候也这样。他一直白天活动，无头女晚上活动。很久很久以前，比灰鹰的年纪早三四倍，比法国佬早两倍的时候，穿锡铁衣服的白人从大河下游与日落之地过来，之后就一直这样。比那时候更早，也没人靠近小山丘和有石洞的深谷。再早一些，古族不躲藏，出来造村庄。带来很多金子。我是他们。你是他们。接着大水来，一切都改变。不再出来，不让进去。进去就出不来。他们不会死，也不像俺灰鹰会变老，脸不长深谷，头顶不积雪。他们像空气，半人半鬼。坏巫术。有的晚上幽灵骑着长角的半人马出来，在过去的战场打仗。别惹他们，撞上没好事。好小伙，你走开，别惹那些古族。”

我从老酋长口中只得到这点消息，其他印第安人根本不肯开口。若说我为此烦恼，灰鹰的烦恼程度无疑犹有过之，他似乎非常不想看到我前去探究他如此惧怕的区域。我准备离开保留地时，他叫住我做最后的仪式性告别，并再次督促我放弃调查。当他意识到一切都无济于事，便有些羞怯地从随身的鹿皮包中取出一件东西，郑重其事地递给我。那是一枚陈旧但做工精良的金属碟片，直径约两英寸，上面有奇怪的图案纹路，穿孔后吊在皮绳上。

“你不答应，俺灰鹰也说不准什么会来抓你。假如能帮上忙，就是这块好巫术。俺爹传的，俺祖爹传的，俺祖爹的爹传的，一直传到人类的大父提拉瓦。俺爹说‘你要躲开古族，躲开小山丘和有石洞的深谷，若古族出来抓你，就给他们看这块巫术。他们认识。他们很久以前制作了它。他们看见了，或许不会施展坏巫术。’俺说不准，但你必须躲开，撞上他们没好事。谁也说不准。”

灰鹰边说边把碟片挂到我脖子上。碟片从近观之的确非常古怪，我越看越着迷，它用某种全然陌生的，沉重、暗淡、斑驳又带有光泽的金属制成，残存的图案显露出不可思议的独特艺术手法。就能看清的部分判断，我认为碟片的一面描绘了一条无比精致的蛇，另一面是章鱼或某种触手怪。碟片上还有些磨损的象形文字，但恐怕没有哪位考古学家能识别，甚至难以归类。后来我得到灰鹰允许，邀请历史学界、人类学界、地质学界和化学界的多位资深专家前来仔细检验，结果一无所获，根本无从下手。化学界声称它属于高原子量的未知合金，而一位地质学家则提出该种合金或许来自不明的宇宙深空飞来的陨石。这东西是否拯救过我的性命、理智乃至作为人类的存在，我不敢妄下结论，但灰鹰对此深信不疑。现在他拿回了它，我不禁怀疑它与他反常的高寿有关。大凡拥有这枚碟片的先祖都远远活过一百岁，死因总是战争，若无意外发生，莫非灰鹰能长生不死吗？抱歉，我跑题了。

我回到镇上继续搜集土墩的情报，得到的却是街头巷尾兴奋的闲话和反对意见。镇民如此在乎我的安危让我有点受宠若惊，但我顽固地谢绝了他们近乎狂热的劝阻。对于我出示的护身符，虽然没人见过或听过，甚至不清楚类似物品的存在，但他们一致认为这不可能是印第安人的遗物，老酋长的先祖肯定是从商人那里换来的。

班热镇民察觉到事情无可挽回，只好惋惜地替我打点行装。由于我临行前对工作已有通盘考量，随身旅行包妥帖地装满了工具——清理灌木和挖掘土壤会用到的大砍刀与双刃短刀，地下探索会用到的手电筒，还有绳索、双筒望远镜、卷尺、显微镜及应付紧急情况的各种零碎物件——在镇上便只接受了警长硬塞来的一把沉甸甸的左轮手枪，以及称手的铁铲和鹤嘴锄。

我很快发现指望不上谁来帮忙搬运或协助探险，只能把新装备用结实的绳子拴好，挂在肩头。镇民们无疑会取出五花八门的望远镜远远关注我的行动，但绝不会接近平原上孤立的高地，一码也不行。我定在次日拂晓出发，那天余下的时间享受了人们对一个坦然迎接厄运的家伙惴惴不安又满含敬畏的款待。

那是个多云但并不阴暗的早晨，日出时分全镇人民都出来目送我踏上尘土飞扬的平原。望远镜中的孤独“幽灵”又在土墩顶上来回踱步，我决定一路上尽可能让那家伙保持在视野内。出发前的最后一刻，我突然生出说不清道不明的恐惧，软弱与妄想促使我从衣服底下掏出灰鹰的护身符，悬挂在胸前最显眼的位置，活像是对可能出现的生物或“幽灵”的示威。我向康普顿母子正式道别，迈开轻快的步子启程前进，左手拎着旅行包，背挂叮当作响的铁铲和鹤嘴锄，时而用右手的望远镜瞥那个沉默的踱步“幽灵”。我越接近土墩，就看得越清楚，那家伙皱纹丛生、没有胡须的脸孔似乎露出了无比邪恶与堕落的表情，更让我错愕的是，对方金光闪闪的武器套上刻有一些象形文字，与我佩戴的无名护身符上那些非常相似。我正感叹“幽灵”的装备和服饰做工精湛、品位优雅时，对方却突然走下土墩远端，消失在视野之中，等我抵达目的地——我差不多走了十分钟——那里已然空空如也。

对土墩的初步调查不必赘述，无非是绕行勘测、丈量尺寸，又退开从不同角度审视地貌。我前行途中就对过于规整的土墩轮廓留下了深刻印象，觉得它仿佛包藏恶意，而作为周边辽阔的平原上唯一的高地，我相信它是人造坟冢。由于陡峭的斜坡毫无缺损，既没有人类活动或行走的痕迹，也找不到向上的路，身负重物的我花了好大工夫才爬上去。土墩顶上是约三百英尺长、五十英尺宽的椭圆形地盘，虽然勉强还算平整，但野草茂盛、灌木浓密，完全看不出有人曾在此长年踱步。这个发现令我大吃一惊，它无可辩驳地证明尽管所谓的“老印第安人”看起来栩栩如生，却不过是群体性幻觉。

我深感疑虑地环顾四周，又回头希冀地瞥向镇子和镇上的大批黑点。那些黑点自是围观群众，当我把望远镜对准他们时，发现他们也正热切把望远镜对准我。为了安抚他们，我违心地在空中挥舞帽子，虽然并没有半点欢呼雀跃的激情。接下来我正式开工，放下铁铲、鹤嘴锄和旅行包，从包中取出大砍刀清理灌木。这是件乏味的工作，不时还能感到反常的怪风在刻意拖我后腿，教我莫名地打激灵。那股半隐形的力量甚至会把我往后推，不让我继续下去——就像前方空气突然变得稠密或看不见的手在拉扯手腕一样。我感觉辛苦与收获不成正比，但好歹还算取得了一定进展。

下午，我明确注意到高地北侧尽头有片根系纠缠、微微下陷的碗状洼地。不管有无实际价值，那都是个不错的挖掘点，我在心里默记下来。我还注意到一件奇事，简言之，我胸前晃荡的印第安护身符会在上述洼地东南约十七英尺的位置出现古怪的反应。每当我在那附近弯腰，护身符都会突然改变摆动轨迹，活像受到土壤里的磁场吸引一般向下扯动。我越是在意，就越感到非同小可，最终决定立刻在那个位置展开初步挖掘。

我用双刃短刀翻开地面，不禁讶异于红土层如此之薄——红色砂岩土是周边特色，但在那个位置挖下去不到一英尺就神奇地见到了肥沃的黑土。类似的黑土多见于西边和南边某些怪异的深谷，如此看来，它们铁定是在堆砌土墩的史前纪元被大费周章运来的。我跪下去继续挖，感到脖子上的皮绳拽得越来越紧，土壤中似乎真有什么东西吸引着沉重的金属护身符。接着短刀碰到硬物，我起初以为是坚实的岩层，反复探查后却找到一只泥土包裹的金属圆筒，长度约一英尺、直径四英寸。这个完全意外的发现不但激起了我强烈的兴趣，还牢牢粘住了我的护身符，两者就像胶水粘贴一样不离不分。当我清理掉圆筒外表的黑土、看到那上面雕刻的浅浮雕时，内心的讶异、紧张和兴奋更是不住攀升——整只圆筒，从首尾到侧面都刻满图案和象形文字，它显然与老灰鹰给我的护身符，以及望远镜中“幽灵”的黄色金属配饰一脉相承。

我坐下来，用灯笼裤粗糙的灯芯绒料子继续擦拭这只带磁性的圆筒。它是用与护身符同样沉重且带光泽的未知金属制成，所以才能彼此相吸，而它表面的雕刻和镂刻委实可怕又古怪，一等一的抛光与做工塑造出无可名状的怪物和阴森邪恶的画面。我起初无法分辨圆筒的首尾，幸而在漫无目的的把玩中见到某端有一道裂缝，这下我又急切地想打开它，最后发现直接拧开即可。

拧盖子颇费工夫，拧开后古怪的香气扑面而来。圆筒内只有一大卷类似泛黄纸张的东西，上面写有绿色的文字，但我的激动之情霎时无以言表——我相信自己找到了通往未知的上古世界、超越时间深壑的文字钥匙。刚打开一点，我就意识到这是用数百年前正式而浮夸的西班牙文写成的手稿。就着夕阳的金色光辉，我看回标题和起始段落，尝试解读无疑早已离世的作者留下的句读糟糕的难懂文句。这到底是一份怎样的遗物？我无意中发现了什么？最开始的几句话便让我燃起全新的兴奋与好奇，它们不但没岔开原本的调查课题，反倒出乎意料地证明我大半天的辛苦挖掘是价值连城的。

这份绿色笔迹写就的泛黄纸卷以典型的粗体文字作标题，开篇便郑重而绝望地恳请读者相信后文不可思议的揭示：

阿斯图里亚斯公国卢阿尔卡之潘菲罗·德·扎马科纳－努

涅斯绅士关于地下世界峒焱的叙述，公元 1545 年

以神圣的三位一体圣父、圣子、圣灵之名，真神上帝与圣母玛利亚做证，我，潘菲罗·德·扎马科纳，德·佩德罗·古兹曼－扎马科纳绅士与阿斯图里亚斯公国卢阿尔卡的叶妮斯·阿尔瓦拉多－努涅斯之子在此起誓，所言一切皆如圣礼真实无虚。

我停下来思索其中暗含的不祥意味。“阿斯图里亚斯公国卢阿尔卡之潘菲罗·德·扎马科纳-努涅斯绅士关于地下世界峒焱的叙述，公元 1545 年”……文稿标题就让人一时难以消化。周边地区的印第安传说，以及从土墩平安返回的人津津乐道的故事固然有类似“地下世界”的概念，但 1545 年是什么意思呢？ 1540 年，著名的科罗纳多探险队从墨西哥北上深入荒野，但不是 1542 年就返回了吗？我带着疑问沿起始段落往下看，不出所料很快找到了“弗朗西斯科·巴斯克斯·德·科罗纳多”的名字。文稿作者想必是科罗纳多的手下，但队伍都回去三年了，他还留在荒郊野外干吗？答案显然在后文之中，匆忙的扫视揭示出文稿最初部分不过是科罗纳多北上征程的概要，与历史记载大同小异。

阻止我继续阅读的只有一个原因，便是逐渐变暗的光线。急躁与困惑使我几乎忽略了黑夜正迅速降临这不洁之地，幸好聚在镇子边缘的人群并没忘却潜伏于此的恐怖，远远发出焦急的呐喊。于是我把手稿塞回怪异的圆筒，用力掰开脖子上仍旧死粘着它的碟片，收拾好其他工具，只留下铁铲和鹤嘴锄方便明天的挖掘。我拎起旅行包，跌跌撞撞爬下陡峭的斜坡，花了十五分钟走回镇上，向大家解释和展示奇妙的发现。就着渐浓的夜色，我回头望向刚离开的土墩，不寒而栗地发现夜间出没的女鬼已拿着闪烁的淡蓝色火把现身了。

释读离世的西班牙人留下的整篇手稿是项大工程，安静和放松的环境必不可少，无奈之下我只能深夜加班。我对镇民们承诺明早详细介绍其中内容，又让他们尽情查看了那只怪异而独特的圆筒，然后便随克莱德·康普顿回家，并几乎是立刻上楼回到客房着手翻译。康普顿母子很想听我讲故事，但我认为他们最好先等我消化完文稿，才能讲得简明和准确。

我在房间里唯一的电灯下打开旅行包，再次取出圆筒，也再次注意到印第安护身符当即被圆筒布满雕刻的外壳吸了过去。雕刻图案在富于光泽的未知金属表面邪恶地闪耀，看到那些做工如此精致却又如此亵渎神圣的怪物睨视着我，我不由得浑身发抖。事到如今，我非常懊悔没把圆筒一五一十拍摄下来，却又为此额手称庆——最庆幸的一点是，当初我并不认识在圆筒上绝大多数华丽装饰中占据主宰地位、蹲伏着的章鱼头怪物，手稿称其为“苏鲁”，而我直到最近才把它及手稿内文里的相关传说，与新近了解的民间故事中不可提及的恐怖存在克苏鲁联系起来。据说它从群星渗透降临到尚未成型的年轻地球，若我知道这点，绝不可能安心地与圆筒待在同一房间。图案中的次要形象是一条半人形的蛇，我相当确信它是耶格、奎兹特克或库库尔坎的原型。拧开圆筒前，我曾用灰鹰的碟片之外的其他金属做测试，但统统没有反应，也就是说，未知世界的病态产品中普遍存在并让它们同类相吸的磁性是独一无二的。

最后，我取出手稿开始翻译，用英语草草写下内容梗概，不时为遇到特别晦涩、陈旧的词语和句式而后悔没带西班牙语词典。漫长的翻译仿佛把我抛坠到近四个世纪以前，带来难言的古怪感受——想当初我高贵的祖先还在亨利八世治下守着萨默塞特郡和德文郡的产业，从未动过前往新世界冒险、在弗吉尼亚留下血脉的念头，新世界却始终如一地孕育着土墩的阴森谜团，而同一个谜团现下占据了我的全副心思与整个视野。随着我越发本能地察觉到自己与手稿的西班牙作者所面对的问题超越了悠远时空、来自亵渎与怪诞的永恒，那种抛坠感也越发强烈，短短四百年时光仿佛只是沧海一粟。只消瞥一眼险恶可怖的圆筒，就能感受到地球上的全人类与圆筒代表的神秘远古之间，横亘着深不见底的巨大鸿沟——潘非罗·德·扎马科纳与我并肩站在鸿沟边沿，亚里士多德和基奥普斯也与我同在。

（三）

扎马科纳并未过多着墨他在比斯开湾的平静小港卢阿尔卡度过的青葱岁月，他天性开放又非家中长子，年仅二十岁就来到新西班牙闯荡，那年是 1532 年。他敏感的想象力痴迷于所谓北方的富饶都市和未知世界，各种浮夸传言又以 1539 年方济会修士马科斯·德·那茨带回的故事为最，那茨绘声绘色地描述了神奇的锡伯拉有一座座高墙围绕的城镇，城内的石头房子沿梯台分布。年轻的扎马科纳渴望见证那份奇观——以及据说更遥远的水牛之地上更大的奇观——便想方设法加入了科罗纳多精选的三百名探险者，于 1540 年前往北方。

历史记载了探险经过——锡伯拉如何被证明不过是普韦布洛部落之一的祖尼人的肮脏村落；那茨如何因刻意造谣而被耻辱地赶回墨西哥；科罗纳多如何第一次见到大峡谷，他又如何在佩科斯河畔的锡苏耶听一个叫“突厥佬”的印第安人说起遥远的东北方有片富得流油的神秘土地，名为奎维拉，那里有的是金子、银子和水牛，还有一条两里格宽的大河。扎马科纳随后简要叙述了队伍在佩科斯河谷地带的提古克斯扎下冬营，直到来年 4 月再度北上，却没料到土著向导故意使坏，带着大家在遍布土拨鼠、盐沼和以捕猎野牛为生的流浪部落的平原上转悠。

后来科罗纳多解散大部队，挑出一支小分队进行了最后四十二天的探险，扎马科纳设法挤入了这支分队。他描述了肥沃的原野和树木遮掩的深谷——那些谷地只有站在陡峭的悬崖边缘才看得见——还说所有人全靠野牛肉才支撑下去。队伍到达的最西边便是声名在外的奎维拉，但那里让人失望，那里有茅草房组成的村落，有小溪和大河，有上佳的黑土，有李子、坚果、葡萄与桑葚，还有吃玉米用铜器的印第安原住民……但对西班牙人毫无价值。手稿轻描淡写地提及心怀叵测的向导“突厥佬”被处决，科罗纳多于1541年秋在大河边立起十字架，架上刻着“伟大统帅弗朗西斯科·巴斯克斯·德·科罗纳多远征至此”。

所谓的奎维拉位于北纬四十度附近，我注意到纽约考古学家霍奇博士不久前将其定位在堪萨斯州境内，阿肯色河流经巴顿县和赖斯县的地方。那片区域本是威奇托人的老家——他们后来才被苏族驱赶到南方的俄克拉何马——考古学家在那里发现过许多茅草房村落的遗址，也挖掘到许多遗物。科罗纳多当年亦曾反复探索，因为四处都有印第安人敬畏地提及的富饶都市和隐秘世界的故事，这些北方土著似乎比墨西哥的红种同胞更为惧怕和回避传说中的都市和世界，同时私下流露的种种迹象又表明，若他们乐意或敢于开口，所了解的情况远比后者丰富。然而他们的语焉不详终究激怒了西班牙首领，多次徒劳无功的探索令科罗纳多对故事越发严苛，相比之下，扎马科纳更有耐心也更擅于钻营，他学会了一些当地语言，足以与印第安小伙子“冲牛”长谈——好奇心曾指引后者深入族人不敢涉足的古怪地点。

“冲牛”对扎马科纳坦白，探险队北上经过的某些林木茂盛、陡峭险峻的深谷，其底部的灌木丛中能找到怪异的石门、通道或洞穴，自古以来很少有人进去，一旦深入就会没命——哪怕侥幸出来，不是发疯就是奇怪地残废了。当然这些都是传说，从最年长的老人的祖父辈的记忆算起，没有谁真的深入过，“冲牛”本人恐怕走得最远，他见到的一切完全满足了他的好奇，也足以打消他对传闻中地下黄金的贪欲。

他进入的是一条剧烈起伏、迂回盘绕的通道，墙上雕着没人见过的可怕怪物和恐怖场景。无穷无尽的曲折下行之后，前方出现一团骇人的蓝光，接着便豁然开朗，来到无比震撼的地下世界。印第安小伙子不愿多谈那个世界——亲眼看到的某些东西吓得他当即仓皇逃命——但他认为黄金城就在地下，或许拿雷电魔法棒的白人找得到。他不敢禀告科罗纳多大首领，因为大首领已不相信印第安人的故事，但扎马科纳若肯脱队单独行动，他倒乐意带路，只除开一条：白人得自己下去，里面有不好的东西。

那地方大概要往南走五天，就在大土墩矗立的区域附近。其实土墩与险恶的地下世界亦有关联，或是被封闭的远古入口。地底的古族曾在地表建立殖民地，与各地有贸易往来，包括如今沉没于波涛之下的大陆——也正是那些大陆沉没时，古族开始把自己封闭在地底，拒绝与地表来往。沉没大陆的流亡者告诉他们，外界的神灵与人类作对，要想在地表生存，就得成为供邪神使唤的奴仆。古族因此才排斥地表居民，残酷地惩罚任何胆敢踏入他们地底栖息地的人。他们曾安排哨兵把守地下世界的各个入口，但随着世代交替，这样的安排已无必要，没有多少人类记得隐匿的古族，若非偶有一两件昭示他们存在的怪事发生，相关传说早已销声匿迹。那些怪事是岁月无穷累积的奇妙副作用，地底种族正被推向幽灵的边缘，时常生动地投射出鬼魅形影——土墩矗立的区域夜间常见的幽灵战斗，实际上反映了通道尚未封闭时古族进行过的战斗。

如今的古族不再衰老也不再生育，永远停留在介于肉身与幽灵之间的半灵体状态。由于转变并不完全，他们仍需呼吸，深谷里的入口没像平原上的土墩一样堵死，为的就是供应空气。“冲牛”还补充说，通道很可能是以天然裂缝为基础开凿的，据说古族在地球非常年轻时便自群星降临，当时的地表尚不宜居，所以才进入地底建造黄金城。虽然他们是全人类的先祖，却无从想象他们最初来自哪颗星球或星球之外的什么地方；虽然他们的隐匿都市遍地黄金白银，但若无强大的魔法保护，人类最好不要接近。

他们骑乘及使唤的可怕牲畜混有一丝人类血统，根据某些暗示，那种牲畜不但和主人一样吃肉，还特别爱吃人肉——为喂养它们也为喂养自己，并不繁衍后代的古族才培育半人类的奴隶阶层。奴隶的来源非常古怪，并由复活的尸体构成的下等奴隶予以辅助，古族知道如何近乎永久地驱动尸体，通过意念指示它们完成各种工作。“冲牛”说古族经过漫长的探索与实践几乎摈弃了粗鲁、累赘的语言，而今除开宗教仪式或表达强烈情绪，通常只用意念交流。他们崇拜众蛇的大父耶格，还有把他们从群星带到地球的章鱼头怪物苏鲁，会以非常怪异的方式向这两个魔头献上人祭，个中细节“冲牛”无论如何也不肯描述。

扎马科纳完全被印第安人的故事迷住了，立刻决定让对方带路，前去深谷中的神秘入口。虽然他并不相信传说的隐藏种族的种种奇怪风俗——探险队的经历已足以打消他对土著神话中未知土地的幻想了——却真切预感到带有雕刻的诡异通道连接着充满财富与冒险的神奇国度。他起初还试图说服“冲牛”把故事告诉科罗纳多，并承诺在多疑而暴躁的首领那里庇护“冲牛”，转念一想又认定单独探险更合适，没有帮手就无须分享成果，可独占伟大的发现并发财致富。胜利足以让他凌驾于科罗纳多乃至新西班牙的任何大人物之上，连权势熏天的唐·安东尼奥·德·门多萨总督也将黯然失色。

1541 年 10 月 7 日，差一个钟头到午夜时，扎马科纳偷偷溜出茅草房村落边的西班牙营地，与“冲牛”会合后长途南下。他尽量轻装简行，放弃了笨重的头盔与胸甲。手稿对旅途一笔带过，只说他于 10 月 13 日抵达那条深谷，爬下林木茂盛的斜坡不算麻烦，倒是印第安人在光线昏暗的谷底重新寻找灌木掩盖的石门折腾了一番——最后找到的入口的确狭小，高不过七英尺、宽不过四英尺，以整块砂岩做门柱和门楣，砂岩上的雕刻几乎都风化了，无从解读。门柱上还有几个钻孔，多半安装过带铰链的门扉，可惜别的线索全都付之阙如。

“冲牛”非常惧怕黑漆漆的入口，见到它便忙不迭地扔下装满树脂火把和给养的背包。他说到做到，诚实地履行了向导的职责，但说什么也不肯下去探险。扎马科纳给了他一些不值钱的小饰品做报答，并要他承诺一个月后来附近会合，届时再领路去南方佩科斯河谷的村落。他俩选中的会合点是深谷上方的平原里一块醒目的岩石，谁先到就扎营等待。

印第安人到底在会合点等了多久？终究未能赴会的扎马科纳在

手稿中颇为好奇。“冲牛”在他进入黑暗通道前的最后一刻试图说服他打消念头，旋即发现是白费工夫，便庄重地挥手道别了。西班牙人望着印第安向导瘦削的身影如释重负地在林木间穿梭、急急忙忙往谷外爬去，这才点燃第一根火把、背起沉重的背包走进石门，切断了与外界的最后一丝联系——他并不知道“冲牛”将会是他见到的最后一个真正意义上的人类。

坏事并未在扎马科纳进入不祥的入口后立刻降临，通道内只是笼罩着异样且腐朽的氛围。通道本身比入口稍高也稍宽，最初一长段是巨石砌成的平坦隧洞，脚下的石板磨损得很严重，花岗岩和砂岩建造的墙壁与天花板则布满怪诞雕刻——从扎马科纳的描述看，那些雕刻既可怕又可憎，多为表现两大魔头耶格和苏鲁，在他见过的所有事物里，或许只有墨西哥的本土建筑在风格上与之稍显接近。走过最初一长段后，通道陡然下降，上下左右均露出不规则的天然岩石，看来它的确以天然裂缝为基础，装饰仅限于偶尔出现的刻有骇人浅浮雕的墙板。

他下行了很远，坡度相当陡峭，有时甚至存在滑落或滚落的危险；通道的轮廓和走向亦捉摸不定，有时窄到几乎只剩一条缝或矮到必须弯腰乃至匍匐，有时又拓展成相当宽敞的洞穴或连续的洞穴。这部分通道显然没花太多人工，但偶尔还是能看到险恶的墙板浮雕或象形文字，乃至撞见堵死的岔道——这些都在提醒扎马科纳，它的确是通往活物栖息的、难以想象的原始世界的一条早被遗忘的便捷路线。

根据尽可能准确的估算，潘菲罗·德·扎马科纳认为自己在万古黑暗的永夜通道中跌跌撞撞走了三天，其间时上时下，时而直行时而绕弯，总体来说仍是下行。他曾听见前方的黑暗中有鬼鬼祟祟的东西跑开或飞走，还有一次隐约瞥到惨白的庞然巨物，吓得他浑身发抖。空气质量尚可，不时亦会途经散发恶臭的地段，有一个布满钟乳石和石笋的大溶洞潮湿得令人窒息——“冲牛”来过这里，经年累月的石灰岩沉积在远古族群的通道上结成许多新石笋，当时只能强行开辟道路，而今扎马科纳便得益于此。对他来说，只要想到世上有人来过这里就是莫大的安慰，何况印第安人细致入微的描述，让他对通道内各种情况都提前做好了思想准备，还备下充足的火把以免陷入黑暗。他两度扎营休息，良好的通风条件带走了营火的烟雾。

第三天行将结束时——扎马科纳对时间估算信心满满，实际却未必靠得住——通道陡降而后陡升，正是“冲牛”描述的最后一段行程。从先前某些地点开始，人工痕迹便在增加，几处陡坡粗凿出阶梯以便下行，树脂火把亦照亮了越发密集的怪诞墙雕。当扎马科纳走完最后的下行阶梯、爬上陡升的路面时，他发现火光中混入了某种弥散的微光。他爬到顶上，沿人工修砌的黑色玄武岩水平隧道直行，此刻已无须火把，因为空气中弥漫着类似蓝色电弧，又像极光一样飘摇的光辉，这奇妙的光辉无疑来自印第安人口中的地下世界。扎马科纳没多久便走出隧道，现身于乱石嶙峋的荒芜山腰，头顶是蓝光翻涌、视线看不穿的天空，脚下是高得令人眩晕的山坡，坡底的平原似乎无边无际，且同样被蓝雾笼罩。

他终于来到人类未知的苍茫天地，手稿中显而易见，这令他志得意满又豪情万丈，恰如他的同胞巴尔沃亚登上达连湾那座难忘的山峰俯瞰太平洋时的感受。“冲牛”就此折返，后来模糊又含蓄地吐露自己害怕某种非马非牛的恶畜，一如害怕夜间土墩幽灵胯下的坐骑；扎马科纳不会在意这种小事，无所畏惧的他心中充溢着奇妙的荣耀感——他完全明白独自发现其他白人想象不到的神秘地底世界意味着什么。

在他脚底急剧下降、在他背后急剧上升的黑灰色大山遍布石头，没有植被，山体本身很可能为玄武岩，分外诡异的景致活像降落到了外星球；数千英尺下的辽阔平原似乎毫无特征，这部分是由于蓝雾缠绕遮掩了大片土地；比大山、平原和雾气更甚，最匪夷所思、神秘莫测的是头顶蓝光闪耀的天空。他想不出地底为何会有这样的天空，但他知道北极光，甚至见过一两次，所以认为地底世界的辉光与极光有类似之处——现代人多半能认可这种观点，也许特定的辐射现象同样发挥了作用。

隧道出口在他身后幽暗地敞开，石砌门框与地上的入口几乎一模一样，区别仅在于材质是黑灰色玄武岩而非红色砂岩。门框上丑恶的雕刻保存完好，原本也许呼应着地上那些严重风化的装饰——地底世界的风化作用不强，或许有赖于干燥而温和的环境，西班牙人当时便感到北半球内陆春天般的温暖惬意。石头门柱上同样留有铰链的痕迹，门扉同样不知所终。扎马科纳坐下来休息、盘算，他取出返程所需的食物和火把以减轻负重，又用随处可见的碎石在隧道口匆忙垒起一个锥形石堆，把东西藏在底下。收拾停当后，他向下方遥远的平原走去，矢志深入至少一个多世纪没有地表活物涉足、白人更闻所未闻的世界，如果传说可信，也没有活物下去之后还能理智健全地返回。

他迈开轻快的步子，走下漫长的陡坡，时而被松动的碎石或过于险峻的坡度阻住去路，被迫改道。迷雾缠绕的平原远得不可思议，许多个小时的行走似未缩短距离，大山依旧在背后向上延伸，直抵散发蓝光的明亮云海。万籁俱寂中，他的脚步声及脚步带起的石头滚动声清晰得可怕。直到估算的中午，他才头一回发现别的脚印，由此联想到“冲牛”的可怕暗示、仓皇逃命和延续至今的古怪恐惧。

碎石土壤不利保存各类痕迹，但某段相对平缓的山坡缓冲了落下的石头，使之形成一道山脊，后方则留下大片完全裸露的黑灰色沃土。扎马科纳在沃土间再次发现异样的脚印，它们杂乱无序、数量众多，似乎意味着曾有大批动物在此游荡。可惜他没有深入描述，某种说不清道不明的恐惧似乎干扰了西班牙人的精准观察，恐惧的原因只能根据手稿后文的暗示性语言进行推测。文中说那些痕迹“不像蹄印，不像手印，不像脚印，严格来说也不像爪印——尺寸没大到令人警觉的地步”，留下痕迹的动物为何而来、逗留的时间长短，无疑就更难猜了。举目所见没有植被，因此它们不可能是来吃草，反过来说，倘若那些是肉食动物，必会捕食更小的动物，后者的痕迹也容易被前者掩盖。

站在这片沃土间回望山顶，依稀可辨出隧道口到平原有一条宽敞的盘山路，但这只是全景观察方能感知的印象，换言之，当年的便捷道路——如果存在的话——早已被无数碎石掩盖，留下的痕迹少得可怜。它或许并非精心铺设的主干道，因它连通的小隧道不太可能是通往外界的首要出口，扎马科纳此前也径直走了下来，完全没留意到蜿蜒的路面痕迹，虽然肯定有一两次穿越了它。既然现在注意到这条“古道”，他便想瞧瞧它能否最终抵达平原。观察结论是肯定的，于是他决定下次穿越时仔细调查路面，可以的话，不妨顺着它下山。

继续下行不久，扎马科纳便来到自认的古道转弯处，这里不但有人工平整痕迹，甚至有石头简单铺筑的迹象，但总体来说，道路还是残破到失去了利用价值。他用佩剑在土里翻掘，挖到一片在永恒的蓝色天幕下反光的金属。那片陌生的深色金属带有光泽，不知是钱币还是奖章，两面均刻有丑恶图案，令西班牙人莫名震撼又极度困惑。根据文稿的描述，我确信此物与四个世纪后灰鹰给我的护身符完全相同。经过长时间的好奇检视，扎马科纳把东西塞进上衣口袋，又大步前行了一个小时，直到判定外界已然入夜才扎营休整。

第二天他起得早，在蓝光世界里顶着迷雾和反常的孤寂继续下行。他终于渐渐看清了遥远的平原上的某些事物——树木、灌木、岩石和一条从视野右侧流入、在他预期下山路线的左边拐向前方的小河。河上似乎有座桥，连着下山的古道，他仔细辨认后认为道路在过桥后继续笔直地深入平原。沿道路往前，他相信自己看到了许多镇子，那些镇子左侧与小河接壤，甚至延伸到河对岸——举凡这种地方总有桥梁存在，尽管有的安好有的业已断裂。碎石随着下行逐渐减少，山坡开始长出稀疏的草本植物，愈往下愈茂密，由于路面不像松软的土壤那样适合植被生长，古道变得显眼多了。总而言之，与山脚附近的环境相比，背后荒芜的山坡显得格外贫瘠又令人生畏。

也是在这天，他发现平原远方有一大群看不清的、缓缓移动的动物。纵然在山坡沃土间见过异样的脚印，但他并不清楚其实际来源，此时远处缓缓移动的动物太像是放牧的畜群了，而它们行动的某种特征令他备感嫌恶。见过脚印后，他并不想见到留下脚印的元凶，幸好那群“牲畜”离道路很远，而他的好奇心及对黄金的贪欲又非常强烈。说到底，一个西班牙人怎能被杂乱模糊的脚印或印第安愚民的疯言疯语给吓跑呢？

他睁大眼睛观察移动的“牲畜”时，逐步注意到其他有趣状况：其一，雾蒙蒙的蓝色天幕下看得清的镇子里，某些区域在古怪地反光，还有许多同样反光的独立建筑分布于道路两旁和平原之上，它们似乎被成片植物环绕，平原上的建筑有小路连接大道，而无论镇子还是独立建筑都没有炊烟或其他生活迹象；其二，平原并非没有尽头，透过遮遮掩掩的缥缈蓝雾，极远处依稀可见低矮的群山，河流与道路均通向群山中的缺口。当扎马科纳在永恒的蓝色天幕下第二次扎营时，所有景物——尤其是镇内反光的尖顶——都非常清晰，他还看到未知种类的高飞鸟群。

次日下午——手稿坚持使用外界的时间观念——扎马科纳终于踏上死寂的平原，从刻有怪异雕刻、保存相当完好的黑色玄武岩石桥上跨越无声流淌的小河，流速缓慢的清澈河水里有完全陌生的大鱼。道路固然欠缺照料，长满野草与藤蔓，但明显经过铺筑，间或还有刻着晦涩符号的小柱子标出边界。平坦的草原朝四面八方延伸，树丛或灌木丛点缀其间，不知名的蓝色花朵毫无规划地恣意生长，草丛中偶尔的剧烈晃动则表明有蛇类出没。西班牙探险者走了好几个小时，来到一片怪异的常绿老树林前——他远远看到这片树林遮蔽了一栋屋顶反光的独立建筑——在蚕食大道的茂密植物间找到布满丑陋雕刻的石砌塔门。为抵达那建筑，他沿着苔藓覆盖的棋盘格花纹步道，奋力突破重重荆棘的阻碍，步道两旁耸立着大树及整块石头砌成的低矮立柱。

他终于在全然的死寂和植物滤过的绿色微光中，见到了风化剥落、古老得难以置信的建筑物正面。那毫无疑问是一座神殿，表面刻有不计其数、令人作呕的浅浮雕，其中描绘的场景和生物、物体与仪式，别提在地球，应该说在任何理智健全的星球都不该有容身之处。从对浮雕遮遮掩掩的描述中，扎马科纳第一次明确表达出惊骇和虔诚者的犹豫，这无疑削弱了手稿的史料价值，文艺复兴时期西班牙人的天主教热忱渗透了探险者的所思所感，实在非常遗憾。书归正传，神殿门户大开，无窗的内部空间黑得伸手不见五指，扎马科纳按捺下浮雕激起的反感，取出燧石与击铁，点燃一根树脂火把，扫开垂下的藤蔓，勇敢地走进不祥的大门。

他立刻惊呆了。令他头晕目眩的不是无尽的岁月积攒的灰尘与蛛网，不是暗处拍翅乱飞的活物，不是可憎至极的墙雕，不是众多造型奇异的脸盆和火盆，不是顶部下陷、阴险邪恶的金字塔形祭坛，甚至不是蹲踞在刻满象形文字的基座上、以怪异的暗色金属打造、不怀好意地睨视众生的畸形章鱼头怪物——光这个就足以堵住他的嘴了——而是更不可思议的奇观：除开灰尘、蛛网、飞行的活物和那尊镶嵌绿宝石眼睛的巨大塑像，其他所有东西、他见到的每一颗粒子都是十足真金。

即便撰写手稿时，扎马科纳已明白地下世界拥有取之不尽用之不竭的金矿与储藏，黄金只是最普通的建筑金属，当初的发现依旧令他激动万分，突然找到所有印第安黄金城传说由来的兴奋在文字中历历可见。一时间他几乎丧失了细致入微的观察能力，直到上衣口袋里奇妙的拉扯感将他拽回现实——原来，那片在荒废已久的古道中挖出的奇异金属，跟基座上顶着巨大的章鱼头，并镶嵌着绿宝石眼睛的塑像之间产生了强大的磁力。显然，两者材质相同，后来他得知缊含磁力的奇异材质乃这个蓝光深渊里流通的贵金属，但对其本性，地底居民和地表人类一样困惑，谁也不知它最初如何在自然界中产生。事实上，它完全是伟大的章鱼头神祇苏鲁携子民从群星首度降临地球时带来的，如今唯一的来源就是古代遗物，包括为数众多的巨大塑像。它无法被归类和分析，亦只在同类间展现磁性，作为地底居民最珍视、具有仪式意义的金属，其使用自有规范，以免磁性造成不便。另一方面，若混入铁、金、银、铜、锌等金属，其磁性将会大减，由此铸成的合金在某个历史阶段曾是地底世界专有的货币形态。

扎马科纳专心研究那尊奇异的塑像及其展现的磁性时，沉寂的地底世界破天荒地传来渐渐逼近的隆隆声。那声音是千真万确的，就像许多大型动物奔跑发出的雷鸣脚步，恍如一盆凉水浇在西班牙探险者的头顶。他想起印第安向导的惊恐、想起山坡间的异样脚印、想起平原远方的畜群，在可怕的预感中浑身战栗。他顾不上分析处境，也无暇思考一群庞然巨物奔驰而来的缘由，仅仅服从于自我保护的本能。其实，冲锋的“牲畜”本不可能停下来寻找暗处的目标，倘若身处地表，待在密林围绕的巨型建筑里的扎马科纳满可高枕无忧，然而莫名的预感却在灵魂中种下深沉古怪的恐惧，促使他疯狂地环顾四周，寻找安全的避难所。

铺满黄金的巨大空间内没有合适的藏身之处，他只能退而求其次，设法关闭弃用已久的门扇，所幸对折的门扇依旧挂在古老的门链上，贴靠着内墙。殿外的泥土、藤蔓和苔藓侵入并堵塞了敞开的门洞，他必须先用佩剑为沉重的黄金门扇挖出通道——在越发恐怖的隆隆声刺激下，任务得以迅速完成，可当他奋力拖拽门扇时，奔袭的脚步也变得越来越近、越来越响、越来越凶险，恐惧随之攀升到不可思议的程度，年事已高的金属门似乎根本不听使唤……许久后才传来“吱”的一声，年轻人的力量终究起了作用，随之而来的是更疯狂的生拉硬拽。迎着蜂拥而至但看不见源头的响亮脚步声，沉重的黄金门扇轰然关闭，黑暗吞没了扎马科纳，唯一的照明来自他插进脸盆三脚架的柱架间的一根火把。惊恐的西班牙人旋即发觉门扇上还有门闩，不免向自己的守护圣徒祷告它能派上用场。

这位避难者只能从声音中判断后续发展。隆隆声在近处分化为一个个单独的脚步声，常绿树林似乎迫使对方减速并散开，但脚步声仍在逼近，制造脚步声的庞然巨物显然穿过了林木，正绕着刻有丑陋雕刻的神殿外墙转圈。隔着厚厚的石墙和沉重的黄金门扇，扎马科纳听到那些从容得古怪的脚步声，油然升起强烈的警惕、厌恶与排斥。古老的门链一度发出不祥的嘎吱声，似乎承受了重压，但幸运地熬了过去。最后，在长得令人咋舌的时间之后，脚步声终于远去，未知的访客无功而返。扎马科纳意识到门外的庞然大物并不算多，也许再过半小时就能安全地出去了，但他一点也不想冒险，宁可打开背包、在神殿的金砖地上扎营休息，让沉重的大门阻挡所有不速之客。实际上，他在这里远比在外面的蓝色天幕下睡得安稳，甚至不介意头顶的黑暗中奇异金属铸就的伟大的苏鲁的塑像，那尊章鱼头的可怕塑像蹲在刻有象形文字的巨大基座上，一直用海绿色的鱼眼睛俯视着他。

离开隧道以来，他首次陷入黑暗中的沉眠，睡得相当踏实，这一觉完全弥补了前两次休息的缺憾——永不消失的天光曾让疲惫不堪的他失眠——而就在他安稳无梦地呼呼大睡时，地底的势力也正快速接近。这场休息真是太及时了，他醒来后马上要迎接诸般奇遇。

（四）

重重的敲门声吵醒了他，残留的蒙眬睡意随之烟消云散。毫无疑问，那是人类专断的敲门方式，显然有意为之，用的是某种金属器具。被吵醒的西班牙人匆忙起身，敲门声中又混入了歌唱般的尖锐声音——有人用带韵律的嗓门重复喊叫着一段话，手稿中勉强转录为“嗡西，嗡西，噶娑刊—牙莎—惹咧”。

既然敲门者是人不是鬼，扎马科纳又不想与之为敌，最好的办法就是立刻坦诚相见。于是他摸索着抽出古老的门闩，黄金门扇随即在外力作用下嘎吱作响地开启了。

大门外约有二十名外貌并不出奇的人类，扎马科纳认为他们类似印第安人，但品位不凡的袍子、饰物和佩剑与他在外界见过的任何部落都不同，面孔亦与印第安人的典型面孔存在诸多细微差异。有一点很清楚，他们不想无缘无故展露敌意，并未发出任何威胁，只是聚精会神、意味深长地用眼神试探他，仿佛希望用视线开启交流——奇妙的是，他们看得越久，他对他们及他们的使命似乎就有了更多了解，虽然带韵律的喊叫停息后一直没人说话，他却慢慢知道他们是骑乘坐骑、从低矮群山对面的大城赶来，那些坐骑报告了他的出现；他们并不清楚他是何种族、来自何方，但相当肯定他与他们模糊记得并偶尔在怪梦中造访的地表世界有关。扎马科纳无法解释自己如何从与两三个头领的对视中即能明白这一切，不过谜底很快就会揭晓。

他试图用从“冲牛”那里学来的威奇托方言与对方交流，未能得到口头回应后又接连尝试了阿兹特克语、西班牙语、法语和拉丁语，还尽可能从记忆中搜刮了一些希腊语、加利西亚语和葡萄牙语词句，甚至没放过故乡阿斯图里亚斯的农民土话。五花八门的语言尝试耗尽了他的知识储备，却全属无用功，正当他不知如何是好时，对面有人用叫门时那种全然陌生但别有魅力、很难转录为文字的语言开口了。眼见他无法理解，发言者指指自己的眼睛，指指前额，又指指眼睛，似是命令西班牙人注视他，以消化视线传达的信息。

扎马科纳听话照办，随即接收到一些信息。他得知对方如今主要用不发声的思想波沟通，从前的口头语只作书面语保留，偶尔开口说话要么为照顾传统，要么是下意识地宣泄情感。他只需把注意力集中在眼睛上就能理解他们，而若想回应，他可以把试图表达的信息在脑海中转换为图像，用视线“投射”回去。说到这里，发言者停顿下来，显然在期待回应，但扎马科纳遵循对方的法子，费了九牛二虎之力仍不太成功。他只好点点头，尝试用手势介绍自己和这段旅程，先指向上方表示外界，接着闭上眼睛比画鼹鼠打洞，然后睁开双眼指向下方，代表漫长的下山路。他还实验性地在手势里混入一两个词，譬如指向自己又指向在场所有人，说“男人”，之后单独指向自己，缓缓道出姓名：潘菲罗·德·扎马科纳。

双方在这场奇怪的交流中交换了大量信息，扎马科纳逐渐懂得如何“投射”思想，进而学到本地古老的口头语中若干词汇，对方吸收的西班牙语基础词汇则更多。古老的口头语乍一看与西班牙人知晓的任何语言都不同，但后来他察觉其与阿兹特克语存在极遥远的联系，后者要么是前者长期退化的结果，要么借用过少量前者的词汇。地下世界在古语中名为“垌焱”——手稿标题就是这样写的——但根据扎马科纳的补充说明和音标符号，它在盎格鲁－撒克逊人耳中近似读作“昆扬”。

可以想见，最初的交流局限于基本事实，但重要性毋庸置疑。昆扬人古老得让人难以置信，他们的故乡是宇宙中一个环境类似地球的遥远地方——当然，这只是真假难定的传说，他同样无法断定昆扬人对章鱼头怪物苏鲁的崇拜有多真诚，反正传说中苏鲁把他们带来地球，而今依旧在他们的美学中占据崇高地位。昆扬人知道地表世界的存在，事实上当地壳冷却到宜居之后，最初来地表定居的就是他们。各大冰河期之间，他们也曾创造过伟大的地表文明，尤其在南极附近靠近卡达斯山脉的地方。

到了某个遥远的纪元，大陆纷纷沉入波涛之下，仅有少数流亡者把消息带给昆扬人。灾变无疑是宇宙恶魔的愤怒攻击所致，它们敌视人类及人类崇拜的神祇，而这正好应和太古时期另一次大灾变的传闻，那次诸神均未幸免，伟大的苏鲁至今仍被囚禁在宏伟的拉莱夜城的水底墓穴之中，陷入沉睡。谣传只有宇宙恶魔的奴仆能在地表长存，昆扬人据此认为外界残存的活物都很邪恶，终止了与太阳和星光照耀的土地的所有往来，连接地下世界的通道——只要记得住的——要么彻底堵死、要么严加看守，外来者一律视为危险的间谍或敌人。

但那是很久以前，随着纪元流逝，昆扬世界的造访者越来越少，到头来未予堵死的通道亦停止放哨。除开扭曲的记忆、神话和离奇的梦境，大多数昆扬人业已遗忘外界，只有受过高等教育的个体才记得基本事实。记录中最后的造访者来自数世纪前，并未被视为恶魔的间谍，不再紧抱古代传说的昆扬人重新燃起强烈的求知欲，急于盘问奇妙的地表世界。记忆、神话、梦境和历史中的只言片语诱惑着学者出发探险，但终究是放心不下，没人敢付诸实施，随之也对造访者定下唯一的禁令：不得返回地表，将昆扬世界的存在传扬出去——他们清楚地知道地表居民觊觎金银，可能会引发大麻烦。遵守禁令的造访者享受了短暂但快乐的人生，并和盘托出对外界的了解，但这些信息总体来看还是太支离破碎和相互矛盾，分不清该信什么不该信什么，所以昆扬人一直期待有更多人造访；至于违背禁令、试图逃跑的造访者，下场就很难看了。扎马科纳被视为上等人而受到热烈欢迎，昆扬人相信他比记忆中任何造访者更加博学，为交换他掌握的知识，他们希望他在此安度余生。

扎马科纳从最初的交流中也了解到许多令他目瞪口呆的昆扬风俗。例如他得知，昆扬人已在最近几千年征服了衰老和死亡，抛开暴力因素与主观意愿，谁都能长生不老。通过调节身体，昆扬人可随心所欲永葆青春，听任自己变老的唯一理由，只是在一个停滞萧条的世界里找刺激——反正只要愿意，随时可以返老还童。此外，除开实验目的，他们不再生育，这个站在食物链顶端、支配大自然的主宰种族认为太多人口是不必要的，许多个体反倒会因太长命而选择去死。对那些敏感的灵魂来说，漫长的时间与应有尽有的生活消磨了自我保护的本能和情感，无论发明什么新方法来找刺激，最终都无法填满意识的无趣与空虚。扎马科纳面前这群昆扬人年纪在五百岁到一千五百岁之间，其中有几位见过别的地表造访者，但时间已让记忆模糊不清了。顺带一提，造访者往往试图模仿地下种族的长寿技巧，但收效甚微，因为地上地下分隔了一两百万年，演化差异太大。

演化差异在另一领域——一个比永生的奇迹还古怪得多的领域——更为彰显。昆扬人锻炼技巧后可释放出强大的意志力，改变物质与抽象能量间的平衡，乃至影响血肉之躯。用通俗的话说，一名受训的昆扬人付出适当努力，即可让自身弥散虚化又聚合显形，倘若更加努力、运用更精妙的技巧，还能让任意客体弥散为自由粒子又聚合恢复原状。扎马科纳若非及时前来应门，完全有可能在极度困惑的情况下对上二十名昆扬人，后者只是嫌费劲、怕麻烦才出声叫门，没直接运用技巧穿过黄金门扇。这套技巧远比长生术古老，地表人类虽无法完美掌握，但只要头脑健全也能学会。谣传它们曾在古代流入外界，而今仅存于某些隐秘教义与玄幻传奇之中，昆扬人曾被误入的造访者带来的滑稽可笑的鬼故事逗得乐不可支。事实上，这套技巧从前是有实际用途的，但由于长久无人问津被淡忘了，现下主要用于做梦，让梦境里的漫游更加生动，借助此种方式找刺激的昆扬做梦者，甚至能以半物质形态造访一个遍布土墩与深谷、光线变化莫测的朦胧国度。许多人认为那就是被遗忘的外界，他们往往会骑上坐骑，在和平年代重演先祖古老而荣耀的战事，而哲学家们相信，类似的战斗扮演意味着做梦者实际上与好战的先祖遗留的无形力量重叠在了一起。

昆扬人如今聚居于群山对面高耸的大城撒托，但从前分为若干族群，散布在蓝光照耀的地下世界，直至无底深渊——红光照耀的深渊名为“幽斯”，考古学家曾在那里发掘出更古老的非人种族的遗物。撒托城的居民在历史进程中征服并奴役了其他族群，强迫同胞与来自红光区域的某种长角四足动物交配，此种动物的智慧倾向相当明显，明显含有人工改造成分，可能是留下遗物的非人种族退化的分支。再往后，机械发明极大便利了生活，撒托城的中心地位更不可动摇，其他地区渐渐都荒废了。

聚居一地能带来很多好处，况且昆扬人无意开枝散叶。许多古老的机械至今仍在运转，亦有许多不能再带来乐趣或对人口持续减少的种族缺乏必要性的机械被放弃，反正他们能通过精神力量广泛控制下等奴隶及半人类的劳动牲畜。为数庞大的普通奴隶阶层是混合杂交的产物，配种来源包括古代征服的族群、地表的误入者、奇术激活的死尸及撒托居民中血统不纯的卑贱成员——统治者早已通过血统培育和社会演化升华了自身。他们有过一段人人机会均等、理想化的工业民主时期，但运用天赋智能来改造世界令大众劳神费力、疲惫不堪，最后发现不如简化生产体系，满足于供应基本需求和某些不可割舍的欲望。以规格统一和易于修理为准绳实现的都市机械化确保了生理舒适，再辅以科学的农业和畜牧业，人们还放弃了长途旅行，重新坐上长角的半人牲畜，不再维护金、银和钢铁制造的海陆空交通工具——对扎马科纳来说，他做梦也不敢相信世间会有如此神奇的工具，却被告知不但可在博物馆参观样品，亦可旅行一天去昆扬人极盛时期定居的督柯娴谷，见证其他神奇大机械的残骸。山脚平原的城镇与神殿更加古老，自撒托城掌权以来，仅作为具有文物价值的宗教圣地存在。

撒托城的政体类似公产主义，乃至有无政府主义色彩，日常秩序由习俗而非法律决定。过于长久的寿命和停滞不前的生活是一切问题的根源，正如上文所述，他们选择只保留基本生理需求和寻找新刺激的欲望，不承想千百年僵化的副作用越来越大，以至夺去了人们对价值体系和行为准则的期许，只能依靠习俗作为维系纽带。为确保集体的享乐——这是他们最大的欲望——不致造成全面瘫痪，家庭单位早已消亡，文化和社会上的性别差异也已消失，日常生活统统被仪式化，以利进行游戏、畅饮、欢宴、折磨奴隶、做白日梦、宗教典礼、怪异实验、哲学和艺术讨论等各种消遣。财产的主要形式包括土地、奴隶、牲畜、撒托城公有企业的股份和从前作为货币流通、带磁性的苏鲁金属锭，它们透过极复杂的换算方式进行分配，很大一部分是均分给全体自由民的。贫穷闻所未闻，所谓劳动不过是精密的考核与选拔系统安排的行政事务。扎马科纳发现地下世界天方夜谭般的政治状况与他既往的认知差得太远，手稿文字在此异乎寻常地困惑迷茫。

在艺术和智性追求上，撒托人一度造诣不凡，却渐渐倦怠荒废了。机械主义在某个历史时期打断了美学的正常发展，无生命的几何风格扼杀了健全的表现形式。纵然这股逆流很快发展到天怒人怨的地步，却不免在所有绘画和装饰实践中留下印记，结果除开传统的宗教艺术，撒托人此后的作品都缺少深度和情感，以致宁愿进行仿古复刻。他们的文学崇尚高度的个人主义和分析主义，扎马科纳完全无法理解；他们的科学曾发展得极为高端精确，除天文学外全面开花，但后来随着人们越发不愿动用脑力去记忆无限扩展的细节与分支，亦难免陷入衰退。撒托人认定，更明智的做法是放弃深度思考，将基础科学限制在约定俗成的形式之内，技术则全凭经验传授来掌握。他们对历史的重视程度同样直线下降，纵然各大图书馆藏有详尽可信的编年史，历史作为一门学科却沦落到兴趣爱好的范畴。综上所述，当时的趋势是用感受代替思考，发明新鲜娱乐远比保存古代信息或开拓宇宙奥秘受人看重，但无论如何，扎马科纳带来的关于外界的新消息还是大受欢迎的。

宗教作为撒托人的首要寄托，但只有极少数个体真正相信超自然力量，大部分人在乎的是斑斓多彩的上古信仰带来的神秘主义氛围及愉悦感官的仪式，以求取审美与情感刺激。伟大的苏鲁又称宇宙和谐之圣灵，自古就被符号化为把所有人从群星带到地球的章鱼头神祇，膜拜它的神殿是昆扬世界最华丽的建筑，仅有生命之源、被符号化为众蛇之父的耶格的神秘祭坛能在奢华与壮观上与之相比。扎马科纳后来了解到地底宗教中许多狂欢与祭祀仪式，但似乎极不愿在手稿中描述，除开少数被他误认为曲解天主教的场合，他总是避而远之，同时也抓住每个机会试图让对方皈依西班牙人四海传扬的十字架。

当时的宗教活动中，最引人注目的是对珍稀的苏鲁金属近乎虔诚的新一轮崇拜。那种颜色暗沉、既有光泽又有磁性的金属在大自然中无从寻觅，却广泛存在于昆扬世界的塑像和祭祀用品中。撒托人早就习惯尊敬地看待纯净的苏鲁金属，把它做成圆筒收藏神圣的档案与祷文，晚近年间的反科学和反智倾向更损害了重要的实证精神，于是远古的沉疴泛起，人们再度敬畏地为苏鲁金属披上迷信的外衣。

宗教的另一大功用是校准历法。昆扬历法诞生于时间和时间的流逝，被视为个人情感生活中最神圣事务的时代，地底的睡眠周期根据情绪和生活便利来延长、缩短乃至颠倒，并适配伟大蛇神耶格敲打尾巴的节奏——此周期粗略等于地表的日夜交替，但扎马科纳估算地下的一天几乎长了一倍。地下的年份则由耶格的蜕皮周期决定，约等于地表的一年半，扎马科纳撰写手稿时自认很好地掌握了这套历法，将时间确定在1545年，但并未清楚解释如此自信的根据。

撒托发言者提供的信息越多，扎马科纳的警惕和反感就越发强烈起来。耸人听闻的内情、奇怪的心灵感应交流方式以及永无可能回到外界的明确推论，都让西班牙人暗暗后悔深入地下，来到这个畸形、堕落而又神奇的国度。但他知道此刻只能采取友善的合作态度，表面迎合，有问必答——他遮遮掩掩吐露的情报完全迷住了对方。

从古代亚特兰蒂斯和利莫里亚大陆沉没时逃难的流亡者算起，

这是昆扬人第一次获得地表的可靠消息，因为后来的造访者——玛雅人、托尔特克人或阿兹特克人，有时只是大平原的愚昧部落民——统统僻居一隅，眼界狭窄，对世界大局毫无概念。扎马科纳不但是他们见到的第一名欧洲人，且是受过教育、思维敏捷的青年，这大大提升了他作为情报来源的价值。二十人的队伍屏息凝神吸收着他精挑细选的信息，显而易见，他的到来必将唤起倦怠的撒托社会对地理和历史业已枯萎的兴趣。

唯一令他们不悦的，似乎是充满好奇、热衷冒险的陌生人正涌入昆扬世界的入口所在的地表区域。扎马科纳讲述了佛罗里达和新西班牙的建立，明确宣布西班牙、葡萄牙、法兰西和英格兰的探险热潮搅动着世界，墨西哥与佛罗里达迟早会联合为一个殖民大帝国，届时很难阻止外人前来探索传说中金银遍地的深渊。他进而提出，“冲牛”对这场地底之旅一清二楚，若他不能回去在约定的地点与“冲牛”会合，“冲牛”会不会禀报科罗纳多甚至伟大的总督阁下呢？听到这话，对方脸上流露出对昆扬世界的隐秘和安全的忧虑，思绪中下定决心，只要撒托人还记得的通往外界未堵死的通道，今后都得放哨。

（五）

扎马科纳与撒托人在神殿门口进行这场漫长的交流。通往神殿的步道在树林滤过的蓝绿色微光下隐约可见，有的撒托人就躺在步道旁的野草和青苔间，而负责发言的头目等数人跟西班牙人一起坐在沿步道排列的低矮石柱上。扎马科纳认定交流耗费了近一个地表日，因他多次腹中饥饿，不得不打开补给充足的背包，一些撒托人也折回大道，从留下的坐骑身上取口粮。最终，撒托人的头目结束交流，示意回城。

扎马科纳得知队伍有许多备用坐骑，想到要骑上怪异的混血牲畜——它们的食物来源如此惊悚，而“冲牛”只瞥见它们一眼就吓得逃之夭夭——令他心下忐忑。那种牲畜还表现出另一个让人不安的特征：它们显然拥有非凡的智慧，昨天那群奔袭的庞然巨物曾把他的藏身处报告给主人，并为之带路。然而扎马科纳绝非懦夫，他勇敢地跟随对方踏过野草掩盖的步道，前往牲畜们停留的大道。

但当他穿过藤蔓掩盖的巨大塔门、回到古老的大道上时，仍免不了发出惊恐的尖叫——那一刻，他不再怀疑好奇的威奇托人因何落荒而逃，为免发狂，他自己也不得不暂时闭上双眼。对读者来说非常可惜的是，扎马科纳出于虔诚克制了在手稿中完整详述此种难以名状的牲畜，只拐弯抹角地暗示那是一种病态畸形、触目惊心的白色巨兽，它们背生黑毛，前额中央长出一根发育不全的角，鼻子塌陷、嘴唇突出的脸毫无疑问与人或类人猿有亲缘关系。扎马科纳后来宣布，那是自己毕生所见最可怕的东西，无论在昆扬世界还是地表世界，其最可怕之处不在于任何一望即知或可以转述的外貌特征，而是显然带有人工改造痕迹。

撒托人注意到扎马科纳的惊恐，连忙过来大加安抚。他们解释说此物学名叫“勾犽－幽斯”，外貌固然怪异，但不伤人，它们当然不可能吞吃拥有高等智慧的主宰种族，用来喂养它们的是绝大多数方面已堕落为畜生的奴隶种群，撒托人自身也把那种奴隶当成主要肉食来源。“勾犽－幽斯”——严格来说是为它们配种的野生先祖——最初是在昆扬蓝光世界底下荒芜的幽斯红光世界的巨大废墟间被找到的，虽然它们明显有智慧，但科学家始终无法断定它们是不是曾在那些奇怪的废墟里生活和统治的上古种族的后代。众所周知，根据从幽斯世界最大的废城底下的辛墓群中发现的少量雕刻及手稿，现已灭绝的幽斯世界原住民似为四足生物，这是“勾犽－幽斯”来源假说的主要论据，但同一批手稿又提到幽斯住民掌握了生命合成技术，在历史上创造和销毁过许多设计精巧、用于工业和运输的牲畜物种，甚至单为取乐和找刺激，就在漫长的衰落过程中合成出各种不可思议的活物。唯一能肯定的是，幽斯住民的生理特征与爬行动物有关，而绝大多数撒托生理学家相信“勾犽－幽斯”与昆扬世界的哺乳奴隶群体杂交前也非常接近爬行动物。

无论对文艺复兴时期的西班牙人抱有何种成见，谁也无法否认他们征服半个未知世界所展现的巨大勇气，潘菲罗·德·扎马科纳－努涅斯竟真的爬上了撒托人的病态牲畜，与对方头目并排骑行——那人名为祭－禾朔－叶，在此前的交流中最活跃。骑着怪物赶路固然可恶，行动却出乎意料地轻松，看似笨拙的“勾犽－幽斯”步点非常平稳规律，无须配鞍亦无须指引。队伍迅速前进，只在扎马科纳好奇的某些废城和神殿稍作逗留，祭－禾朔－叶亲切地带他参观并解说。最大的镇子“步歌拉”完全由黄金雕琢而成，堪称奇观，那些超凡脱俗、美轮美奂的建筑令扎马科纳目不暇接。房屋追求的是高挑细长，顶部突出无数尖顶，街道狭窄蜿蜒，乃至穿插有别致的坡道——但祭－禾朔－叶说昆扬世界后期兴建的城镇更宽敞规整。平原上的老城镇都有城墙被夷平的迹象，原因不外乎古代撒托人大获全胜的征服战争，纵然他们如今解散了军队。

祭－禾朔－叶仅主动邀请扎马科纳参观了一个地方，哪怕须得沿藤蔓丛生、偏离大道的小径走上一英里。那是一座低矮朴素的黑色玄武岩神殿，殿内没有墙雕，只有一个空荡荡的缟玛瑙基座，其特殊之处在于蕴含的故事连接了古老得难以言喻的传奇世界，神秘的幽斯相较而言都仿佛近在昨日。昆扬人是模仿辛墓群雕刻中的描绘建造神殿的，用以供奉在幽斯红光世界找到的一尊极可怕的黑色蟾蜍神像——根据同时出土的手稿，幽斯住民将这位无所不能、广受崇拜的神祇称为撒托古亚，后来昆扬人也跟着崇拜它，如今统治整个昆扬世界的撒托城便因此得名。从出土手稿判断，神像原本出自红光世界底下更加神秘、名为“恩凯”的黑暗国度，那里的住民拥有奇异感官来应对彻底无光的环境，很可能在幽斯的四足爬行住民出现前就建立了伟大的文明、崇拜着强大的神祇。幽斯考古学家仔细探索过恩凯世界，他们相信从那漆黑的地心国度带上来的无数撒托古亚神像与早已灭绝的原住民有关，而那里发现的怪异石槽和地洞引发了无穷无尽的猜测。

当昆扬人发现红光世界、解读出幽斯住民的古怪手稿后，他们也跟着接纳了撒托古亚信仰，把可怕的蟾蜍神像顺势带入蓝光世界，供奉在如今扎马科纳所见用采自幽斯的玄武岩建造的神殿里。撒托古亚崇拜一度兴旺发达，堪比耶格和苏鲁的古老教团，有拨昆扬人甚至把这种信仰带到地表，在靠近北极的洛玛大陆上的奥尔萨城神殿中，供奉起最小的一批撒托古亚神像。谣传大冰川和长毛怪兽诺弗－刻毁灭洛玛大陆之后，地表的教团依然幸存了下来，但昆扬世界对此并不确定。

撒托古亚崇拜在蓝光世界终结得很突然，唯有撒托城的名号延续至今，结束此种崇拜的是对幽斯红光世界之下恩凯黑暗国度的局部探索。尽管幽斯住民的手稿声称恩凯世界没有活物存在，但从幽斯住民的繁荣时代到昆扬人来到地球的若干纪元里肯定有大事发生，此事或与幽斯世界的终结有关。很可能是一场大地震，撕开了无光的黑暗国度不曾向幽斯考古学家开放的下层空间，亦可能是能量与电荷更可怖的交叠，任何脊椎动物都无法理解。无论如何，当昆扬人带着原子能巨型探照灯，下到恩凯的黑暗深渊时撞见了活物——沿石槽流淌的活物，膜拜着撒托古亚的缟玛瑙和玄武岩雕像，作为不定型的黑色黏性软泥，它们的外观比蟾蜍状的撒托古亚恐怖得多，且能临时随意变形满足各种需要。昆扬探索者不敢停下细看，侥幸逃回的人封闭了幽斯红光世界通往可怕的地狱深渊的大门，紧接着昆扬世界所有的撒托古亚神像都被瓦解射线销毁，教团则永久废止。

又过了许多年，真实的恐惧已被淡忘，科学好奇心取而代之。

人们从故纸堆中翻出撒托古亚与恩凯世界的古老传说，再度组织起一支全副武装、装备精良的探险队下到幽斯世界，寻找通往黑暗深渊的封闭大门，试图揭开真相。但这支队伍没找到大门，后来的千万年里的其他尝试也徒劳无功，如今的主流思想甚至怀疑黑暗深渊的存在，只有能解读幽斯手稿的少数学者对此深信不疑——不过就连他们，也不免对古代昆扬人留下的二手记录，关于恩凯世界那场恐怖的局部探索有所保留。后世许多宗教团体试图禁止对恩凯的回忆，严惩提及它的人，但在扎马科纳来到昆扬世界的时代，这些措施尚未得到严格执行。

队伍回到古老的大道，继续朝低矮的群山行进，河流就在大道左侧近旁。地势不久后开始抬升，河水顺势流进穿越群山的峡谷，大道则从峡谷边的悬崖上经过。蒙蒙细雨下了起来，雨点和雨丝促使扎马科纳抬头观察闪耀的蓝色天幕，他发现奇异的光辉并未减弱。祭－禾朔－叶解释说水汽能在地底世界完成凝结与沉降，不会影响穹顶的光，而地势较低的区域一直被雾气笼罩，弥补了见不到云朵的缺憾。

就着峡谷山口较高的地势，扎马科纳扭头回望，古老而荒芜的平原一览无余。手稿文字中可见，他似乎有些舍不得奇异的平原美景，不愿就此离开，直至祭－禾朔－叶上来催促他胯下坐骑。等他再次面向前方，山顶已经很近，荒草丛生的道路向上陡升，突然消失在蓝光闪耀的虚空之中——右边是陡峭的绿色山壁，左边是幽深的峡谷和另一道绿色山壁，前方的道路融入翻搅的蓝光大海，这份景致同样教人过目难忘。

队伍旋即爬到山顶，撒托人的世界铺展在眼前，巨幅画面令扎马科纳屏住了呼吸，他根本没见过、做梦也想不到世上能有如此气势磅礴的人造风景线。下山的山坡相对稀疏地点缀着小农场和几座神殿，但从山脚开始便是经过齐整规划、宛若棋盘的广袤平原，其间种植了树木，从河流引出细小的水渠，又用黄金或玄武岩石块铺出几何线条般精准的道路。一排排金柱子挂着粗大的银缆线，连接了四下独立或成群的低矮建筑，但也有些废弃的柱子没挂缆线。田野不乏农作迹象，到处都有可憎的类人四足牲畜协助撒托人犁地。

毫无疑问，他印象最深的是平原遥远的前方那片数不尽的簇生高塔和尖塔，它们就像在蓝色辉光下绽放的发光花朵，令人目瞪口呆。起初他以为那是遍布房屋和神殿的另一条山脉，就像故乡西班牙那些风景如画的山城，定睛看去发现并非如此：那是一座矗立在平原上的城市，城内有太多直插天宇的塔楼，远看仿如山脉轮廓线。城市上空悬着古怪的浅灰色雾霭，闪耀的蓝光穿过雾霭照在百万座黄金尖塔上，为它们的美做了画龙点睛般的装点。扎马科纳瞥了祭－木朔－叶一眼，确认此城便是举足轻重、包罗万象、权倾天下的撒托城。

然而顺着大道走向平原的他，却油然生出不安与反感。他厌恶胯下坐骑和培育出此种坐骑的世界，连带对远方撒托城的氛围也不感冒。队伍途经零星的农场，西班牙人注意到田地里的劳动牲畜，他一点也不喜欢它们的动作和身材比例，还发现它们大多残疾，尤其是被圈养起来的个体，那副大肆啃食新鲜饲料的模样教他难以接受。祭－禾朔－叶说这些都属于行为可控的奴隶种群，农场主会在早上对它们进行催眠，分配一天的任务。作为拥有一定意识的机器，它们的生产效率近乎完美，那些被圈养的个体较为劣等，仅当作肉畜。

平原上的农场规模更大，可憎的长角牲畜“勾犽－幽斯”在农场里几乎像人一样工作，还有不少类人生物沿犁沟忙来忙去——某些成员格外机械的动作令他莫名畏惧与恐慌。祭－禾朔－叶再度解释，那种类人“生物”在地下世界被称作“弋姆－彼希”，其实是死后被原子能和思维能量激活肉体后重新投产的。“弋姆－彼希”不会生老病死，久而久之数量变得极为庞大，它们对永生的撒托城自由民怀着狗一样的忠诚，但不若活奴隶那般能收发自如地响应心灵指令。就扎马科纳看来，最触目惊心的是太多“弋姆－彼希”残缺不全，有的脑袋不翼而飞，有的身体似乎经过痛苦而蛮横的切削、扭曲、换位和嫁接。祭－禾朔－叶对困惑的西班牙人坦承，严重残疾的“弋姆－彼希”生前多为巨大的竞技场中供人取乐的奴隶，撒托人离不开精妙的感官刺激，为撩拨日益麻木的神经，他们的鉴赏标准不断花样翻新——说到这里，见到这些，纵然扎马科纳绝非洁癖人士，也委实无法抑制心中翻腾的恶感了。

走近之后，巍峨宏伟、高度超乎人类想象的大都市同样让他隐隐感到恐怖。祭－禾朔－叶说那些巨型塔楼的高层早已无人使用，还有许多因维护困难被拆除，老城区外的原野上遍布后来建造的较小的住所，它们往往比古塔更受欢迎。沸沸扬扬但千篇一律的轰鸣声从那座黄金与石头城里传来，各色队伍和络绎不绝的货车沿黄金与石头铺就的大道进进出出。

祭－禾朔－叶多次停下来展示某些特殊建筑，尤其是供奉耶格、苏鲁、纳戈、耶布和“不可言说者”的神殿。神殿群几乎紧密排列在道旁，每座都按昆扬风俗以树林环绕。与群山对面荒芜平原上的同类建筑不同，它们香火繁盛，骑乘坐骑前来的朝拜者川流不息。祭－禾朔－叶把扎马科纳领入每座神殿，后者带着痴迷与抵触混合的复杂心情观看了不可思议的狂欢仪式——纳戈和耶布的典礼尤其令人作呕，以致扎马科纳完全不愿在手稿中描述。一座过去供奉撒托古亚的低矮黑色神殿，如今转为崇拜“不可言说者”的妻子莎布－尼古拉丝，然而这位万物之母就像另一个版本的丰饶女神，虔诚的西班牙天主教徒当然无法接受。扎马科纳更厌恶的是神殿司仪们激昂的声调，对一个在日常生活中停止使用口头语的种族而言，这声音格外刺耳。

队伍进入拥挤的外围城区，完全置身高不可攀的塔群洒落的阴影下，祭－禾朔－叶又指出一座巨大的圆形建筑，无数民众正在那里排队。他说那是撒托城若干圆形剧场之一，专为倦懒的民众提供新鲜表演和感官刺激，他本来还要把扎马科纳带进剧场巨大的弧形正门，然而后者想起在田野里看见的身体残缺的“弋姆－彼希”，表示强烈反对——这是宾主间因口味差异爆发的若干“友好冲突”中的第一次，也让撒托人越发确信他们的客人思想古怪而狭隘。

撒托城是无数怪异的古街交织而成的网络，纵然惊恐和疏离感越来越浓，扎马科纳还是被它无处不在的神秘和宏大给迷住了。通天高塔令他头晕目眩，熙熙攘攘的人流穿行于装饰华美的街巷，建筑物门窗上均有古怪雕刻，栏杆包围的广场和层层叠叠的巨型露台上可欣赏到别致的风光，还有笼罩全城的灰色雾霭，仿若低垂的天花板压在峡谷般的街道上空——所有这一切带来了前所未有的冒险体验。经过花圃和喷泉装点的庭园，他被径直带入黄金与纯铜打造的宫殿，来到一个墙饰令人眼花缭乱的穹顶大厅，管理委员会正在那里召开会议。委员会对他进行了长时间友好的闭门询问，显而易见，他们渴望知晓地表世界的历史知识，为此乐意揭开昆扬世界的神秘面纱——但有一点，针对所有造访者的重大禁令仍旧必须遵守，扎马科纳将永远无法返回太阳与星星照耀的地表世界，再也见不到西班牙祖国了。

委员会为造访者定下日常作息，明智而审慎地把时间分配给几项活动。扎马科纳将在许多场合与有识之士交流自己掌握的信息，同时分门别类地了解撒托人的知识；他亦有自由研究的空间，掌握书面语后，所有世俗和非世俗的图书馆都将对他开放；他还会参加各种仪式和典礼——特别反感的除外；最后，他有幸把余暇投入文明人的享乐体验和感官刺激，那本是日常生活的追求与目标之所在。他可选择一所郊区的别墅或一套市区的公寓，并被纳入某个大型友爱社群，社群内有许多经过技术改造、美艳不可方物的贵妇人，近代昆扬社会以此代替家庭单位。他还将得到几头“勾犽－幽斯”来代步和跑腿，十名肢体健全的活奴隶来操持家务，驱赶小偷、虐待狂和公共大道上游荡的宗教狂。他必须学会使用许多机械，祭－禾朔－叶将立刻就最紧要的设备进行指导。

扎马科纳选了市区的公寓，委员会便彬彬有礼、郑重其事地把他送走。经过几条金碧辉煌的街道，他被带到一座七八十层高、悬崖般的外壁刻有雕刻的巨塔前，这里已接到入住通知，奴隶们正在底层一套宽敞的拱顶公寓内忙着张罗挂饰和家具。公寓内有喷漆的镶花小凳，有天鹅绒和丝绸的靠背和坐垫，还有一排排望不到尽头的柚木和乌木插架，架上插放的金属圆筒中装有公认的经典著作——这是昆扬人家居的标配。每间房都配有书桌，桌上摆着成摞的薄纸卷和此处流行的绿墨水瓶，还有全套墨水笔及其他零碎文具，机械打字机则搁在一旁华丽的黄金三脚架上。房间的光源来自天花板上的“能量球”射出的明亮蓝光，众多的窗户并不能在阴影重重的巨塔底层发挥什么照明作用。有的房间带有精致的沐浴设施，厨房则完全是技术发明的迷宫，日用品主要通过撒托城的地下网络送到家——地下过去运行着古怪的机械传输系统，而今设有牲畜的棚厩，人们向他展示了从棚厩到地上街道的最短路线。参观结束前，有人送来他的奴隶并做介绍，他将被纳入的友爱社群的五六名自由民和贵妇人旋即也赶到了，他们将陪伴他度过接下来的几天，为他的学习和娱乐贡献力量。他们离开后，另一批人将取而代之，整个社群的五十名成员如此循环。

（六）

潘菲罗·德·扎马科纳－努涅斯就这样融入了地底的昆扬蓝光世界，在险恶的撒托城住了四年。显然，他并未把此间所学、所见和所做之事写进手稿，这不单是由于使用西班牙母语时的虔诚态度，更有许多东西他根本不敢写——他对它们怀有强烈厌恶，坚决不肯观摩某些场景、参与某些活动、品尝某些食物，并用频繁数念珠来为勉强涉足的其他事赎罪。然而他探索了整个昆扬世界，不仅拜访过开满金雀花的孽斯平原上那些废弃的中古机械都市，甚至去了一趟幽斯红光世界，见识庞大巍峨的废墟遗迹。技术和机械造就的奇观教他瞠目结舌，肉体的变异、虚化、显形与复生令他在胸口一次又一次地画十字，每天都充满了新见闻，到最后他甚至有些麻木。

可他待得越久就越想离开，地底居民以寻找刺激为目标的精神生活显然与他格格不入。随着历史知识的丰富，他逐渐理解了他们，但理解加剧了厌恶。他认为撒托人显然是个迷失自我的危险种族——远比他们自以为的危险——对一成不变的抗拒和对新鲜刺激的追求正促使他们急速滑向崩坏瓦解的深渊，他的来访甚至加速了这一进程。一方面，他把外界入侵的困扰重新播撒进撒托人心底；另一方面，他又在许多人心底激起了去他口中多姿多彩的地表探索的念头。时间流逝，他注意到人们越发乐于把虚化肉体当作消遣，肆意改变外貌和调整年龄，体验死亡和投射自身，撒托城的公寓与剧场里频频举行的活动就像地上臭名昭著的女巫安息日聚会；他注意到人们越发厌倦和不安，越发残酷、狡诈和叛逆，难以想象的变态行为与荒腔走板的虐待行径变得司空见惯，迷信与无知大行其道，似乎人人都想逃离物质生命，遁入幽灵般的电子态。

然而他没法离开。听证会上的陈情毫无意义，说来说去都是白费工夫，好在撒托城高层有所预料，一开始并未因客人公开表达离开的愿望而恼怒。在扎马科纳估算的1543年，他首度采取实际行动，试图利用早先进入昆扬世界的隧道逃跑，但长途跋涉穿越荒芜的平原后，疲惫不堪的他发现黑暗的隧道里有哨兵把守，只能放弃。也是在那段时间，为保持希望亦为将家乡印在脑海，他开始起草记录冒险经历的手稿。挥洒热爱的古西班牙语词句和熟悉的罗马字母让他神清气爽，他更幻想能用某种方式将手稿送到地表——为说服同胞，他特意把手稿收藏在保存神圣文本的苏鲁金属筒里，圆筒带磁性的古怪材质想必会为其中不可思议的故事增添可信度。

可惜希望归希望，与地表建立联系的可能性实在渺茫。已知的出口都被撒托人或他们派出的哨兵把守起来，根本无法通过，而他看出地底居民对他代表的外界的偏见正在加深，尝试逃跑无异于雪上加霜。他唯愿其他欧洲人不要步他后尘，后来者恐怕没这么好运——作为珍贵的情报来源，他享受到特权，其他人很可能被认为不太重要，待遇一落千丈。说实话，等撒托城的有识之士认定他已被榨干时，他的下场只怕也相当悲惨，于是为了自保，他谈论地表世界渐渐有所保留，着意给对方留下游刃有余的印象。

还有一件事威胁到扎马科纳在撒托城的地位，那就是他一直对幽斯红光世界下的终极深渊——恩凯——念念不忘，浑不顾在昆扬世界占主导地位的宗教团体越发倾向于否认恩凯世界的存在。探索幽斯世界时，他徒劳地寻找过被封闭的大门，后来又努力实验物质虚化和投射的技巧，试图借此把意识送入无法亲眼见证的深渊。虽然他功底平平，却坚信由此得来的一连串离奇噩梦中，包含对恩凯的真实投射成分。他谈论噩梦的方式让耶格和苏鲁教团的领袖又惊又怕，以至朋友们建议他最好隐瞒此事，切不可张扬。再往后噩梦更加频繁和疯狂，他甚至不敢写进手稿，只为撒托城某些饱学之士留下一份特别记录做参考。

非常不幸的是——虽然从某种角度亦可为此庆幸——扎马科纳在这份手稿里做了诸多取舍与保留，打算把细节和描述留给补充文件。因此，我们并不了解昆扬人丰富的礼仪、风俗、思想、语言和历史，也难以清晰勾勒撒托城的视觉景观和日常面貌，甚至不清楚地底居民内心深处的价值观。他们奇特地消极避战，尽管操控着原子能，掌握了物质虚化的技巧，面对血肉之躯的敌人可轻松重演古时的压倒性胜利，却近乎卑微地惧怕外来事物。毫无疑问，昆扬人早已衰落，只能用冷漠麻木和歇斯底里这两种矛盾情绪，来反抗中古时期的机械化造就的过于规范、刻板及乏味的生活，进而发展出各种光怪陆离又令人作呕的风俗、理念与情感。根据历史研究中找到的证据，扎马科纳相信昆扬世界也有过堪比地表的古典时期或文艺复兴时期的阶段，拥有欧洲人以为高尚、仁慈和尊贵的国民性格及艺术水准。

研究越深入，他就越忧虑未来，因他看出道德滑坡和反智主义在此根深蒂固且无所不在，不祥的趋势愈演愈烈，情况仅在他逗留期间就恶化了许多。理性精神让位于以盲目崇拜带磁性的苏鲁金属为核心、狂热而放纵的迷信，此起彼伏的仇恨浪潮吞噬了社会的宽容，首当其冲的替罪羊就是从他那里了解到大量外界信息的学者。他有时甚至担心地底居民会突然放下冷漠和颓丧，宛若大群疯鼠蹿上地表的陌生大地，用还能掌握的、依然十分可怕的科技大肆破坏。幸好他们目前满足于以其他方法消磨时光、填满空虚，尝试各种丑陋的情感宣泄，用畸形、荒诞乃至变态的手法不断突破娱乐的下限——撒托城那些该遭天谴、地表人类绝对无法想象的竞技场就是最好的例子，扎马科纳从不靠近那些建筑。真不知一百年后、甚至十年后的地底世界会成什么样，每念及此，虔诚的西班牙人便会不住画十字和数念珠。

在估算中的 1545 年，扎马科纳孤注一掷地将逃离昆扬世界的计划付诸实行。幸福来得太突然，他的新机会是所属的友爱社群中某位贵妇人，此人对撒托城实行一夫一妻制的时代有些遗传记忆，进而对他产生了奇特的个人迷恋，乃至几乎被他完全掌控。这位名为缇拉－玥布的女性略有姿色，智力也在正常水平以上，扎马科纳最终成功引诱她协助自己逃跑，回报是承诺带她一起离开。运气在整桩密谋里发挥了很大作用，缇拉－玥布来自一个源远流长的“门卫”家族，族内口头传承的知识涉及至少一条自大封闭时代起就被遗忘的通道，连通了地表平原上从未封闭也无人把守的土墩。据她解释，古老的“门卫”与字面上的守卫或哨兵不同，此头衔仅有仪式意义，并代表相应的产权，在与地表隔绝前的岁月属于半封建性质的地主。她的家族在大封闭时代已彻底没落，完全遭到忽视，所以才能将秘密通道的知识传承下来，作为家族荣耀和隐藏实力的象征，以此抵消失去财富和权力的无穷恼恨。

扎马科纳临行前拼命地完成手稿，以免不测发生。他决定只带五头驮满黄金的牲畜踏上旅程——尽管都是用于细部装饰的小金锭，但足以让他在地表享尽荣华富贵。在撒托城居住的四年间，他某种程度上克服了对“勾犽－幽斯”的畏惧，不再害怕驱使它们，但他决定一回到地表立刻把它们杀死、掩埋，再找个地方藏金子，因为普通印第安人瞥见它们一眼就可能被吓疯，而他可以日后再组织探险队来把宝藏运回墨西哥。至于缇拉－玥布，他可以与她共享财富，无论如何她也算有点魅力，但更可能把她留在大平原上的印第安部落，就此斩断与撒托城之间不堪回首的联系。他当然希望娶个西班牙贵妇，至少也得是拥有地上的正常血统、出身优渥的印第安公主，只是现在需要缇拉－玥布做向导罢了。如前所述，他把手稿装进带磁性的苏鲁神圣金属铸成的书筒里，随身携带。

手稿末尾部分追述了逃亡始末，相关文字显然是后来添加，潦草的笔迹显露出作者紧张的精神状态。扎马科纳与缇拉－玥布考虑得很周全，专挑休息时段出发，并尽可能利用光线昏暗的城市地下网络。他俩换上奴隶衣裳，背起装口粮的行囊，徒步赶着五只驮满黄金的牲畜，装成不起眼的普通劳工来到地下漫长又人迹罕至的分支通道，从前那是机械交通工具的专用道，通往现已废弃的勒撒郊区。他俩在勒撒郊区的废墟中回到地面，随即在蓝光照耀下急速穿越荒芜的孽斯平原，赶往低矮的嘎斯－岩艮群山。缇拉－玥布在山丘间纠缠的灌木丛中找到了弃用已久、几近沦为传说的被遗忘的入口，她自己也仅仅是若干世纪前被父亲领来过一回，参观此处象征家族荣耀的遗址。驱赶负重的“勾犽－幽斯”穿过丛生的藤蔓和荆棘非常困难，一头格外叛逆的牲畜引发了严重后果——它突然飞也似的挣脱，迈开可憎的脚掌，驮着大笔黄金冲撒托城狂奔而去。

就着蓝光火把，他俩在潮湿狭小的地洞中开始噩梦般的旅程。前进方向时上时下、捉摸不定，自亚特兰蒂斯沉没以来，这里就无人涉足，缇拉－玥布甚至必须在某个被地层变迁堵死的地点对自己、扎马科纳和牲畜们使用可怕的物质虚化技巧，这对西班牙人来说不啻于最恐怖的体验——尽管他经常见证其他人的虚化表演，练习后也能做到梦境投射那一步，但身体从未完全虚化。亏得缇拉－玥布精通昆扬人的技巧，两次变异都绝对安全。

他俩在结满钟乳石的恐怖地洞中继续噩梦般的旅程，在每个转角处都必须承受怪异的雕刻不怀好意的睨视。扎马科纳估算扎营和前进总共用去三天，亦可能更短，最终来到一段非常狭窄、陡峭的隧道，纯天然或仅被简单开凿过的地洞在此完全让位于刻满丑恶浅浮雕的人造通路。上行约一英里后隧道到了终点，两旁各有一个大型壁龛，耶格与苏鲁结满硝石的神像蹲在壁龛里，恐怕从人类世界诞生之初就这么大眼瞪小眼了。隧道过后是人工开凿的巨型拱顶圆厅，厅内每寸墙壁都布满丑恶雕刻，远端的拱门外可见一段石阶。根据家族传说，缇拉－玥布认定此处已非常接近地表，但说不准有多近，于是他俩再次扎营休息，打算睡醒后一鼓作气完成地底旅程。

数小时后，金属碰撞声和牲畜的脚步声惊醒了扎马科纳和缇拉－玥布，耶格与苏鲁神像间的隧道蓝光大盛——显然，他们被发现了。后来他得知，那头在荆棘丛生的隧道口叛逃的“勾犽－幽斯”向撒托城通风报信，城中立刻发兵火速赶来抓捕。抵抗毫无意义，他俩只能束手就擒，十二名追兵表面上彬彬有礼，但双方几乎没说一个字也没有任何思想交流。

回程郁闷又压抑，为通过堵死的地点，扎马科纳不得不再次承受虚化和显形的折磨，失去出逃时的希望与期待更是火上浇油。他感到追兵们在讨论尽快用瓦解射线清理该地点，以后必须守住这条未知的通道，绝不能让外来者进入，倘若疏于监管，一旦地底世界幅员辽阔的事传播出去，难保不会点燃好奇心、引来大举入侵。其实自扎马科纳到来，已知的通道均重新部署了哨兵，连最偏远的入口也不例外，哨兵来源是奴隶、活死人“弋姆－彼希”和失信的自由民。既然西班牙人声称北美大平原涌来了大批欧洲人，那就意味着每个入口都有潜在风险，不能掉以轻心，直至撒托城的技术人员群策群力，施展一劳永逸的隐藏技术——他们在过去更繁荣的年代如此处理过许多通道。

扎马科纳和缇拉－玥布再次经过花圃和喷泉装点的庭园，被带入黄金与纯铜打造的宫殿，在最高法院的三名“斡厄－案厄”前受审。西班牙人因仍有重要的外界信息可供榨取而当庭获释，他受命返回公寓，重新融入所属的友爱群体，继续以前的生活，并按最新制定的时间表与学者代表们交流。只要他乖乖待在昆扬世界，就不会受约束，但他必须记住，宽大处理仅此一回、下不为例——扎马科纳甚至从主审的“斡厄－案厄”的态度中察觉到一丝嘲讽，因其在最后判决中宣布所有“勾犽－幽斯”都会交还给他，包括叛逃的那头。

缇拉－玥布的下场就很惨了，留她无用，古老的撒托血统反倒加深了背叛的罪孽。几名“斡厄－案厄”把她发配去剧场，满足大众的娱乐怪癖，后来她半虚化的无头残躯被激活成“弋姆－彼希”尸奴，作为哨兵把守自己出卖的通道。扎马科纳很快得知，可怜的无头尸缇拉－玥布的岗位在最外围，在通道尽头的土墩之上，这让他感到始料未及的强烈悔恨。相传她只在夜间放哨，职责是举着火把吓人，碰上谁无视警告，即刻通知土墩下方拱顶圆厅里的卫戍小分队，分队包括十二个“弋姆－彼希”尸奴和六名半虚化的活着的自由民。人们还补充说，缇拉－玥布乃是换班执勤，日间放哨的是一名活着的自由民，其人触犯国法后为逃避惩罚选择以此顶罪——扎马科纳早就知道，这类失信的自由民是大门哨兵的主力。

撒托城高层托人转告扎马科纳，若敢再逃，必被发配守门，且是在剧场中承受比缇拉－玥布更残酷的折磨之后，以“弋姆－彼希”尸奴的身份成为哨兵。他——准确地说是他的残躯——将被激活用于守卫某段隧道，不堪入目的躯体永远警示着其他人背叛的代价。发出上述威胁后，线人们又总会口风一转，声称难以想象他会遭此厄运，只要他乖乖待在昆扬世界，就永远是享有自由和特权的贵宾。

就我看来，潘菲罗·德·扎马科纳最终没能逃过可怕的厄运。当然，他并不想落得如此下场，但笔迹潦草的手稿末尾部分明确表示，他愿意面对可能的代价。物质虚化技巧的逐渐熟练，让他燃起了最后一线出逃希望——多年来他苦心钻研，并从前两次虚化体验中悟出诀窍，直到越来越有把握能自力更生地施展技巧。手稿记录了好几次重要实验，根据在公寓里取得的阶段性成果，他满心希望能尽快化为完全隐形的“幽灵”，并尽可能长久保持。

扎马科纳声称，一旦达到那种境界，出逃之路就将敞开。当然，他不可以再携带黄金，能脱身便足够，但他打算把手稿和装手稿的苏鲁金属圆筒虚化后带走，无论如何也要保证文件和证物安全抵达地表。他了解那条隧道，以原子弥散的“幽灵”态想必能神不知鬼不觉地穿过它，问题在于能否一直保持这种状态。由实验可知，显形的风险始终存在，但冒险家不就是在钢丝上跳舞的赌徒吗？正是扎马科纳这样的老派西班牙绅士勇敢面对未知，才让半个新大陆进入文明社会。

下定决心后的若干夜晚，扎马科纳一边向圣潘菲洛斯和其他守护圣徒祈祷，一边数念珠。手稿的最后段落越来越像日记，末了只有一句话“比预想的要晚——我得出发了”，留给世人无尽的沉默与猜想。文字本身是最好的证据，任何人都能得出自己的结论。

（七）

当我从极度震撼的阅读和翻译中回过神，太阳已高挂天空，电灯泡仍然亮着，这些地表现代世界的真实事物仿佛远离了我天翻地覆的认知。身处班热镇克莱德·康普顿家客房的我，灵魂不慎踏入了怎样的怪诞国度？这是巧妙的骗局还是癔症的产物？倘若归于前者，那么手稿是十六世纪遗留的恶作剧，还是现代伪造的赝品呢？无论如何，泛黄的纸卷在我这对还算见多识广的眼睛看来颇为可信，古怪的金属圆筒引出的问题更不堪设想。

更有甚者，它们为土墩的不解之谜——昼夜交替出没、看似荒谬地重复着单调行为的“幽灵”，以及离奇的失踪案和发疯案——提供了明确而可怕的解释！倘能接受难以置信的前提，这种解释可谓高度吻合现实，邪门到天衣无缝的地步！而若要说是骗局，布局者必须对土墩的传说知根知底，这点本已极难，更可怕的是他还在记述衰退、可怖、地表人类无法想象的地底世界时渗入了一丝社会讽刺！不，手稿肯定是某位大儒的学究巧妙伪造的赝品，就像新墨西哥的铅十字架，虽然一度风传是黑暗时代的欧洲殖民者的遗物，结果却被证明是好事者提前埋下的。

下楼吃早饭时，我还是不知该对康普顿母子及陆续赶来的好奇镇民说些什么，只好快刀斩乱麻讲了几个记录的要点，稀里糊涂地归结为从前的土墩探索者精心设计的骗局——餐桌周围的听众和后来得知消息的镇民对此深表赞同，得知手稿仅是人为的玩笑，笼罩桌边及全镇的忧虑顿时一扫而空。大家似乎暂时忘却了土墩近年来种种扑朔迷离的事件，无视现有的谜团与手稿叙述的世界一样怪异，也根本没得到合理解释。

但当我邀请志愿者一道再上土墩时，恐惧和怀疑又回来了，我想要人手帮忙挖掘，可班热镇民一如既往不愿涉足禁区。远处土墩上隐隐有个移动的小点，无疑是白昼的哨兵，看到他我自己也心生恐惧，因为无论如何怀疑那份耸人听闻的手稿，它毕竟写得头头是道，乃至为土墩相关的一切赋予了全新的古怪内涵。我甚至没勇气举起望远镜仔细观察移动的小点，便像做梦一样虚张声势走了过去——我们往往只有在梦中才敢直面恐怖，奋不顾身地尽快做个了断。铁铲和鹤嘴锄留在了土墩上，只需拿起装随身物品的旅行包，我把奇特的圆筒和手稿也放进包里，隐约感到能发现什么来验证绿墨水书写的西班牙词句。不管怎么说，狡猾的骗子很可能是基于某些探明的地质属性来设套的，别忘了古怪的磁性金属！同种材质制成的灰鹰的神秘护身符依旧用皮绳挂在我脖子上。

我前进时不敢仔细打量土墩，抵达后也没见到哨兵，随即重复了昨天的辛苦攀爬，心头一直惴惴不安……万一……出于无法想象的奇迹，手稿的某些段落确有真凭实据，该怎么办呢？我忍不住想，既然装手稿的圆筒丢在土墩顶上，那位西班牙作者扎马科纳多半在即将回到地表时出了事——会不会是无缘无故突然显形，以致他在毫无防备的情形下被执勤哨兵发现？假如真是这样，逮住他的要么是失信的自由民，要么是之前与他合谋并协助他逃亡的缇拉-玥布，是后者就太讽刺了！在殊死的搏斗中，装手稿的圆筒遭到忽视，逐渐被掩埋起来，直到近四个世纪后……不，我爬上土墩后告诫自己，不能这么异想天开。但假如故事有任何真实成分，再度被抓回去的扎马科纳势必难逃厄运……剧场……折磨……以被激活的尸奴身份把守结满硝石的潮湿隧道……不堪入目的躯体永远充当地下哨兵……

将病态的想象赶出脑海的是真正的震惊，我在椭圆形的丘顶平地看了一圈，铁铲和鹤嘴锄竟被偷了！真是不可接受、无法容忍，同时也令人困惑，因我见到的每个班热镇民似乎都不愿接近土墩。难道他们是装的？难道那些十分钟前庄重目送我离开的人，此刻正为我的窘迫乐不可支？我取出双筒望远镜，扫视镇子边缘伸长脖子遥望的人群——他们并没有等着起哄，可说到底，镇民和保留地的印第安人关注的一切，从传说、手稿到圆筒，都显得十分可笑。

然而我一转念，想到从远处目睹的哨兵，以及他如何在近处无缘无故消失；我想到老灰鹰的举动、康普顿母子的言谈表情还有绝大多数镇民真挚的畏惧……不，这不可能是个天大的玩笑，恐惧和谜团的确存在，就算有一两个胆大包天的讨厌鬼从镇子里出来，偷偷爬上土墩拿走我留下的工具，也无损于大局。

土墩上其余的状况与我昨天离开时基本一致：大砍刀清理过的灌木，北侧尽头微微下陷的碗状洼地，为找到带磁性的圆筒用双刃短刀挖出的洞。返回班热镇去取铁铲和鹤嘴锄无疑正中匿名讨厌鬼的下怀，我决定尽量利用包里的大砍刀和双刃短刀，在此前看准的洼地下手，那里很可能是昔日土墩内部的出入口。我刚动手，就感到反常的怪风再次吹起——那股刻意拖我后腿的力量跟昨天相似，只是更强了，随着我在根系丛生的红土层里越挖越深，逐渐暴露出外来的肥沃黑土，好多看不见的无形之手仿佛也在使劲掰拉我的手腕。我脖子上的护身符在风中怪异地摆动，不像被掩埋的圆筒吸引时那样朝固定方向摇摆，而是不可理喻地乱动一气。

紧接着，同样根系丛生的黑土毫无预兆地轰然沉陷，我还听到地下深处隐约传来泥土的挪动和撒落声。妨碍我的力量、怪风抑或手掌似乎转而从泥土沉陷处涌出，当我向后跳开、避免卷入可能的塌方时，那股力量甚至推了我一把，而当我回到原地，弯腰用大砍刀切割泥土纠结的根系，它又来妨碍，幸好从头到尾都不能阻止我工作。我割断的根系越多，地下的撒落声就越大，整片洼地朝中心急剧沉陷，泥土好像全落入了下面的巨大空洞，没了起维持作用的根系，一个尺寸颇大的洞口逐渐暴露在眼前。我用大砍刀割断最后几条根，可见的障碍便随塌方彻底消失了，唯有怪异陌生的冷气和寒风还在继续上涌。上午的阳光下，至少三英尺见方的大洞向我敞开，洞内石阶终于重见天日，塌陷撒落的泥土在阶梯上滚动，辛苦的探索有了收获！喜悦的豪情霎时间几乎完全盖过了恐惧，我把双刃短刀和大砍刀放回包里，拿出大功率手电筒，孤军深入自己揭露的神奇的地下世界，一心想要建功立业。

最初那段石阶很难走，掉落的泥土阻塞了通道，地下持续吹来险恶的寒风，脖子上的护身符也继续着怪异的摆动。手电筒照亮了阴冷潮湿、水渍斑斑、结满盐霜的墙壁，教我怀念身后透出阳光的方形洞口。墙壁是由巨大的玄武岩石块砌成的，不时可在硝石沉积下发现雕刻痕迹，我不由自主地把旅行包抓得更紧，并为外套的右手口袋里放着警长那把沉甸甸的左轮手枪而暗自庆幸。又走了一段，阶梯开始七弯八拐，障碍物则完全消失了，墙上的雕刻越发清晰可辨，那些怪诞图案与我发现的圆筒上可怕的浅浮雕如出一辙，令人不寒而栗。怪风或力量继续恶意阻拦我，在一两个转弯处，我甚至认为手电筒隐约照出了某种稀薄透明、神似望远镜中土墩哨兵的形体，不得不停步镇定心神，以摆脱视觉错乱——可以想见，我接下来多半会面临更严峻的考验，也将迎来职业生涯中最重大的考古发现，绝不能在此时慌乱失措。

然而停步的决定让我后悔不迭，正因这个举动，我才惶恐地注意到某件小得不打眼、贴墙根落在下面几级阶梯的东西，它严重挑战着人类的理性，牵连出一系列最可怕的猜想……简单地说，从灌木根系的生产情况和积土厚度判断，刚才挖出的洞口显然封闭了若干世代，但落在我眼前的电筒不可能来自若干世代以前，它与我手中的电筒相差无几，纵然古墓般的潮湿环境使它有些变形还结满了盐霜，但我绝不可能认错。我走下去拾起它，就着粗布外套擦去表面讨厌的沉积物，发现一条镀镍带上镌刻有主人的姓名和住址：詹森·C. 威廉姆斯，特洛布里治街 17 号，剑桥，马萨诸塞——我顿时意识到它属于 1915 年 6 月 28 日失踪的两名勇敢的大学讲师之一，仅仅来自十三年前，可我挖开的土层无疑有几个世纪的历史，这该如何解释？！莫非存在另一个入口？还是说虚化与显形的疯狂念头真有可能实现？

我继续下行，阶梯似乎无穷无尽，疑惧也越来越深。这条路能走到头吗？越发清晰、生动的墙雕串联起一个个故事，与旅行包里的手稿概括的昆扬人历史相似得触目惊心。我一度认真考虑过继续下行是否明智，是否该在接触到某种严重损害精神健康的事物之前，掉头返回能自由呼吸的地表世界。但我没犹豫太久，身为弗吉尼亚人，战士与绅士冒险家的遗传血脉阻止我在一切已知和未知的危险面前轻易退却！

我反而加快了步伐，尽量不去细看那些会让人丧失勇气的怪诞浅浮雕和凹雕。敞开的拱门突然出现在前方，漫长的石阶终于结束，随之而来的却是加倍的惶恐——我来到一个造型分外熟悉的巨型拱顶圆厅，厅内每寸墙壁都布满丑恶的雕刻，完全呼应着扎马科纳的手稿。

没错，就是同一个地方，当我发现巨厅正对面另一道拱门外的情形，残余的怀疑也都烟消云散了……门外是狭长的隧道，隧道起始处有两个相向而立的大壁龛，壁龛内果真供着两尊轮廓极度可憎的巨大神像：不洁的耶格和丑陋的苏鲁永世蹲伏于暗处，恐怕从人类世界诞生之初就这么大眼瞪小眼了。

读者诸君有理由怀疑我接下来的叙述——我见到的事物过于反常、恐怖和难以置信，完全背离了正常人的体验与认知。我转动明亮的手电筒光柱，沿高耸的墙壁扫视整个巨厅，惊恐地发现厅内并不空旷，而是散落着古怪的家具、器皿和大量包裹。那些东西固然造型千奇百怪，但并非结满硝石的古代遗物，而是现代日用品，说明此地最近大有人在。蹊跷的是，只要光束停在某件或某堆东西上，清晰的线条就会变得渐渐模糊，到头来几乎无从区分确有其物还是产生了幻觉。

蛮横的怪风越发狂暴，看不见的手不但恶意满满地拽我的身体，还扯着我脖子上带有奇特磁性的金属护身符。如此诡异的环境令我心猿意马地联想到手稿的陈述，据说这里的卫戍小分队包括十二个“弋姆－彼希”尸奴和六名半虚化的活着的自由民……那是 1545 年，也就是三百八十三年前……后来呢？扎马科纳预料的趋势……崩坏瓦解……虚化肉体……越来越弱……莫非灰鹰的护身符——神圣的苏鲁金属——阻止了他们像对付前人一样对付我，只能徒劳地扯它？我忽然浑身战栗地意识到，一切猜测都以肯定扎马科纳手稿为前提——不可能——我必须控制自己——

该死，我越想控制自己，就越是事与愿违地见到令人崩溃的新线索。正当我即将用意志力屏蔽掉若隐若现的景物时，电筒光束和不经意间的一瞥却揭示了两个确凿无疑的证据，它们无疑属于真实和正常的世界，给了我摇摇欲坠的理性前所未有的一记重击……没错，我认得它们，再熟悉不过了，只要自然规律依旧成立，它们就绝不该在此出现——丢失的铁铲和鹤嘴锄居然并排放着，整整齐齐地靠在地下魔窟刻满渎神图案的墙边！老天爷啊，我还自作聪明地归咎于班热镇胆大包天的讨厌鬼！

这是最后一根稻草，随后我便被手稿诅咒般的催眠魔力所征服，看见了许多推搡和拉拽我的半透明形体……推搡和拉拽，那些仿佛患有麻风病、仅残存有一丝人类特征的上古怪物……有的身体完整，有的病态残缺……还有更丑恶的动物……猴脸独角的四足孽畜……但从始至终，结满硝石的地下魔窟没半点声音。

突然，死寂被逐渐靠近的沉闷声音打破了！扑通扑通，啪嗒啪嗒——毋庸置疑，逐渐靠近的是一个与铁铲和鹤嘴锄相似的实体，跟包围我的暗影不同，但与地表人类认可的正常生命亦有天壤之别。我混乱的大脑无力应付这异常状况，不知该如何是好，嘴里只能一遍又一遍地喃喃自语："它来自深渊，但起码没有虚化。"啪嗒声越发清晰，我从机械般的步伐中听出黑暗中走来的是个死东西，然后——噢，天哪！电筒光束照着它了，那个狭窄隧道里的哨兵，伫立在巨蛇耶格和章鱼头苏鲁噩梦般的神像之间……

请允许我稳定情绪后再来解释当时看到了什么，解释自己为何会陷入仁慈的无意识状态，丢下电筒和旅行包，两手空空地逃进乌七八黑的通道……我被阳光和远处镇民们的喊叫唤醒时，正躺在可憎的土墩顶上茫然地喘气，不知是怎样回到了地表。班热镇民说我失踪三小时后摇摇晃晃爬出土墩，旋即像挨了枪子一样直挺挺地栽倒，他们虽不敢过来帮忙，但心知情况不妙，所以才尽可能地齐声喊叫、鸣枪示警，终于唤醒了我。

我清醒后立刻连滚带爬地逃下山坡，远离依旧敞开的漆黑洞口。手电筒、工具和装手稿的旅行包都落在地下，但读者不难理解我或其他人为何没回去寻找。我踉踉跄跄走过平原回到镇子，不敢多说，只是顾左右而言他地谈了谈雕刻、塑像和蛇，抱怨精神紧张。有人提及我踉跄的回程路没走到一半，“幽灵”哨兵已回到土墩顶上，这消息令我再次失去了知觉。我当晚便离开班热镇，从此再没回去，而他们告诉我“幽灵”至今照常出没。

在本文末尾，我决心揭示不敢告诉班热镇民的真相，说出在那个可怕的 8 月下午到底看到了什么。直到此刻之前，我都不知该如何开口——假如你们到头来仍无法理解我的缄默，请记住想象恐怖之物是一回事，目睹完全是另一回事。我目睹了它。还记得前文提到的聪慧青年希顿吗？他于 1891 年某日爬上土墩，入夜后返回时成了个疯子，留在镇子里说了八年胡话，最终死于癫痫发作。他最常念叨的是：“那个白人——噢！我的上帝，他们对他做了什么！……”

唉，我与可怜的希顿看到了同样的东西——由于我是读过手稿、对那东西知根知底后看到的，感受也要糟糕得多。我非常清楚它意味着什么，此时此刻，它一定还在地下腐化、溃烂和等待。如前所述，它从狭窄隧道里迈着机械的步伐朝我走来，宛若哨兵伫立在圆厅入口耶格和苏鲁的恐怖神像之间。对它来说，这是必须履行的使命，毕竟它是个哨兵，是个失去头颅、两条胳膊、两条小腿和其他部位，惨死后还要赎罪的哨兵，但它从前的的确确属于人类，准确地说是个白人。很显然，倘若手稿跟我认为的一样可信，它必定曾在剧院里被用于各种消遣，直到生机断绝，之后又从外部激活，成为没有意识的奴隶。

它只有少许体毛的白色胸膛上刻着或烙着一行字——虽然我没停下细看，但一望即知是粗糙蹩脚的西班牙文。既不熟悉地表文法也不常用罗马字母的古族，设法在题词中混入了一丝嘲讽，大意可译为：

“在犸燚意志之下由无头尸缇拉－玥布捕获。”

H.P. 洛夫克拉夫特与泽利亚·毕肖普 合著

耶格的诅咒

1925年，我追寻蛇神传说来到俄克拉何马州，却留下对蛇的终身恐惧。我承认，这听起来很蠢，当时的见闻不难找到合理解释，可我就是无法摆脱五雷轰顶般的震撼，以至打心眼里相信传说不只是传说。身为美洲印第安民族学家，我对五花八门的奇闻怪事早已波澜不惊——红种人的想象力远比头脑简单的白人丰富——但格思里市精神病院的情况是我亲眼所见，真可谓刻骨铭心。

我造访那家精神病院是出于几名老移民的推荐。我为蛇神传说而来，但当地无论印第安人还是白人都噤若寒蝉——诚然，因石油热初来乍到的家伙本不知情，但红种人和早期开拓者对我的问题纷纷流露出直白的恐惧，其中必有蹊跷。有六七个长者小心翼翼提到那家精神病院，说是麦克尼尔医生有一件非常可怕的遗物，并能回答我的疑问。他可以解释为何众蛇之父、半人形的耶格会在俄克拉何马州中部成为人们回避和畏惧的对象；为何当印第安人开始秋季隐秘的污秽仪式，某些偏僻地点日夜不停传出丑恶的手鼓声时，老一代移民便浑身战栗。

印第安蛇神崇拜的演变是我的研究领域，依据传说与考古向前追溯，多年来我一直认为伟大的奎兹特克——墨西哥人尊贵的羽蛇之神——有更古老和黑暗的原型。此前数月间，我犹如嗅觉灵敏的猎狗从危地马拉一路追查到俄克拉何马平原，最终来到格思里市。调查大体印证了推论，但由于蛇神信仰笼罩着恐怖与神秘，我收集的素材固然诱人，却还缺少关键证据。

听说精神病院能提供崭新而丰富的线索，我难掩心头激动。麦克尼尔医生上了年纪，身材不高，但胡子刮得很干净，从言谈举止中，我立刻看出他是一位在主业之外涉猎广泛的学者。可我说明来意后，他便严肃起来，也露出些许怀疑。

“所以喽，你在研究耶格神话？”麦克尼尔医生挂着若有所思的表情，仔细检查了我的证件及一位高龄的前印第安事务官好心提供的介绍信后，单刀直入地说，“据我所知，我们俄克拉何马的许多民族学家也试图把耶格与奎兹特克联系起来，但没人走得这么远。你年纪轻轻却很有想法，当然有资格了解这儿的情况。

“老摩尔少校或其他人大概没挑明我这儿有什么，他们和我一样不想深究。那是场不幸而残酷的悲剧，仅此而已，我并不认为与超自然力量有关，你见过之后我再解释原委吧——我会告诉你一个凄惨至极的故事，但我再次声明，这个故事与魔法无关，仅能说明迷信对人的影响有多大。必须承认，只要不是青天白日，我有时也会不由自主地为之打个激灵。唉，我毕竟不年轻了！

“言归正传，我这儿有所谓耶格的诅咒的受害者——一个活生生的受害者。大多数护士虽然知道它在这儿，但见不着，我们只让两个可靠的老伙计负责投喂和打扫——原来干这活儿的有三个，可惜好心的老史蒂文斯前几年过世了，我猜用不了多久还得找新人，因为那东西似乎不会衰老也不会变化，老伙计们却没法一直撑下去。或许在不久的将来，伦理观念的改变会允许我们给它个安乐的解脱，谁知道呢？

“你开车过来时有没有注意病院东翼有扇装毛玻璃的地下室单窗？我亲自带你过去。无须多言，只管拉开门上的镶板往里看，并为光线昏暗感谢上帝，之后我再说故事——确切地讲，是我能拼凑出的一切。”

我俩非常安静地走下楼梯，走过似乎完全废弃的地下室走廊，一句话也没说。最后，麦克尼尔医生用钥匙打开一扇灰漆铁门，进入一段独立的走廊，走廊尽头的门标着“B116”。医生踮起脚拉开门上遮住窥视孔的小镶板，又反复敲打涂漆的金属门扇，似要唤醒里面的住客，不管那是谁。

拉开的窥视孔中飘出淡淡的臭味，敲打似乎引来低沉的嘶嘶回应。医生示意我跟他换位，我遵从指示凑过去，却没来由地心里发毛。那扇贴近地表、设有栅栏的毛玻璃窗只能透进一点虚弱苍白的微光，我睁大眼睛打量了好久，才发现眼前恶臭的兽穴铺满稻草的地上有个蠕动爬行的东西，不时发出微弱、空洞的嘶嘶声。接着，阴影中的轮廓开始成形，似乎是一个匍匐在地、扭来扭去的人形活物，我惊骇之下不由得抓紧门把手来支撑自己。

蠕动的活物体型与人类相当，赤裸的身体没有一根毛发，茶褐色的背部在阴森的微光下竟隐现出鳞片特质。它抬起斑斑点点的褐色肩膀上扁得出奇的脑袋冲我嘶叫，黑珠子般的小眼睛实在太可憎、太像人了，让人没法长久对视。眼见它执意不肯移开恐怖的视线，始终目不转睛地瞪着我，我只能气喘吁吁地关上窥视孔，任它在看不见的稻草地上就着微光继续蠕动。这种反应一定相当狼狈，医生轻柔地扶住胳膊把我领走时，我只顾结结巴巴地反复询问："看——看在上帝分上，那到底是什么？"

麦克尼尔医生把我领到楼上的私人办公室，让我躺进他对面的安乐椅，开始讲故事。时近黄昏，金红色的阳光渐渐变成暗紫色，我躺在那里哑口无言、动弹不得，心头恼恨每一通电话铃声和每一次蜂鸣器震颤的无端打断，也忍不住诅咒来回敲门、把医生临时叫去外面办公室的各色护士和实习生。万幸夜幕降临后主人打开了所有电灯，身为学者的我已深陷故事的恐怖氛围之中，将理性精神抛诸九霄云外，活像小孩被壁炉边悄声流传的女巫故事吓蒙了一样。

中部大平原各部落信奉的蛇神耶格，或可认作南方人崇拜的奎兹特克或库库尔坎的原型。耶格是半人形的古怪魔鬼，性情善变又捉摸不定，但并非全然邪恶，能善待尊崇它及它的蛇类子孙的人，只是一到秋季便异常饥饿，唯有适当的仪式方能驱除。正因如此，每年 8 月到 10 月，波尼部落、威奇托部落和卡多部落的地盘才会日复一日响起手鼓声，印第安巫医才会像阿兹特克人或玛雅人那样吹起奇怪的口哨、摇起奇特的拨浪鼓。

耶格最大的特点是眷顾子孙，以致红种人不太敢捕杀当地泛滥成灾的剧毒响尾蛇。根据他们私下流传的恐怖故事，耶格会报复藐视或伤害它的爬行子孙的凡人，方法是在残酷的折磨之后，把人变成斑点蛇。

医生滔滔不绝地讲道，早年俄克拉何马还是“印第安领地”的时代，耶格的一切都不是秘密。平原部落不像沙漠部落或普韦布洛人那样谨慎，他们相当随意地与首批印第安事务官谈论相关传说及秋季举行的仪式，任由许多故事流入邻近的白人聚居地。真正的恐惧源自 1889 年如火如荼的跑马圈地运动，谣传当时发生过许多骇人的案件，甚至留下毛骨悚然的证据。印第安人指控白人不懂与耶格的相处之道，移民们按字面意义接受了这条指控，所以今天俄克拉何马中部的老一代——无论白人还是红种人——除含糊的暗示外，绝口不提蛇神。说到这里，医生毫无必要地强调，其实能证实的恐怖事件仅有一个，而那并非魔法的结果，只是非常不幸、现实而残酷的悲剧，尽管故事的结尾存在争议。

进入正题前，麦克尼尔医生先停下来清了清嗓子，摆出一副大幕徐徐拉开的架势，教人不免心生期许。故事发端于 1889 年春，沃克·戴维斯和妻子奥黛丽离开阿肯色州，前往西部新开放的公地定居，威奇托河以北威奇托人的地盘正被快速圈占，日后成为卡多县。顺带一提，如今那片区域兴起一个叫班热的小镇，还通了铁路，但总体而言不若俄克拉何马州其他地方的变化那么翻天覆地。由于远离大油田，那里基本还是农场和牧场的天下，过去的产出也不错。

沃克与奥黛丽从富兰克林县的欧萨克山区出发，驾着两头骡子拉的帆布篷车，带着一条叫“狼仔”的虚弱老狗和全部家当。他俩是典型的山民，年纪轻轻但雄心壮志，满心希望告别在阿肯色州的艰苦劳作，过上舒适的好生活。

夫妇俩都很消瘦，几乎皮包骨头。丈夫长得高，沙色皮肤，有一对灰眼睛；妻子长得矮，肤色较深，一头黑直发说明她有点印第安血统。除此之外，他俩与当时涌向新疆域的数千名开拓者没什么差别，唯独有一点——沃克极度怕蛇。有人将这归咎为某种先天症状，又有人说他幼年被一个印第安老妪关于“宿命”的阴暗预言吓唬过。无论如何，沃克真的极度怕蛇，一提到那种动物，平素勇气过人的他就脸色发白、头晕目眩，而若真见到哪怕一条小蛇，他也会失控到近乎癫痫发作。

出发赶在早春时节，他俩试图赶到新土地播种春耕，可阿肯色州糟糕的路况延缓了旅程，进入“印第安领地”后则是大片绵延起伏的山丘和红色沙土的荒漠，根本无路可循。随着地势越发平坦，与家乡山区的差距越来越大，他俩的沮丧或许比自己意识到的更强烈。好歹印第安事务厅的官员们态度不错，大部分接受文明归化的印第安人也很友好，有时他俩还会遭遇其他开拓者，彼此交换粗鲁的玩笑或平和地表达竞争意识。

出于季节原因，见不到几条蛇，沃克既没因易受刺激的特殊弱点而受苦，也没在最初的旅行中听到蛇神的相关传说——联邦政府从东南部迁来俄克拉何马安置的那些部落，并未共享西部同胞们的狂野信仰。讽刺的是，沃克夫妇竟是在马斯科吉部落地盘内的奥克马尔吉，从一个白人嘴里第一次听到关于耶格的暗示，这条暗示对沃克造成了相当古怪也相当重大的影响，导致他无节制地疑神疑鬼。

妄想症很快发展到难以收拾的地步，他每晚扎营前不知疲倦地采取最夸张的防范措施，不但要清除周边植被，还要避开一切多石地形。在他眼中，发育不良的灌木丛或大石板间的缝隙都可能是毒蛇的藏身处，而但凡远看没在定居点周围活动或不属于移民车队的人都是蛇神崇拜者，直到靠近后证实并非如此。万幸起初没什么麻烦的遭遇去进一步动摇他绷紧的神经。

但随着夫妇俩进入基卡波部落的地盘，想避开石堆扎营越来越难，最终变得不切实际。可怜的沃克只好满足于幼稚的权宜之计，不住念诵幼年时代学到的几条乡下的驱蛇咒语。夫妇俩有两三次真的瞥见了蛇，饱受折磨的沃克被吓得更紧张了。

旅途第二十二天的傍晚突然刮起大风，夫妇俩为骡子着想不得不就近扎营。奥黛丽说服丈夫躲到一面高得离谱的山崖背后，那山崖俯瞰着加拿大河某条支流干涸的河床。沃克不喜欢河边的碎石地貌，但情况特殊别无选择，只能闷闷不乐地把拉车的骡子牵往坡上避风，篷车本身过不来。

奥黛丽留在原地检查篷车周围的石堆，她发现虚弱的老狗“狼仔”正朝一个方向不住嗅探，便拿起步枪跟过去。很快，她庆幸自己采取了行动，若让丈夫发现两块巨石的缝隙间若隐若现的东西，绝对会出事——那堆东西慢吞吞地蠕动缠绕在一起，总计有三条或四条，显然是刚孵化的响尾蛇幼体。

为丈夫着想，奥黛丽毫不犹豫地握紧枪管，用枪托反复砸向那堆蠕动的东西。她当然感到恶心，但没到恐惧的程度。完事之后，她赶紧用旁边的红沙和枯死的野草擦拭步枪，争分夺秒想赶在沃克从骡子那边返回前掩饰一切。混入了牧羊犬和郊狼血统的老狗“狼仔”业已不见踪影，多半会把男主人领来。

接踵而至的脚步声印证了她的担忧，沃克没给她掩饰的时间。奥黛丽扑过去抓住丈夫，唯恐他晕倒，但他只晃了晃身子，毫无血色的脸孔起初写满纯粹的恐惧，随后畏缩与恼怒扩散开来。他用颤抖的声音斥责妻子：

“我的天哪，奥黛，你为啥要楞个干？你没听到他们一直在说的那个蛇魔耶格吗？你该来找我，然后我们立马走人。你晓不晓得弄死邪魔的孩子有啥下场？你晓不晓得印第安人为啥一到秋天就敲鼓跳舞？我跟你说过，这片土地遭了诅咒，每个晓得我们要去哪儿的人都这样说。这里属于耶格，它每年秋天都出来抓人，把他们变成蛇。晓得不，奥黛，为啥这凼头没得一个印第安人会随心所欲或为了赚钱就去杀蛇！

“天晓得你干了撒子，婆娘，弄死整整一窝耶格的孩子。它肯定要来抓你，迟早的事，除非我能从印第安巫医那里搞到咒语。它要来抓你，奥黛，说不定哪天晚上就会冒出来，把你变成地上爬的斑点蛇！”

沃克在剩下的旅程里不断重复恐吓般的责骂和预言。夫妇俩在纽卡斯尔附近渡过加拿大河，不久后遇到真正的平原印第安人——一群裹毛毯的威奇托人，他们的首领在威士忌的魔力下畅所欲言，并为交换一夸脱酒液，教了可怜的沃克一段啰唆冗长的保护咒语，专用来抵御耶格。那个星期结束前，戴维斯夫妇终于来到威奇托部落的地盘内指定给他们的土地，旋即马不停蹄地圈设边界、播种春耕，着手建造木屋。

那片地平坦但风沙大，几乎没有植被，但开垦前景不错。红色砂岩粉碎产生的土壤中偶尔会露出花岗岩，有些平整的大岩板就像人工铺设的地板一样。附近没什么蛇，也见不到蛇窝，奥黛丽最终说服沃克把他俩的单间木屋建在出露的光滑大岩板上，这样的地基加上大壁炉，或能熬过最潮湿的天气——当然，夫妇俩很快发现俄克拉何马并不潮湿。建造用的木头必须用篷车拉来，树林在威奇托山脉的方向，离得较远。

他俩选定的住址离最近的邻居也有一英里远，但邻居们还是慷慨地赶来协助建造带大烟囱的木屋及简易畜棚。作为回报，沃克也帮他们建房子，情谊迅速加深。纵然附近值得一提的城镇只有埃尔里诺，沿铁路往东北走三十来英里才能抵达，但分散在辽阔平原里的移民们很快结成了纽带。印第安人大多也没什么敌意，少数人甚至在牧场安顿下来，只不过他们一旦喝多了政府三令五申不得交易给他们的烈酒，往往变得争强斗狠。

所有邻居中，戴维斯夫妇与乔·康普顿和莎莉·康普顿的关系最好，康普顿夫妇同样来自阿肯色州，乐于助人又意气相投。莎莉如今依然健在，被尊称为“康普顿奶奶”，而当年她尚在襁褓的儿子克莱德已是当地头面人物。莎莉和奥黛丽常在相隔两英里的住处间串门，那年春夏两季漫长的下午，她俩不但分享了许多阿肯色州的往事，也悄声谈论新土地的种种传闻。

莎莉非常同情沃克对蛇的特殊恐惧，但她的话没能带来正面影响，反倒加深了奥黛丽的忧虑，后者原本就因丈夫持续不断祷告、反复预言耶格的诅咒而深感困扰。莎莉讲述了许多蛇的可怕传闻，某个异常生动的故事在奥黛丽心中留下深深的阴影——一名斯科特县的男子被一大群响尾蛇咬中，毒液使得全身肿胀，最后竟像气球一样炸裂。不用说，奥黛丽并未把这传闻复述给丈夫，她甚至恳求康普顿夫妇不要传播出去。乔和莎莉忠实履行了对奥黛丽的承诺。

如前所述，沃克赶早种下玉米，仲夏时节又忙于收割当地的野生牧草。他在乔·康普顿的帮助下打了一口井，能定量供应优质地下水，并计划日后再打一口自流井。这期间，他并未因蛇受到太多惊吓，但还是尽可能地清理自家地界，时刻提防蠕动的爬行生物。他有时会骑去威奇托人的村落，在扎堆的圆锥形茅草房之间，和部落的老人及萨满对话，翻来覆去询问蛇神的消息及平复它怒火的方法。他用威士忌换来各种各样的咒语，但打听到的消息远不足以让他安心。

耶格是大神。耶格使坏巫术。耶格记仇。每到秋天它的子孙就变得又饿又躁，耶格也变得又饿又躁。玉米丰收时，所有部落都用好巫术来抵御耶格。他们献出玉米，穿上合适的服饰，跟着哨声、手鼓和拨浪鼓跳舞。他们不断敲鼓来驱除耶格，呼唤提拉瓦的帮助，因为人类是提拉瓦的子孙，正如蛇是耶格的子孙。戴维斯的妻子不该杀死耶格的子孙。戴维斯必须在玉米丰收时反复念诵咒语。耶格就是耶格。耶格是大神。

玉米收割季最终到来时，沃克已把妻子逼入近乎神经质的可怜境地。他不厌其烦地祷告和念咒，而等印第安人开始秋季仪式，朔风送来远处敲打的手鼓声，一切更是雪上加霜。辽阔的红土平原回荡着令人发疯的沉闷鼓声，何时才是个头呢？日复一日，周复一周，不曾停息的鼓声，被同样不曾停息的朔风混着红土裹挟而来。沃克不像奥黛丽那样讨厌印第安人的手鼓声，他认为鼓声在滋扰之外能提供保护，形成某种阻挡邪恶的强大的无形屏障——这道屏障令他顺利完成了收割，修缮好木屋和畜棚准备过冬。

那年秋天热得反常，除简单烹饪，夫妇俩几乎用不上沃克精心修砌的石壁炉。违反自然规律的温暖尘云折磨着所有移民的神经，戴维斯夫妇俩更是胆战心惊。蛇神的诅咒悬于头顶，远方诡异的印第安手鼓敲个没完，使得他俩为任何一点出格的小事都要杯弓蛇影。

尽管气氛紧张，但收割之后，人们还是挑出一两户人家举办了多次丰收聚会——纯真烂漫的庆祝仪式几乎和农业本身一样古老，在现代社会依旧很有活力。东边三英里开外住着来自南密苏里的拉斐特·史密斯，他的小提琴拉得还不错，能让欢庆的人们暂时忘却远方单调的手鼓。随着万圣节临近，移民们计划着另一场庆祝，但他们有所不知，万圣节的传统比农耕更古老，可怕的女巫安息日能追溯到原始的前雅利安人时期，并在午夜时分漆黑的秘密树林之中世代延续下来，光怪陆离的面具背后至今隐藏着恐怖的线索。

那年 10 月 31 日是星期四，邻居们约定在戴维斯夫妇的木屋开始狂欢。热气在那日突然消散，早上的天空是铅灰色，临近中午，持续不断的风已从温暖转为生冷，始料未及的寒意令人瑟瑟发抖，沃克的老狗“狼仔”更拖着脚步进屋，在壁炉边找了个位置趴下。然而远方的手鼓并未停息，白人们也兴致不减，下午 4 点开始，急不可耐的邻居便纷纷驾车来到木屋，总数相当可观。他们傍晚享用过难忘的烤肉大餐，随后跟着拉斐特・史密斯的伴奏，在略显拥挤的单间木屋里开始假面舞会。这帮年轻人沉浸于万圣节独有的浮夸氛围，唯有“狼仔”偶尔会伴随拉斐特那把小提琴拉出的某些格外阴森聒噪的曲子——憔悴的老狗从未听过这种乐器的声音——寂寞地发出令人背脊发凉的哀嚎。当然，它已过了活蹦乱跳的年纪，更喜欢做梦，整场聚会大部分时间在睡觉，甚至对汤姆・里格比和詹妮・里格比夫妇带来的牧羊犬齐克也没有兴趣。齐克倒是莫名不安，整晚都不明所以地四下嗅探。

沃克与奥黛丽是一对好舞伴，康普顿奶奶至今对他俩那晚的优雅舞姿记忆犹新。忧虑似乎被暂时忘却，沃克把胡子仔细修剪清爽，令人眼前一亮。晚上 10 点，客人们都累了，便一家一家地握手道别，夸赞今天跳得尽兴。齐克随汤姆和詹妮上车时发出怪异的嚎叫，那对夫妇以为他们的牧羊犬舍不得离开，奥黛丽则归咎于远方的手鼓，尽情欢聚之后远方的敲打声听来的确很刺耳。

那晚很冷，自来到俄克拉何马，沃克还是首度把一根大圆木添进壁炉，用柴灰盖住，好让它闷燃到早晨。老狗“狼仔”拖着脚步躺进红色火光的温暖范围，再次陷入沉眠。沃克和奥黛丽同样累得顾不上咒语和诅咒，一头栽进粗糙的松木床，壁炉架上的廉价时钟还没走过三分钟，他俩已昏睡过去。

人和狗都睡了，但远处可憎的手鼓节拍依然在凄冷的夜风中飘荡……说到这里，麦克尼尔医生摘下眼镜，仿佛模糊视野能让回忆更清晰。

“你很快会明白，”他说，“我费了多大工夫才拼凑出客人们离开后发生的事。当时——至少一开始——还有机会梳理来龙去脉。”他沉默了片刻才继续讲述。

奥黛丽做了好多关于耶格的噩梦，耶格在梦中化身为她见过的廉价版画上的撒旦。当她被特别迷幻的骇人梦魇突然惊醒时，沃克也已醒了，正坐在床上专注地聆听，还悄声阻止她询问原委。

“听哪，奥黛！”他拼命压低声音，“嘶嘶的，呜呜的，沙沙的？你觉得是秋蟋蟀？”

屋里真有他描述的声音，奥黛丽听得越仔细，就越感到既恐怖又熟悉的元素悬于记忆边缘。乌云遮掩的半月照着黑暗的原野，远处的手鼓一刻不停地继续敲打，单调的节拍激发了一个可怕的念头。

“沃克——难、难道说——是、是——耶格的诅咒？”

她感到丈夫打了个激灵。

“不，婆娘，应该不是。耶格长得像人，凑近才看得出差别，至少灰鹰酋长楞个说。我看是天冷了，别的虫子出来了，听着有点像蟋蟀。我先起来踩死算了，免得虫子爬过来或钻进橱柜。”

他站起来摸到挂在左近的提灯，又从钉在旁边墙上的锡制火柴盒里取火柴。奥黛丽坐在床上目睹火柴燃起，提灯稳稳地亮了，但当夫妇俩扫视整间木屋时，齐声爆发的尖叫令简陋的房梁也跟着摇晃——刚点亮的灯光照出平坦的岩石地，那里赫然翻滚蠕动着一团褐斑响尾蛇，它们一边朝火光爬去，一边冲吓坏了的人类威胁性地昂起可憎的脑袋。

这幅景象在奥黛丽眼中只停留了一瞬。大大小小的响尾蛇不计其数，显然属于不同品种，就在她观望时，两三条蛇作势要袭击沃克。她还没来得及晕厥，同样吓蒙了的沃克就像被神箭射中一样悄无声息地栽倒在地，提灯随之熄灭，一切归于黑暗，甚至没能发出第二声尖叫。奥黛丽的世界疯狂旋转起来，与先前的噩梦搅和在一起。

她无力自控，意志和现实感都已远去，只能轻飘飘地倒在枕头上，希望快快从噩梦中苏醒。有一段时间，她没有任何实际的念头，最后才一点点地对自己是否仍在做梦产生怀疑。铺天盖地、不断膨胀的惶恐与悲伤对抗着沉默的魔咒，浑身痉挛的她渴望放声尖叫。

沃克死了，正如老女巫在他幼年的预言，他被蛇咬死了，而她无能为力。可怜的老狗“狼仔”也没帮上忙，它甚至没睡醒。现在，那团蠕动的东西肯定冲她来了，在黑暗中越爬越近、越爬越近，滑溜溜地绕上床柱，爬到粗毛毯……她越想越是缩在被单下面瑟瑟发抖。

绝对是耶格的诅咒，它在万圣节前夜派出歹毒的子孙，先杀了沃克。可为什么——他做错了什么？为何不直接冲她来——误杀那窝响尾蛇幼体的不是她吗？她随即想起印第安人对诅咒的描述：她不会死，而会变成斑点蛇。啊！她会变成在地上瞥见的那堆东西——耶格派蛇来抓她，让她成为其中一员！她颤抖的嘴唇试图念出沃克传授的咒语，却出不了声。

时钟吵闹的嘀嗒声业已盖过远方手鼓的疯狂敲打声，那些蛇等得实在太久了——是不是故意作弄她呢？她时而感到被单上有股从容而狡诈的压力，但每次都发现是神经过于紧绷所致。时钟继续在黑暗中嘀嗒作响，她慢慢有了新想法。

那些蛇等得太久了！它们不可能是耶格的使者，只是石头下面被炉火引来的一窝普通响尾蛇。它们不是冲她来的，或许——或许咬死沃克已心满意足……它们现在在哪儿？离开了？蜷在壁炉边？还是继续缠在受害者倒伏的尸体上？时钟嘀嗒作响，远方手鼓敲打不息。

想到丈夫的尸体静躺在伸手不见五指的黑暗中，奥黛丽便感到纯粹的生理恐惧涌过全身。莎莉·康普顿讲的斯科特县男子的故事！那人也被一大群响尾蛇咬中，接下来……毒液腐蚀血肉，尸体浮肿膨胀，最后"砰"一声巨响——可憎的大爆炸！岩石地上的沃克会发生什么？她本能地竖起耳朵，认定自己会听到某些无法描述的声音。

时钟嘀嗒作响，应和着夜风中远方手鼓的节拍，仿佛在嘲讽她。屋里装的是报时钟就好了，便能知道怪异的夜晚过去了多久。她暗暗斥骂刺激自己保持清醒的粗糙被单，又疑惑天亮后会发生什么。或许有邻居路过，有人肯定会来串门，届时她的理智还正常吗？她现在正常吗？

当她重新专注于病态的聆听时，几乎立刻捕捉到某种变化，某种她必须用所有感知去证实、证实之后也不知作何感想的变化：远方的印第安手鼓停了。虽然手鼓声一直逼得她发疯，可沃克不是视其为强大屏障，能抵挡宇宙之外无可名状的邪恶吗？他与威奇托部落的酋长灰鹰及巫医们交谈之后，低声对她复述过什么？

她一点也不喜欢这突如其来、令人发怵的死寂！时钟的嘀嗒声在崭新的变化下显得非常诡异。于是她灌注起全部意志，掀开蒙脸的被单，越过黑暗看向窗户。月落后的天空一定转晴了，因为方形窗口清楚衬托出繁星点点。

紧接着，难以形容的骇人之音毫无预警地传来——啊！——肿胀腐烂的皮肤爆裂，在黑暗中流出毒液！上帝啊！——莎莉的故事——污秽难闻的恶臭，备受煎熬的死寂！无法忍受的她奋力冲破沉默魔咒的束缚，夜色中回荡起撕心裂肺、歇斯底里的尖叫。

若能在持续不断的尖叫中晕厥过去，该有多仁慈！她尖叫时依然盯着前方星光闪耀的方形窗口，依然听到可怖的时钟预示灾祸的嘀嗒声。还有其他声音吗？方形窗口可是完整的四边形？她再不敢相信感知，再分不清真实与幻觉。

不——窗口并不完整，下沿有什么东西；时钟嘀嗒也不是屋里唯一的声音，除她和可怜的“狼仔”外的某物在喘粗气。事实上，“狼仔”应该睡得安稳，她很熟悉它醒来后的气息——正想到这里，她便在星空下看见某种类人生物魔鬼般的黑色轮廓，巨大的脑袋和肩膀正起起伏伏靠近过来。

“呀呀呀！呀呀呀！滚！滚！滚开，蛇魔！滚开，耶格！我不是有意要害它们，只担心吓着老公。别过来，耶格，别过来！我不想害你的孩子——别靠近我——我不要变成斑点蛇！”

不可名状的脑袋和肩膀继续悄无声息地靠近床铺。

奥黛丽脑子里的某根弦断了，顷刻间她便由畏缩的孩童转变为暴怒的疯女人。她知道斧头在那里——就挂在提灯边的墙壁钉子上，摸黑也很容易够到——便不假思索地双手握住斧头，朝床脚爬去，爬向那个越靠越近的可恶脑袋和肩膀。不难想见，她在黑暗中露出了凶残的表情。

“尝尝这个，怪物！尝尝这个，这个，这个！”

她尖厉地哈哈大笑。当黎明到来，窗外的星空渐变为噩兆般惨淡的苍白时，她笑得更厉害了。

麦克尼尔医生擦去额头汗珠，重新戴上眼镜。我等他继续往下讲，见他一直沉默才忍不住轻声问道：

“她活下来了吗？被人发现了吗？到底发生了什么？”

医生又清了清喉咙。

“是的，她活下来了——某种程度上。发生的事也很清楚。我跟你说过与魔法无关，只是一场残酷、凄惨、无可挽回的悲剧。”

第一位目击者是莎莉·康普顿，她于次日下午骑到戴维斯夫妇的木屋，本想跟奥黛丽商量接下来的聚会，却发现烟囱没有烟。真奇怪，天气虽又暖和起来，但这时候奥黛丽总该生火做饭了。畜棚里的骡子发出饥饿的抱怨，老狗“狼仔”也没在门边习惯的位置晒太阳。

莎莉感到不对劲，犹豫又胆怯地下马去敲门。没人回应。她又等了很久，才试着推了推用劈开的圆木制作的粗糙大门。门根本没锁，她缓缓推门而入，但只看到一眼，便气喘吁吁地退了出来，抓紧门柱方才稳住身子。

恶臭顺着门缝涌出，但吓着她的不是味道，而是屋里的景象。昏暗的单间木屋内发生了可怕的事，现场留下三个令人目瞪口呆、哑口无言的东西。

壁炉的灰烬旁是那条大狗，年龄和疥癣在它皮肤上留下的紫色坏疽一览无余，整个身体则被响尾蛇毒造成的肿胀撑破了——不知多少毒蛇咬过才有这样惊人的效果。

门右边是被斧头砍得面目全非的男人，那人穿着长睡衣，一只手紧握破碎的提灯，身上全无咬痕。血迹斑斑的作案工具被随意扔在尸体旁。

地板上还有个匍匐蠕动的可憎东西，那东西过去是个女人，现在成了眼神空洞、不能说话的疯癫怪物，只顾嘶嘶、嘶嘶、嘶嘶地叫嚷……

我和医生同时擦去额头的冷汗，他还从桌上的瓶子里倒了点东西，啜饮一口之后又给我倒了一杯。我颤抖着傻乎乎地问：

“所以沃克起初只是晕倒，随后被尖叫声吵醒，再教斧子砍死？”

“是的，”麦克尼尔医生低声同意，“但归根结底他仍因蛇而死。他的恐惧起了双重效果，一方面让自己不合时宜地晕倒，另一方面被灌输太多疯狂故事的妻子自以为看见蛇魔，贸然下手攻击。”

我思考片刻。

“说到奥黛丽——耶格的诅咒的应验方式够奇怪的，她一定是对嘶叫的毒蛇印象太深了。”

“是啊。她起初还有些意识，后来越发模糊。她的头发从发根变白，开始掉落，皮肤生出斑点，直到死前——”

我惊讶地打断他。

“死？那楼下——楼下的东西是什么？”

麦克尼尔严肃地说：

“它是她在事发九个月后生的，一胞生了四个——其中两个更可怕——但只有它活下来了。”

H.P. 洛夫克拉夫特与泽利亚·毕肖普 合著

电刑器

我向来遵纪守法，却莫名惧怕电椅，它带给我的惊惶远超许多实际经历生死审判之人，这都要追溯到四十年前的变故——一桩几乎把我推入未知的黑暗深渊的怪事。

1889 年，我在总部位于旧金山的特拉斯卡拉矿业公司任审计兼调查员。这家公司在墨西哥的圣马特奥山脉经营几处小银矿和小铜矿，其中三号矿的副主管亚瑟·费尔顿脾气粗暴、行事鬼鬼祟祟，是个隐患。8 月 6 日，总部接到电报说费尔顿擅离职守，并卷走所有库存记录、有价证券和秘密文件，现场的文书和财务状况乱成了一锅粥。

这对公司是个沉重打击，下午晚些时候，麦库姆总裁把我召进办公室，命我不惜一切代价追回文件。他当然知道此事非常棘手，因我从未见过费尔顿，只能根据几张普通照片搜寻，况且我下周四——仅仅九天后——就要举行婚礼，肯定不愿在这节骨眼上匆忙赶往墨西哥，执行无定期的寻人任务。然而兹事体大，麦库姆还是敦促我立刻动身，从个人角度考虑，我也想通过这场考验来显著提升自己在公司的地位。

事不宜迟，我决定当晚就乘总裁的私人车厢前往墨西哥城，再换乘窄轨列车赶赴矿场。三号矿主管杰克逊将提供所有细节与可能的线索，搜寻便可紧锣密鼓地展开——视情况需要，我可能要翻山越岭、直捣海岸，抑或掉头排查墨西哥城的背街小巷。只要专心致志、排除万难，我有机会以最快速度带着文件和犯人凯旋，将婚礼变成庆功宴。

我同家人、好友和未婚妻打过招呼，迅速做好旅行准备，晚上8点与麦库姆总裁在南太平洋车站碰头，他交给我一份手写备忘录和一本支票簿。私人车厢挂上向东的横贯铁路列车后于8点15分准时出发，旅程似乎注定平淡无奇，我先美美睡了一夜，然后在总裁安排的舒适车厢里仔细阅读备忘录，制订捉拿费尔顿、寻回文件的计划。我很熟悉特拉斯卡拉地区——恐怕比失踪的副主管更熟悉——所以应该占据着优势，除非对方早已坐火车跑路。

备忘录上说，杰克逊主管怀疑费尔顿有段时间了，后者曾在奇怪的时间段潜入公司实验室，不知偷偷干了些什么。此前还有个墨西哥工头伙同劳工多次偷窃矿石，费尔顿有很大嫌疑参与其中，但公司拿不出证据指控这只老狐狸，只能开除几个当地人了事。实际上，别看他行事鬼祟，平素却一点不像做过亏心事的模样，反倒喜欢发脾气，言语间只道是公司亏欠他，他没有丝毫对不起公司。根据杰克逊的汇报，同事们的监督似乎让他恼羞成怒，所以才卷走办公室的所有重要物品，去处不得而知——最后一封电报提到玛琳切山的荒芜山坡，那座轮廓仿若死尸的高山流传着无数神话，据说偷窃矿石的当地人就是从山下聘来的。

我于第二天凌晨2点抵达埃尔帕索，总裁的私人车厢被卸下横贯铁路，挂上以电报预订的火车头，南下墨西哥城。我断断续续睡到天亮，然后一整天百无聊赖地看着奇瓦瓦州平坦的荒漠。车组预计火车将于周五中午抵达目的地，但我很快发现层出不穷的拖延势必导致误点——我们经常停到侧线，避让单行线上的其他列车，不时还遇到轴承过热等其他麻烦。

我们整整晚了六小时才到托雷翁，而直到周五晚上 8 点——误点十二小时以后——车长才勉强同意提速来抢回时间。我万分焦虑但无济于事，只能在车厢里焦急地踱步。结果证明强行提速得不偿失，不出半小时，连我乘坐的私人车厢也出现轴承过热迹象。在一番令人抓狂的等待之后，车组被迫决定以四分之一速度缓慢行驶到有修理厂的最近站点——工业城镇克雷塔罗——彻底检修所有轴承。这成了压垮骆驼的最后一根稻草，我几乎孩子似的跺起脚来，又无数次下意识地推搡座椅扶手，仿佛这样能帮助慢如蜗牛的火车。

火车驶入克雷塔罗已近晚上 10 点，私人车厢被拖进侧轨，由十几名本地机师“叮叮当当”地检修。我在站台心乱如麻地等了一个小时，最后得到噩耗：转向架必须更换零件，而那些零件只能从墨西哥城购买。怎么所有事都跟我作对？想到费尔顿正远走高飞——不是混进韦拉克鲁斯港的众多船只，就是钻进墨西哥城错综复杂的铁路系统——我就恨得咬牙切齿。屋漏偏逢连夜雨，我彻底被困在这里了，纵然杰克逊通知过周边所有城市的警察，却不敢奢望他们的效率。

没多久，我意识到最佳替代方案是搭夜班列车尽快赶往墨西哥城。夜班列车从阿瓜斯卡连特斯始发，如准点将在凌晨 1 点驶入克雷塔罗，停站五分钟，预计于周六早上 5 点抵达墨西哥城。我买票时发现这列火车采用欧式小隔间设计，而非每排两个座位的美式长车厢——涉及欧洲承建商的利益，早期墨西哥列车往往采用欧式设计，迟至 1889 年，墨西哥中央铁路仍在短途班次中保留了不少类似车型。通常来讲，我讨厌跟对面的乘客大眼瞪小眼，更倾向美式车厢，但这次海外设计反而合意——晚间时段有很大可能独占隔间，由于我身心俱疲、精神高度紧张，自然乐意独处，何况隔间内安装了与车体等宽、配备柔软的扶手与头靠的舒适软座。于是我买下头等票，从停靠在侧轨的私人车厢里取出手提箱，给麦库姆总裁和杰克逊总管分别发了封解释电报，然后尽量振作地在车站里静候夜班列车到来。

火车居然只晚点半小时，这在当地堪称奇迹，即便如此，孤独的等待依然耗尽了我的耐心。检票员把我领进隔间，安抚说会提速赶时间，争取准点抵达首都。我面朝车头方向舒服地摊开手脚，准备迎接三个半小时的平静旅程。头顶的油灯散射出昏暗柔和的光线，或许睡一会儿有助于缓解紧张与焦虑？火车摇晃着出发时，隔间里果真只有我一名乘客，我的思绪重新回到任务上头，并伴着火车加速的节奏打起了小盹。

突然，我发现隔间里另有他人——一个大块头窝在斜对面的角落，胡乱披着些衣服，身子耷拉下去，面孔看不分明。由于灯光昏暗，我竟忽略了对方的存在。那人旁边的座位放着个破旧的大行李箱，塞得鼓鼓囊囊，而睡梦中的他仍用一只分外纤细的手抓紧箱子。在某个拐角或交叉路口，汽笛长鸣，那人身体一震，警醒过来，抬头露出英俊的面庞——他蓄有胡子，深色眼眸闪闪发亮，盎格鲁-撒克逊血统相当明显。一看到我，他便完全醒了，眼神中流露的野蛮敌意让人心头一凛。显然，他希望此行独享昏暗的隔间，对我的出现相当不快，正如我也不愿应付陌生的同伴。然而事已至此，只能包容大度，于是我抢先为自己的不期而至致歉。倘若他真是个美国人，几句客套话应能让他放松下来，然后就可以井水不犯河水地和睦相处了。

出乎意料的是，陌生人一言不发，对示好全无反应，反倒继续用凶狠的眼神品评我，还神经质般抬起空出的那只手，拨开我递上的雪茄，根本不给面子。他另一只手始终紧抓着破旧的大行李箱，整个人散发出难言的敌意。我俩就这样僵持了一阵，直到他猛地扭头望向车窗外浓重的黑暗——说来也怪，他的目光格外专注，好像真有什么值得欣赏。我决定不再节外生枝，就让怪人守着破箱子冥思苦想吧。我靠回座椅，用软帽帽檐盖住脸，闭目养神，努力寻回期盼已久的梦乡。

可我睡得既不长久也不安稳，最终在外界影响下睁开了眼，之后我又徒劳地尝试合上眼皮、重新入睡，但似乎总有股无形的力量强迫自己保持清醒。我抬头环顾昏暗的隔间，想查明到底哪里不对劲，结果一切正常，唯独对面角落里的陌生人依然专注地盯着我——专注但缺乏友好或善意，粗鲁的态度没有丝毫转变。这回我不打算开口，只往后靠了靠恢复姿势，眯起眼睛假装打瞌睡，实际却在低垂的帽檐下好奇地观察对方。

火车滚滚向前、穿过黑夜。那人一直盯着我，放松下来的表情有了细微转变——他显然很高兴我睡着了，唇边与眼角隐隐流露出错综复杂且完全无法让我安心的神色：憎恨、恐惧、得意、执迷……他的目光中也渐渐燃起令人警惕的贪婪与残暴，我突然意识到自己对上了危险的疯子。

事情发展到这一步，说实话我完全吓坏了，心里慌得不行，浑身直冒冷汗，费了好大工夫才维持住放松的睡姿。当年我对生活还有诸多期待，要对付这么一个杀气腾腾、孔武有力、没准儿还带着凶器的疯汉，着实没什么信心，只觉手脚发软。真打起来我能讨什么好？对方是个名副其实的巨人，显然久经锻炼，我却比较单薄，又被焦虑、失眠和神经紧张搞得身心交瘁。在如此不利的情形下，看到陌生人眼中疯狂的恨意，我不免觉得在劫难逃。过去的一幕幕生活场景宛如诀别般在脑海中闪现，仿佛溺水之人在生命的最后一刻回顾人生。

左轮手枪就在外套口袋里，但摸枪、拔枪的动作太显眼，拿到枪更不知会把对面的疯汉刺激成什么样。瞧他的架势，恐怕挨上一两枪也有余力夺我的武器，然后随心所欲解决我；若他带着刀枪之类的凶器，甚至不用缴我的械。手枪能威慑正常人，可疯子不吃这套，没准儿他真觉得自己拥有超常的力量与胆气。虽然弗洛伊德的理论当时还不盛行，但凭常识也知道不受约束的家伙有多危险，对面角落里的陌生人似乎随时准备行凶，那灼热的眼神和痉挛的面部肌肉不容我有半点怀疑。

陌生人忽然开始兴奋地喘气，胸膛急遽起伏。要摊牌了，我一边绝望地思考应对之策，一边继续装睡，右手尽量隐蔽地悄悄滑向装手枪的口袋，同时盯紧对面的疯汉，看他有没有察觉我的举动。很不幸，他察觉了——他的身体抢在表情变化前一跃而起，这等块头竟如此灵巧和敏捷，简直不可思议！我没来得及做任何反应，他已飞身扑到我面前掌控了主动，活像传说中的食人巨妖。他用一只强有力的手按住我，另一只手抢先摸到我的口袋，掏出手枪揣进自己的口袋，然后轻蔑地松开手，自信能凭体格优势为所欲为。此时此刻，他站直身子，居高临下地俯视我，脑袋几乎杵到车顶，目光里的凶暴很快化作极度不屑与残忍的算计。

我没有轻举妄动。过了一会儿，陌生人坐回对面，露出狰狞的微笑，打开鼓鼓囊囊的行李箱，取出一台怪模怪样的设备——用可弯曲的金属线编织的大笼子，乍一看有点像棒球捕手的面罩，又像潜水服的头盔，顶端伸出一根电线与箱子连接。他爱不释手地抚摸着那台设备，小心翼翼地把它放到膝盖上，并再次看向我，如猫科动物般舔了舔胡子拉碴的嘴唇。随后，他头一次开口了，低沉、温和的嗓音显得成熟而有教养，与那身粗陋的灯芯绒衣服和不修边幅的外表形成鲜明对比。

“幸运的先生，你将成为无与伦比的发明的首个实验对象，并因此被载入史册。巨大的社会效应——我会尽情展现才华。都怪他们有眼无珠，一直看不到我的才华，所幸如今有你做证。聪明的小豚鼠，猫和驴——它甚至能对驴生效……”

他停顿时，胡子拉碴的脸剧烈抽搐了一下，整个脑袋也跟着来回摇晃，就像要清空朦胧的迷雾。接着他露出想澄清或解释的温和表情，力图掩饰内心的疯狂，眼中隐隐闪过些许神采。我捕捉到差异，忙插了一嘴，看能不能把他的思绪引向无害的方向。

“那台设备看起来很打眼。敢问你是如何发明它的？”

他点点头。

“仅仅是从逻辑出发，亲爱的先生，关注时代需求，并付诸实现。和我一样心智强大的个体——换句话说，拥有强大的专注力——也能做出同样的东西。成功依赖于坚定的信念和意志，在所有人当中，我最早认识到必须在奎兹特克回归之前清除地表的人类。但此事必须优雅地完成，我憎恨任何形式的屠杀，尤其是野蛮粗暴的绞刑。你知道，去年纽约投票立法用电刑处决犯人，可他们手头的设备就跟史蒂芬森的‘火箭号’蒸汽机车和达文波特的第一台电动机一样原始。我知道更好的办法，也告诉了他们，他们却不屑一顾。老天啊，那帮傻瓜！我还不清楚活人、死亡和电流吗？……我是不世出的学者、男人和好汉……我是技术专家和工程师……我还干过雇佣兵……”

他靠向后方，眯起眼睛。

“二十多年前，我在马西米连诺皇帝军中效力，快当上贵族了，结果那帮该死的老墨处决了他，我只好回家。现在我回来了——去而复返。我老家在纽约州的罗契斯特……”

他越发神采飞扬，乃至向前倾身，用分外纤细的手指按住我的膝盖。

“我去而复返，比任何人都更了解这里。我痛恨老墨，但喜欢土著。不明白吗？听我说，年轻人——你真以为墨西哥属于西班牙人？老天啊，若你听过我知道的那些部落！在山里……山里……阿那瓦克高原……特诺奇提特兰古城……那些古族……”

他提高声调，开始并不刺耳的吟唱。

“噫！威齐洛波契特里！……纳瓦诸民！七大部落，七大部落，七大部落……霍奇米尔克、查尔克、特帕内克、阿寇瓦、特拉赫瓦克、特拉斯卡拉克与阿兹特克！……噫！噫！吾曾踏遍无人知晓之奇科莫兹托克七洞窟！吾此刻公之于世是因为汝没机会走漏风声！”

他减弱声调，换回陈述语气。

“若你听过山里的传言，肯定吓得魂不守舍。威齐洛波契特里就要回来了……这毫无疑问，墨西哥城南边的劳工们都知道，我对此也无能为力。我刚才说自己回过老家又去而复返，为的就是用我独立发明的电刑器造福社会，天杀的奥尔巴尼议会却偏偏选择电椅。真是个笑话，先生，天大的笑话！那就像《祖父的椅子》……摆在火炉边……对，霍桑的小说……”

他病态地嗤笑起来，刻意模仿温良语气。

“哎呀呀，先生，我倒想第一个坐上他们的倒霉椅子，感受一下微不足道的电流！那玩意儿甚至没法叫青蛙蹬腿！还想处决杀人犯——以血还血，以牙还牙？当然喽，年轻人，处死个把犯人根本没意义，从逻辑上就讲不通。所有人都是杀人犯——他们谋杀想法……偷窃创意……他们监视、觊觎、盗走我的发明……”

他说得上气不接下气，只得先住口喘息。我趁机安抚道：

“我相信你的发明更胜一筹，也许他们最终会采用。”

显然我的吹捧不够火候，反而激起他新一轮的怒火。

“你‘相信’？好个不温不火、不冷不热的保证！你信不信顶屁用——*你很快就能亲身体验！*啊，该死，就算电椅有什么优点，也是从我手上偷的。内萨华皮利王的鬼魂在圣山上告诉我了，祂们看着、看着、看着这一切……”

他再度哽住了，接着脸又抽搐起来，脑袋跟着摇晃。这动作似乎能让他暂时平复情绪。

“我的发明还需要实验对象。瞧啊，这儿——金属线编织的面罩与头网，穿戴极为方便，颈部严丝合缝但不会窒息，电极贴紧前额与小脑底端，这些才是让脑子停摆的必需步骤，别的都是画蛇添足！奥尔巴尼那帮蠢货，居然雕了把橡木安乐椅，想把人从头到脚电个通透。一群白痴！这点道理都不懂——爆了某人的头，还得把他全身打成筛子吗？我在战场上见过死人，我比他们清楚。还有傻乎乎的高倍电路……一整套发电机……没见我只用一组蓄电池就搞定了吗？妄自尊大……连一场听证会都不肯……只有我知道秘密……所以奎兹特克、威齐洛波契特里和我将共同统治世界——祂们和我，如果我选择祂们的话……但我需要实验对象——说到实验对象，*你知道我选的第一个是谁？*”

我只好开玩笑敷衍，继而提出严肃友善的建议，指望花言巧语能救命。

“旧金山——我来的地方——有不少政客是绝佳实验对象！他们急需你的治疗，我愿帮忙引荐！好吧，说真的，我能帮上忙，我在萨克拉门托的朋友很有影响力，等把墨西哥的事办完，你跟我一起回国，我来帮你争取听证会。”

他同样严肃而礼貌地回答道：

“不，我不能回去。奥尔巴尼那帮人渣拒绝我的发明，还派奸细监视我、偷窃我的创意，我发誓不回去。但我必须找美国人做实验。老墨背负着诅咒，作不得准；纯血印第安人又是羽蛇神的真正子嗣，神圣不可侵犯，只能当人牲……在仪式上奉献。我不能回去，但必须找美国人——我选的第一个人将获得无上光荣，你知道我说的是谁？”

我拼命兜圈子。

“噢，如果你担心这些，等抵达墨西哥城，我能找到十来个体格健全的扬基佬！我知道上哪儿去找小矿场的矿工，就算失踪几天也无人过问——”

他突然用不容置疑的语气打断我，言语间竟透出一丝威仪。

“行了，别废话，像个男人一样起来站好。我选的实验对象就是你，你将在另一个世界感谢这份光荣，好比那些人牲感谢祭司赐予永恒的荣耀。这是全新的原理——没人设想过这样的电池，一千年之内都不可能。你知道吧？原子和他们以为的样态存在根本差异。傻瓜！再过一个世纪，有些笨蛋也许能蒙出来，前提是我允许这个世界继续存在！”

我照他的命令起身。他从行李箱内多拽出一尺电线，笔直地站到边上，双手冲我抻开金属面罩，胡子拉碴又晒得黝黑的脸上露出扬扬自得的表情，一时间看上去就像个容光焕发的希腊圣师或传道者。

“呜呼，青年——汝是甘露美酒！宇宙之琼浆，星空之佳酿！敬呈利诺斯……伊阿科斯……伊阿墨诺斯……扎格列欧斯……狄厄尼索斯……阿提斯……许拉斯……阿波罗与普萨玛忒之子……太阳神嗣……命丧阿耳戈斯猎犬之口……呜呼！呜呼！”

他再度吟唱起来，活像在回忆大学期间接触的古典名著，而我依旧僵硬地站着，并注意到头顶的信号绳伸手可及。疯子沉浸于仪式气氛，倘若我虚与委蛇地跟着做动作，没准儿能趁乱拉到绳子，于是我一边应和着呼喊“呜呼！”，一边如参与祭典似的朝斜上方伸出双臂，指望这回能瞒过对方。很不幸，他又察觉了。他看出我的意图后，一只手摸向外套右边口袋里的手枪。这下什么也不用说了，我俩宛如雕像矗立片刻，最后他冷冷地催促：“快点儿！”

为了保命，我的大脑飞速运转。我知道墨西哥火车不锁门，但身旁的疯子能在开门跳车前轻易逮住我。再说车速过快，就算成功跳车活命几率也不大。唯一的办法是拖延时间，三个半小时的旅程已耗去大半，一旦抵达墨西哥城，车站的卫兵和乘警能立刻保护我的安全。

我进一步想到两项明显的拖延策略。首先是别立刻戴上面罩，说实在的，我并不相信那玩意儿真能杀人，但凭我对疯子的了解，实验失败的后果显而易见——失望会加剧疯狂，让他怪罪于我，进而点燃杀意，引来血光之灾——所以必须打乱实验进程；其次，我可以想出精妙的托词来解释实验受挫的原因，转移关注点，或多或少引导他寻找矫正手段。他有多迷信呢？或许我可以提前预言实验的失败，事后把自己打造成先知、智者乃至神明……凭我对墨西哥神话的涉猎，完全可以尝试一下。总之，我的策略是先扰乱实验，再伺机讲出突然降临的神谕。假如他真把我当成先知或神明，能放过我吗？我能扮成奎兹特克或威齐洛波契特里蒙混过关吗？不管怎样，只消拖到早上 5 点——但愿火车能准点抵达墨西哥城。

我采用的第一个借口是老套的“写遗书”。我对再三催促的疯子说起家人和即将到来的婚礼，盼他网开一面，允我留下遗言处置财物与家产。我提醒他，若能让我写封信并代我寄出，那我可以平静坦然地捐躯赴死。他斟酌片刻后同意了，还从行李箱里掏出一本便笺，庄重地递给我。我坐回座位，找出铅笔，没写几个字就巧妙折断了笔尖，成功耽搁了一小会儿工夫。他翻出自己的铅笔给我，又拿走我的断笔，从外套下的腰带抽出宽大的角柄匕首削起来。这样一来，就算我再弄断笔尖也没用了。

遗书写了什么，如今我已记不清，反正基本是胡言乱语，实在无话可说就掺入读过的文学作品中的只言片语。我尽可能写得潦草，但要能看出文字，以免那家伙开始实验前进行检查，显而易见的涂鸦恐怕过不了关。这个过程极其痛苦，缓慢的车速让我每一秒都受尽煎熬，平时车轮碾压铁轨的愉悦轰隆会促使我吹起轻快的口哨，可当时的节拍慢得就像葬礼进行曲——我悲哀地想到，还是我自己的葬礼。

六英寸乘九英寸的便笺，我写了整整四页，最后那疯子掏出怀表，告诉我还剩五分钟。接下来怎么办？给遗书匆匆收尾时，我突然有了主意——留下花式签名后，我将那几页纸递给他，并在他漫不经心揣进外套左边口袋时，再度提起自己在萨克拉门托颇有影响力的朋友，说他们肯定会喜欢他的发明。

“要不我再帮你写封引荐信？”我问他，“我可以画张介绍电刑器的签名草图，敦促他们为你举办一场热情的听证会。要知道，他们是你出名的关键，而他们了解并信任我这样的人——有我的体验作保，他们无疑会在加利福尼亚推广你的发明。”

我这么说是希望勾起他身为失意发明家的悔恨，暂时忘却对阿兹特克传说的狂热，等他重新转回那些疯狂念头，我再适时抛出“启示”与“预言”。计划奏效了，他眼里果真闪出热切的光芒，粗暴指示我马上动笔。他清空行李箱，取出玻璃槽和线圈组成的古怪装置——上面伸出的电线连着之前的面罩——热情讲述工作原理，内容虽对我过于专业，但听上去简单明了，颇有几分可信度。我假装记下他讲述的所有内容，心里好奇这古怪的装置能是电池？等他启动设备我会不会被电到？疯子笃定的语气挺像个电气工程师，介绍疯狂的发明无疑让他心花怒放，完全告别了先前的急躁。在他结束之前，灰暗的黎明已将希望的曙光映进车窗，逃生机会终于不再渺茫。

可惜他也看到了曙光，目光又变得凶神恶煞——他知道火车将在5点抵达墨西哥城，若我不能提出独到的见解打断进程，实验必会加速。眼见他态度坚决地起身，把“电池”摆到空箱子旁的座位，我连忙示意必需的草图尚未画完，并问他能否托起面罩，好把它跟“电池”画在一起。他同意后回到座位，同时不断警告我快点，但我没画多久又停下来问长问短，比如如何拘束受刑的犯人，防止他们挣脱。

“嗐，”他回答，“犯人会被牢牢捆在柱子上，再怎么用力甩头都无济于事，面罩紧贴脑袋，通电后甚至收得更牢。电压会慢慢升高——瞧这儿，精心设计的开关，连着变阻器。”

窗外晨光中出现耕作过的田地和越发密集的房屋，首都墨西哥城不远了，我又想到一个拖延时间的妙招。

“除了这个，”我说，“最好再画一张戴上面罩的人。你能不能暂时把它戴上，好让我把你也画进去？报纸和官方都想看到这些，完整的图示更有冲击力。”

这招比我预想的更美妙。提到报纸，疯子居然眼睛一亮。

“报纸？对啊——真该死，你可以找几家报社给我开发布会！之前他们都嘲笑我，一个字都不愿报道。你，快点儿！我们没有时间浪费！”

疯子火速戴上面罩，急切地看着我运笔如飞。他一直坐在座位上，双手神经质地抖个不停，金属网眼后的脸显得既怪异又滑稽。

“这次，那帮天杀的人渣会刊出草图！我会校订你的画，不允许半点纰漏——不惜一切力求精准。警察很快会找到你的尸体，证实它的威力。美联社报道……加上你的遗书……流芳百世……我说，快点儿——你快点儿画！”

火车摇晃着驶过城郊破烂的路基，我俩也不时跟着狼狈地摇晃。我趁机又折断了笔尖，但那疯子立刻把之前削好的铅笔还给我——看来拖延策略已走到尽头，我很快就非戴面罩不可。距终点还有一刻来钟，是时候让那家伙重拾宗教狂热，抛出神圣“预言”了。

我搜刮着记忆中的纳瓦－阿兹特克神话片段，突然扔掉纸笔，开口大声吟唱。

“噫！噫！特洛克纳瓦克，万物因汝而生！伊帕拉尼摩尼，万物因汝而活！吾听呼，吾听也！吾见呼，吾见也！衔蛇鹰万福！一则消息！一则消息！威齐洛波契特里，吾之灵魂应和汝之雷霆！”

听到吟唱，疯子隔着古怪的面罩狐疑地盯着我，英俊的脸庞显出惊讶与困惑，并很快转成警觉。他似乎愣了片刻，随即突然领悟过来，也跟着举起双手，如做梦般高声咏唱：

“米克特兰提库特里尊主，一个征兆！源于黑暗洞窟！噫！托纳季乌与梅兹特里！克苏鲁特尔！吾等侍奉，吾等遵从！”

在他不明所以的回应中，有个名号在我记忆深处激起了古怪的回音。说来也怪，墨西哥神话的出版物里从未出现那个名号，但我在特拉斯卡拉的矿井办公时，不止一次无意中听劳工们无比敬畏地低声说出它。那似乎涉及极其古老且隐秘的仪式，我甚至偷听过极具特色的悄声回应，可惜学术界对此一无所知。疯子没说谎，他肯定跟山里的劳工与印第安人厮混过很长时间，方才懂得书本上没有的隐秘行话，既然他非常在乎这些可疑的秘教教义，我决定直攻软肋，用最具当地特色的胡话来回应他。

*“雅-拉莱耶！雅-拉莱耶！”*我大喊，*“克苏鲁特尔，番沓艮！尼古拉特-伊格！犹格-索托特尔——”*

我没能喊完。正确的回应让那疯子陷入癫痫发作般的宗教狂喜状态，或许他的潜意识从未料到我能喊出这些。那疯子“扑通”一声跪倒在地，戴金属面罩的脑袋来回叩拜又左右转圈，每转一次都更为恭敬，而他口吐白沫的嘴越来越迅速也越来越单调地重复着“杀！杀！杀！”。我不由得担心自己做过头了，没想到几句回应竟让他如野马脱缰，没准不等火车到站，他就要兽性大发。

随着他转头幅度越来越大，连接面罩与“电池”的电线自然被越拉越长。疯子沉浸在忘乎所以、难以自拔的谵妄之中大咧咧地转圈，电线也因此缠上脖子，开始扯动座位上的“电池”。这样下去，它不可避免会被拖到地上，乃至摔坏，届时他该如何大发雷霆呢？

灾难突然降临。伴随疯子最后一次疯狂的甩头，“电池”翻过座椅边缘、砸在地上，但未严重受损——电光石火的一瞬间，我生生目睹变阻器撞上地板，带动开关立刻拉满电流。神奇的是，那装置真能发电，整套发明或许并非无聊的狂想。

耀眼的蓝色辉光、凄厉的惨叫和血肉烧焦的恶臭同时袭来。那声惨叫太吓人了，远比这趟疯狂的恐怖旅程中听到的其他声音更可怕，它绷断了我紧张过度的神经，令我晕了过去。

墨西哥城的乘警叫醒我时，隔间门外的站台围了不少人，他们对我下意识的恐慌呼号报以好奇又狐疑的表情。所幸乘警把所有人挡在外面，只让一名穿戴整洁的医生挤进来。呼号是完全自然的反应，隔间地板上的景象起了推波助澜的作用——那与预期云泥之差，准确地说，地板上什么都没有。

据乘警回忆，他打开车门只见到昏迷不醒的我，隔间亦只卖出我一人的车票，没有其他乘客。从克雷塔罗到墨西哥城的只有我和我的手提箱，没别的了，而对我慌乱又执着的质问，乘警、医生和围观群众纷纷意味深长地拍了拍额头。

难道一切都是梦？或者我真的疯了？回想当初的焦虑与紧张，我不禁浑身发抖。谢过乘警和医生后，我挤出好奇的人群，踉踉跄跄钻进出租车，赶到方达国际饭店，给矿场的杰克逊发过电报便一觉睡过中午，希望能恢复些元气。我安排了下午 1 点的唤醒服务，以便及时赶上去矿区的窄轨列车，可醒来时门缝下塞着杰克逊的电报，说是今日上午在山间发现费尔顿的尸体，消息大概 10 点传到矿场，丢失的文件全都安然无恙。旧金山的办公室业已接到通知，所以我算白跑一趟，长途奔波和精神折磨都白挨了！

紧急事态莫名告终，但我心知麦库姆仍想得到一份私人报告，于是又发了封电报，依然搭上窄轨列车。四小时后，颠簸的列车驶入三号矿站点，等候多时的杰克逊主管热情欢迎我，由于矿场事务繁忙，他并未在意我依旧颤颤巍巍、失魂落魄的模样。

费尔顿的尸体摆在研磨机上方的一间山坡小屋里，杰克逊带我过去的途中做了简短汇报。据他介绍，费尔顿自去年受雇起一直古怪又阴沉，经常鼓捣神秘的机械设备，抱怨受到监视，还总跟当地劳工鬼混。不过，他确实熟悉本职工作和风土人情，经常深入劳工们生活的山区长途旅行，乃至参与古老的异教仪式。他喜欢炫耀机械才能，也乐于隐晦地谈论各种不为人知的秘密和神奇能力，近段时间他变得尤为乖张，不但恶意怀疑同事，更因手头吃紧——出于某种原因，他经常收到从墨西哥城或美国的实验室、机械车间寄来的大箱货物，开销势必很大——伙同当地人偷窃了不少矿石。

事发后卷走所有文件，大概是他为所谓“监视”做出的疯狂报复。费尔顿肯定完全疯了，才会长途跋涉，钻进没有白人居住的闹鬼的玛琳切山，在荒芜的山坡间找到隐秘洞穴，干出令人咋舌的离谱勾当。若非最后的惨剧，没人能找到那个洞。洞里满是丑恶古老的阿兹特克偶像与祭坛，祭坛上堆着新近举行的燔祭留下的、十分可疑的烧焦骨头。当地人对那里讳莫如深——事实上，他们发誓一无所知——但明眼人很容易看出，那地方是他们的古老集会所，而费尔顿积极参与过他们的仪式。

搜寻队是跟随吟唱和最后的惨叫找到那里的。时近凌晨 5 点，整夜露营的队伍正打算收拾东西，两手空空地返回矿场，突然听到远处传来隐约的旋律——轮廓仿如死尸的高山荒坡间肯定在举行源远流长且令人作呕的土著仪式。果不其然，他们听到古老的名讳：

米克特兰提库特里、托纳季乌与梅兹特里、克苏鲁特尔、雅－拉莱耶……奇怪的是其中夹杂着一些英语单词。纯正的白人英语，绝非墨西哥土话。搜寻队循声匆忙登上野草蔓生的山坡，片刻宁静后突然听到凄厉的惨叫。那声惨叫太吓人了，远比人们听过的其他叫声更可怕，然后大家看到了烟雾，闻到了刺鼻的焦臭味。

原本被豆科灌木盖得严严实实的洞口冒出恶臭的浓烟，搜寻队就这样赶巧找到了它。洞内有光，不到半小时前刚换过蜡烛，摇曳的烛火照亮了恐怖的祭坛与怪异的偶像，碎石地面上躺着一具骇人的死尸，吓得众人纷纷后退——那正是脑袋烧焦的费尔顿，他的脑袋套着金属线编织的怪笼子，另一端连着明显从旁边祭坛上掉下来摔散架的电池。人们面面相觑，不约而同想到了费尔顿经常自夸的“电刑器”，那个他声称被大众明面拒绝、私下却偷窃仿制的发明。费尔顿身旁有个敞开的行李箱，被盗文件都在其中。一小时后，搜寻队用临时担架抬起这具可怕的尸体，启程返回三号矿场。

杰克逊介绍的就这些，但足以令我脸色苍白、两股战战了。他领我经过大型研磨机，走向停尸的小屋，并不缺乏想象力的我不难意识到自己的“噩梦”与这场惨剧有着说不清道不明的契合。敞开的屋门前围着许多好奇的矿工，而我心知肚明会在门内看到什么：巨大的身躯、粗陋的灯芯绒衣服、分外纤细的双手、烧黑的胡须以及那件可憎的设备——它的电池略微受损，熏黑的面罩包裹着焦炭般的事物。就算这些发现，包括鼓鼓囊囊的大行李箱尚不足以令我裹足不前，可另外两样东西我无论如何也消受不起——死者的左边口袋露出一叠折好的便笺，对应的右边口袋怪异地下沉。乘人不备，我顺走了那叠熟悉的纸页，不敢确认笔迹便揉成一团。极度的惶恐使得我当晚便将它们悄悄付之一炬，现在想来不免有些遗憾，毕竟它们能决定性地证明或推翻某些事。当然，现场还留有其他证据，验尸官取走了下沉的右边口袋里的左轮手枪，我完全可以找他求证，但始终提不起勇气，因为我的枪确实在那晚的火车上丢了。除此之外，我衣兜里的铅笔留有仓促削过的痕迹，与周五下午在麦库姆总裁的私人车厢里用转笔刀削出的笔尖截然不同。

最终，我在困惑中打道回府，也许反倒是种仁慈。回到克雷塔罗，私人车厢业已修好，但直至跨越格兰德河进入美国的埃尔帕索，我才真正松了口气。我于周五抵达旧金山，并在随后那个星期举办了推迟的婚礼。

那晚到底发生了什么，如前所述，我不敢深究。费尔顿打一开始就是个疯子，他不光疯，还大量接触到任何人都不该接触的史前阿兹特克巫术知识。他很有发明天赋，那套电池可谓货真价实，而我后来听说，他几年前果然屡屡被媒体、公众和当权者拒之门外。过度失望会严重影响某类人，此事或许是一系列挫折共同作用的结果。顺便一提，他确实在马西米连诺军中当过兵。

每次讲起这个故事，大多数人觉得我显然信口开河，也有人试图用变态心理学来解释——天知道我当时的压力有多大——更有少数人提及“灵魂投射”概念。捉拿费尔顿的强烈愿望使得我的思想向他投射，精通印第安魔法的他或能第一时间辨认并接收此种意念。所以到底是他身处列车隔间，还是我来到仿如死尸的高山间的闹鬼洞穴呢？倘若未能成功拖延他，我会落得怎样下场？坦白说，我不知道，也不太想知道。从那以后，我再没去过墨西哥，而且正如开篇所言——我不愿听到任何有关电刑的消息。

H.P.洛夫克拉夫特与阿道夫·德·卡斯特罗 合著

胡安·罗梅罗的谢世

1894 年 10 月 18 日至 19 日的诺顿矿场事件不堪回首，促使我在风烛残年开口的只是对科学的敬畏。可怕的经历与场面因无法解释而变得愈加可怕，但人们终究不该遗忘胡安·罗梅罗的……“谢世”。

我的原名与血统不足为道，跟本文主旨几无干系，可以说，某人若突然移居美国或澳大利亚，一定是想告别过去。在印度服役时，相比与军官袍泽们交往，我更喜欢那些白胡子的当地先生。我深入探究过古怪的东方传说，以致惹祸上身，不得不逃到美国广阔的西部重新开始，并改用现在这个普普通通、平凡无奇的姓名。

1894 年夏秋两季，我住在广袤苍凉的仙人掌山区，以普通矿工的身份被闻名遐迩的诺顿矿场雇佣。多年前一位老勘探家发现了矿脉，带动周边人迹罕至的荒原一跃成为欲望沸腾的坩埚。深藏山地湖底部的金矿给可敬的发现者带来了超越梦想的财富，他组建的公司后来被人买下开展更广泛的挖掘，成功找到产金量更大的矿洞。于是乎各色人种组成难以计数的矿工大军，不分昼夜地在蜂巢般的甬道和石洞中劳作，矿场主管亚瑟先生对当地奇特的地质状况津津乐道，总在盘算如何扩张纵横交错的洞穴网络，继续做大做强。他认为含金的洞穴是水流运动的结果，坚信能把它们全部挖开。

我受雇没多久，胡安·罗梅罗亦随附近大批肮脏邋遢的墨西哥人一起来到矿上。他的外表引人注目，一副典型的红种印第安长相，跟普通老墨或当地派尤特人有很大区别，肤色更淡、容貌更得体。奇特的是，他既没有西班牙征服者或印第安部落民的血统，也缺乏白种人的明显体征，这意味着他的先祖并非卡斯提尔冒险家或美国拓荒先驱，而是古老高贵的阿兹特克人。这位沉默寡言的矿工总是早早起床，陶醉地望着爬上东方山峦的朝阳，同时高举双臂，像在举行自己也不理解的仪式，这些行为不免让人浮想联翩。可惜除了长相，罗梅罗完全与高贵无缘，他无知愚鲁、不修边幅，周遭尽是最低贱的棕肤墨西哥人。后来我得知他是某次惨烈瘟疫的唯一幸存者，人们在粗陋的山间小屋中找到尚为孩童的他。小屋旁一条颇不寻常的石缝中躺着两具刚被秃鹫啃食的尸骨，应该是他的父母，但没人清楚其真实身份，他们很快也跟众多死者一样被彻底遗忘。紧接着发生的雪崩摧毁了土坯小屋，掩埋了石缝，将孩童的来历从世间抹去，一个墨西哥偷牛贼把他抚养长大、给他起了名字，他跟其他墨西哥人也就越混越熟了。

毫无疑问，罗梅罗对我亲近源于我不干活时佩戴的那枚做工精巧的印度古戒。我不会坦白其渊源及获得方式，但我承认自己将它视若珍宝，它是我与永别的前半生的最后联系。我很快发现容貌特别的墨西哥人也对它很感兴趣，总用超乎贪婪的灼灼目光盯着它，尽管从未拥有过类似物件，戒指上古老的梵文却似乎刺激着他未受教育但异常活络的头脑，唤起了他模糊的回忆。来矿上没几周，他就成了我的忠实仆从，尽管我不过是个普通矿工，我俩的交流亦很有限——他懂的英文单词不多，而我在牛津大学学到的西班牙语跟新西班牙劳工的土话大相径庭。

我要讲述的事件出乎所有人意料。虽然罗梅罗勾起了我的兴趣，他对我的戒指也莫名着迷，但我俩对大爆炸的后果毫无准备。地质研究让人们相信矿脉垂直地朝地底深处延续，主管认定那个方向只有坚硬岩石，于是准备了体量惊人的炸药。我和罗梅罗没参与爆破作业，现场情况是听人转述的，据说装药量很可能超过预估，令整座山都跟着摇晃。山坡间搭建的棚屋全被震碎了玻璃，邻近坑道的矿工也纷纷被震倒，位于爆炸点上方的宝石湖像遭遇风暴般掀起巨浪。爆炸结束后，爆炸点下方现出一个深不见底的大坑，手钓线无法测量，探照灯也无济于事。困惑的挖掘队找主管商量对策，后者弄来许多绳索，命令连成一股往下放，直至触底。

但没过多久，脸色惨白的工人们就向主管报告此路不通，他们恭敬但坚定地拒绝再靠近深坑，乃至决定封堵深坑前停止工作。他们确信那个无底洞内的情况前所未见、殊为异常，主管也不好责怪，只能重新盘算，规划第二天的工作。

那晚矿场没开工，半夜 2 点，山里一匹孤狼发出阴郁的嚎叫，工地上不知哪里的狗狂吠回应——既像是回应狼嚎，又像是回应别的什么。风暴在山峰间攒聚，凸月的光华试图穿透重叠的卷层云，却屡屡被疾速飞来的诡异云团阻碍，只洒下几许暗淡可怖的余晖。罗梅罗在上铺兀自说话吵醒了我，他的话音既激动又紧张，包含着我无法理解的朦胧期待。

“圣母玛利亚，声音，嗰声音，听到呀？听唔明？——先生，那声音！”

我边听边猜他指什么声音。狼嚎、犬吠和风暴……风声越发尖锐刺耳，占据主导，工棚窗外亦划过醒目的闪电。我就听到的声音询问紧张的墨西哥人：

“系狼？系狗？系风？”

罗梅罗先是不答，接着敬畏地低语道：

“韵律，先生，大地嘅韵律——俺们脚下在敲鼓！”

我也听见了，不知为何那声音令我浑身战栗。诚如墨西哥人所言，韵律从脚下很深很深的地方传来，虽然极其微弱，却盖过狼嚎、犬吠和攒聚的风暴。我绞尽脑汁也难以形容——它根本无法形容，特大邮轮甲板上感受的舱底发动机嗡鸣或可比拟，但后者机械感太重又毫无生气与意识。那声音的所有特点中，最突出的还是地底的深远感，教我不由得想起爱伦·坡饱含深情地从约瑟夫·格兰威尔的文中摘录的话：

——浩瀚、奥秘、玄妙亦绝非吾辈仿制之物所能比拟。
自然之奥妙，实远胜德谟克里特之井也。

罗梅罗突然跳下床，站在面前盯住我手上神奇的戒指——每当劈下闪电，它都会奇妙地发光——又深深地望向矿井方向。我也跟着起身，我俩一时间就这么呆站着竖耳倾听越来越有活力的神秘韵律，随后不知不觉朝门口挪去。被狂风吹得哗哗响的房门带来了少许尘世的真实感，但地底的咏唱——现在听来就像咏唱——也变得高亢清晰，让我俩难以抗拒地踏入风暴，走向漆黑的矿井。

如前所述，那晚没开工，路上没半个活人，原定的夜班工肯定正在干谷村对昏昏欲睡的酒保传播险恶的谣言。仅有一抹小小的方形黄光从守卫的小屋内射出，像警惕的眼睛，我有些好奇守卫是否受到韵律影响，可罗梅罗走得特别快，没空过去探查。

我俩爬下竖井，地底的声音明显是混合而成，既有敲鼓也有齐声咏唱，仿佛在举行恐怖的东方仪式——我曾长期在印度服役，对此并不陌生。我和罗梅罗不假思索地过隧道、下梯子，朝一直引诱我俩的目标前进，心头怀着可怜而无力的惧怕与抗拒。我一度觉得自己疯了，尤其当我恍然察觉亮堂堂的前路并无油灯或蜡烛的照明，随后发现手指上的古戒闪着怪诞惨白的光芒，撕开了潮湿沉闷的雾气。

爬下某架粗捆的梯子，罗梅罗没打招呼就丢下我飞奔而去。鼓点和咏唱似乎出现了新的狂野韵律，对罗梅罗的影响远胜于我，足以使他没头没脑、狂呼乱叫着冲进昏暗的矿洞。我听见他在前方继续叫嚷，在水平的隧道内连连绊倒，又不管不顾地爬下摇摇欲坠的梯子。吓坏了的我尚留有几分理性，留意到他嚷的那些话——能听清的那些话——于我是一无所知。罗梅罗惯常混用西班牙土话和糟糕的英语，现在却说出大量刺耳且有所指意的多音节词，其中重复多次的“威齐洛波契特里”我似乎有点印象。后来我在一名伟大历史学家的著作中明确找到了这个词，并因彼此的关联不寒而栗。

可怕夜晚的高潮难以名状但相当短暂。我抵达旅程终点的矿洞后，正前方的黑暗中传来墨西哥人最后的尖叫，伴随着我此后再未听过的、可憎到极点的齐声咏唱。那一刻，平素隐藏在地底的恐怖与怪异似乎全部显现，力求击溃人类。手上戒指的光熄灭了，取而代之的是数码外稍低处的新光源，我竟已来到深渊之前，它炽烈地散发着红光，显然吞噬了倒霉的罗梅罗。我走到边缘，向无论多长的绳索也探不到底的深处望去，那个魔窟中起初只有雀跃的火焰和刺耳的喧嚣，但渐渐地，在深不可测的地下，飘摇沸腾的光芒中浮现出无数模糊形体，我看到了——罗梅罗？——天啊！我不敢说出看到了什么！……幸好上帝及时伸出援手，在随即发生的仿佛两个宇宙相撞的猛烈冲击中，我的视觉与听觉都被屏蔽。混沌主宰一切，湮灭带来平静。

后续发展过于诡异，不知从何说起，我只能尽力而为，不去区分所谓“真相”与“表相”。我醒来后毫发无伤地躺在床上，窗外泛起黎明的曙光，不远处的桌上摆放有胡安·罗梅罗死气沉沉的尸体，包括营地医生在内的一群人正围着探讨他熟睡中奇怪的死法。他的死似乎跟昨晚地动山摇的雷电有关，但找不到明显伤口，尸检亦未能查出死因。根据听到的只言片语，我和罗梅罗根本没离开屋子，这场席卷仙人掌山区的可怕风暴肆虐之时，我俩甚至没醒来过。冒险下井查看的人说，风暴导致矿大面积坍塌，昨日引起莫大不安的深坑已被彻底堵死。我问守卫在雄浑的雷声响起前听到过什么，他提及狼嚎、犬吠和呼啸的山风——仅此而已，没理由怀疑他的说法。

复工前，亚瑟主管安排几个心腹调查深坑所在位置，他们不情不愿地领命前去钻孔。结果非常神奇，原来那个坑顶部看上去没多厚，可现在无论怎么钻都是坚硬岩石，根本找不着金子。主管只能叫停，虽然他坐在桌边沉思时，经常会露出困惑神情。

此外还有个谜团。风暴后的清晨，我醒来后不久就发现手指上的印度戒指不翼而飞了。我曾将它视若珍宝，它的消失却让我如释重负。假如哪个工友偷走了它，肯定巧妙处理了赃物，以致我登告示、找警察都无功而返。也罢，在印度见识过那么多奇闻逸事，我甚至怀疑它真是被凡人偷走的吗？

我对这段经历的看法总是在变。一年到头的白天，我基本视之为南柯一梦；唯独秋季的凌晨 2 点，每当风声呼啸、野兽低吼之时，我能听到地底深处带有韵律的险恶脉动……想起胡安·罗梅罗可怕的谢世。

H.P. 洛夫克拉夫特 著

远古先民

1927 年 11 月 3 日

星期四

亲爱的梅尔莫斯：

……你还在研究瓦列乌斯·阿维图斯·巴西阿努斯的黑历史？呸！那个无耻的亚洲小鬼，该死的叙利亚鼠辈，没有谁比他更讨厌了！

我最近精读了詹姆斯·罗兹翻译的《埃涅阿斯纪》，虽说是初次见到该译本，但我认定其忠实度出类拔萃，甚至超越已故姨父克拉克博士未能出版的译文，足以把读者带回古罗马时代。维吉尔的这部诗篇，加上万圣节前夜山间巫魔集会的鬼魅联想，使我于上周一晚间做了个异常清晰、栩栩如生且预示着恐怖巨影的噩梦。总有一天我会把它写进小说，要知道，我小时候经常梦回罗马——每每化身军事保民官，跟随恺撒大帝夜游高卢——但已经好久没有类似体验了，所以这回才如此深受打动。

梦境发生于近西班牙行省的比利牛斯山脚，一个叫庞贝罗的小镇。时值共和国晚期，治理行省的仍是元老院派出的总督，而非皇帝特使，日期则是 10 月的最后一天。在那个火烧云映照下的傍晚，西沉的落日将镇北的群山染成玫瑰色和金黄色，神秘的赤红光晕洒向灰扑扑的公共广场周围石头与灰泥新砌的各色粗劣建筑，以及东边稍远处竞技场的木墙。额头宽阔的罗马殖民者、毛发蓬乱的归化土著以及特征明显的混血儿穿着廉价的羊毛托加袍，另有少数戴头盔的军团士兵，连同住在小镇周围、披粗斗篷蓄黑须的巴斯克部落民，他们全挤在几乎未曾铺设的道路和广场上，焦虑不安地挪步。

我刚下轿——伊利里亚轿夫跨过埃布罗河，把我从南边的卡拉古里斯匆匆抬来。在梦里，我似乎是名为卢修斯·凯利乌斯·鲁弗斯的行省财务官，受普布利乌斯·斯克里波尼乌斯·利波总督传召而至，总督本人数日前亦从塔拉科大驾光临此地。士兵们隶属于军事保民官塞克斯图斯·阿塞利乌斯指挥的第十二军团第五大队，负责地区防务的副将格涅乌斯·巴尔布提乌斯亦从卡拉古里斯的永久营地赶到。

我等聚集于此，商讨应对山中潜伏的恐怖势力。秋季是可怕的时节，根据镇上谣传，山间野人正筹备丑恶的仪式，吓坏了的镇民拼命恳求从卡拉古里斯出兵。据说栖息在高地上的远古先民说着连巴斯克人都听不懂的怪异方言，几乎从不露面，但一年里会数度派出黄皮肤、眯眯眼、神似斯基泰人的矮小使者下山，靠比画手势跟商人们做买卖。先民每逢春秋两季——4 月与 10 月的最后一晚，即五朔节前夜与万圣节前夜——都在山顶举行恶名昭彰的仪式，刺耳的号叫和燃烧的祭坛将恐惧散播四方，而此前镇民往往莫名失踪，从此杳无音信。另有一种更蹊跷的谣言，说是土著牧羊人与农夫不敢怠慢远古先民，而在那两个可憎的巫魔之夜前会有不止一户人家消失。

今年的恐怖氛围尤为浓重，镇民都认为怒火会倾泻到庞贝罗。三个月前，五名长着眯眯眼的矮小先民下山来市场做交易，因争吵有三人被杀，另外两人默默回去了。而后的秋天无人失踪，明显极不正常，先民没有放弃巫魔集会奉献祭品的先例，非同寻常的好运反倒让大家更坐立难安。

夜复一夜，空洞的鼓点响彻群山，有一半当地血统的营造官提贝利乌斯·安奈乌斯·斯提尔波忍不住请求巴尔布提乌斯从卡拉古里斯派来一个步兵大队，剿灭恐怖之夜的巫魔集会。巴尔布提乌斯漫不经心地拒绝了，他认为这纯属大惊小怪，除非受到真正的威胁，否则山间野人的可憎仪式与罗马公民无关。我似乎是巴尔布提乌斯的密友，却与他意见相左：首先，根据对黑暗禁术的深入研究，我相信远古先民能为庞贝罗带来难以名状的毁灭，伤害那座罗马殖民城镇中的大批公民；其次，前来求助的营造官的母亲叫赫尔维娅，是个血统纯正的罗马人，她父亲玛尔库斯·赫尔维乌斯·秦纳曾在西庇阿的军中服役，后来留在当地发展。有鉴于此，我派精明的希腊小奴安提帕特送信给总督。斯克里波尼乌斯总督赞同我的意见，命巴尔布提乌斯派出第五大队，由阿塞利乌斯率领赶赴庞贝罗，预计于10月最后一日的黄昏时分挺进群山，铲除一应难以形容的污秽仪式，再将人犯押到塔拉科，听候法务官开庭审判。巴尔布提乌斯对此表示抗议，结果又费了好一番唇舌，这期间我给总督的多封来信引起了总督的浓厚兴趣，最终他决定亲自出马调查所谓的恐怖势力。

总督带着大批侍从和侍者驾临庞贝罗，眼见当地谣言四起、人心浮动，更坚定了捣毁巫魔集会的决心。熟悉此类问题的我是不可多得的谋士，总督遂命我与阿塞利乌斯的大队同行。巴尔布提乌斯继续坚持反对意见，他是真心抗拒激进的军事行为，唯恐在已归化和未归化的巴斯克部落民中煽起危险的敌对情绪。

神秘的夕阳照耀秋季群山之际，所有人齐聚于此——老斯克里波尼乌斯·利波身披总督的紫边托加长袍，金光洒在他锃亮的秃头和鹰隼般皱纹密布的脸上；巴尔布提乌斯的头盔与胸甲闪闪发亮，脸颊刮得很干净，抿紧的嘴唇顽固地写着“反对”二字；年轻人阿塞利乌斯套着抛光的胫甲，面带高傲的冷笑；我大概只穿普通的托加长袍，别无显眼特征，而好奇的镇民、士兵、部落民、农夫、奴隶、侍从及侍者组成的杂色人群挤在一起。恐惧席卷庞贝罗，镇内镇外的民众都不敢大声说话，即便来此不到一周的总督随行人员，似乎也被莫名的惊悚氛围所感染。老斯克里波尼乌斯的面色极其阴沉，与之相对，我们这帮新来者的声音显得格格不入，就像在墓地或供奉诡秘神祇的庙宇内大声喧哗一样。

官员们钻进总督大帐，开始正式会商。巴尔布提乌斯重申反对进剿，并得到阿塞利乌斯的支持，后者虽然极度藐视所有土著，但也认为刺激他们是不智之举。在两位军官看来，拒不出兵得罪的只是殖民者与归化的部落民，在地区总人口中占比不大，而若想强行铲除可怕的仪式，则有被部落民和乡民群起而攻之的风险。

我却竭力鼓吹此次行动，并自告奋勇随行出征。依我之见，巴斯克人野蛮成性、反复无常，小规模冲突迟早会发生，而过去的经验证明，他们对罗马军团构不成太大威胁。反过来讲，罗马人的代表纵容蛮族破坏正义、损害国家声望，这成何体统？行省的治理之道，首先在于保障公民的安全、赢得公民的善意，毕竟他们掌握着当地商贸与繁荣的命脉，血管里流淌的也大多是意大利的血液。他们在人数上虽不占优，却是最可信赖的臂膀，他们的通力合作是行省在元老院与罗马共和国治下长治久安的基石。为罗马人提供保护既是眼下的责任，也符合长远利益，而代价——我嘲讽地瞟了眼巴尔布提乌斯和阿塞利乌斯——不过是稍稍劳烦卡拉古里斯的驻军，打断一下他们的酗酒作乐和斗鸡赌钱罢了。

此外，我读过许多出自叙利亚、埃及，甚至伊特鲁利亚的神秘乡镇的卷轴，还曾在内米湖畔森林中的狄安娜圣所与嗜杀的祭司们长谈，我确信庞贝罗镇及其居民面临危险，山间的巫魔集会有可能唤出不该出现在罗马疆土上的可怕灾祸。遥想当年，阿尔比诺·波斯图米乌斯任执政官时处决过大批参与酒神节狂欢的罗马人，此事记在《关于酒神节的元老院决议》中，以青铜铭文雕刻昭告天下；现今我等对巫魔集会种种丑行熟视无睹，岂不有违先人正道？只要及时采取措施，区区一个步兵大队足以粉碎集会，但若耽搁犹豫，假使仪式真能召唤出什么东西，罗马士兵的铁标枪恐难有用武之地。为减轻乡民的愤懑，我等只需逮捕实际参与者，从犯一律不究，他们又有什么话好说呢？

总而言之，原则和策略都要求我等雷厉风行，而我坚信，普布利乌斯·斯克里波尼乌斯总督牢记着自己维护罗马人民尊严的责任，所以才坚持派遣步兵大队并命我随行，抵制了巴尔布提乌斯和阿塞利乌斯的反对意见——说实话，无论他俩的见解听上去如何，都像是乡野匹夫的保守做派，哪有半点罗马人的风范？

斜阳越发低垂，宁静的小镇似乎蒙上了一层虚幻而恶毒的魔力光环。斯克里波尼乌斯总督认可我的见解，将我编进步兵大队，临时担任首席百夫长。巴尔布提乌斯和阿塞利乌斯勉强让步，前者比后者更有风度。暮色漫过秋季的荒凉山坡，丑恶的鼓点继续从远山飘来，诡异的节奏令个别士兵心生怯意，但整个大队在高声喝令下依然排好队伍，列队走向竞技场东边的开阔地。总督与巴尔布提乌斯坚持跟队出发，麻烦在于没有愿意带路的本地向导，最终一个叫维凯利乌斯的小伙子站了出来——他父母都是血统纯正的罗马人——答应至少把我们领过山脚丘陵。我们在薄暮下行军，一弯新月仿佛细长的银色镰刀，在左边的林木上方微颤。*巫魔集会照常开始了*，这念头让人惴惴不安，罗马军队到来的消息势必已传到山上，虽然起初我们尚未下定决心，但对方不可能毫无所动。邪恶的鼓声一如既往，看来集会者为某些理由拿定主意，对罗马人的动向置若罔闻。

穿过进山隘口，鼓声越发响亮，两侧的密林陡坡仿佛挤压过来，夹出一条狭小的行进路线，来回摇晃的火把令周遭树干显得十分怪诞。除总督、巴尔布提乌斯、阿塞利乌斯、两三个百夫长和我，其他人都徒步前行，后来山路过于狭窄陡峭，我们也只能跳下坐骑，吩咐一支十人小队留下看马，寄望于强盗不会在这恐怖之夜出没。附近林中偶尔可见鬼祟人影，才爬了半小时，山路已让三百余人的队伍举步维艰。就在这时，出人意料的恐怖之事发生了，下方传来可怕的声音，我们拴住的马——它们在尖叫！不是嘶鸣，而是尖叫……但下方没有一丝亮光，也听不到半点人声，弄不清到底发生了什么。几乎与此同时，前方所有山峰突然燃起篝火，眼见情况不妙，我们急寻向导维凯利乌斯，却发现年轻人蜷在血泊之中，攥着从副百夫长德米乌斯·维布拉努斯腰间抢来的短剑，惊恐的表情连最勇敢的老兵看到都面色发白。马匹尖叫时他自杀了……这个年轻人在此出生、长大，自然清楚山间所有流言蜚语。火把变得暗淡无光，下方拴住的马匹仍在尖叫，受惊的士兵们跟着哭喊起来。骤然冰冷的空气远低于10月末的温度，且像被什么怪物搅扰着一般，令我不由得联想到巨大的翅膀。队伍被迫停止前进，随着火把逐个熄灭，我似乎看到奇异的阴影映衬着银河鬼魅的幽光，掠过夜空中的英仙座、仙后座、仙王座和天鹅座，然后群星陡地失去光亮——不论前方明亮的天津四和织女星，还是身后孤单的牛郎星和北落师门，它们都不见了。火把也全灭了，士兵们惊惶万状，尖厉地大叫大嚷，但头顶的山峰依然燃烧着歹毒可憎的祭坛圣火，地狱般的猩红火舌勾勒出疯狂跃动的巨影，弗里吉亚祭司和坎帕尼亚老太婆低声谈论的狂野秘闻中也不曾出现如此难以名状的野兽。魔性的鼓点响彻夜空，盖过所有人喊马嘶，凛冽的寒风仿佛有意识的活物，从禁忌的山顶席卷袭向每个人。大家都在黑暗中挣扎和惨叫，恍如拉奥孔及其诸子的遭遇再现，唯独老斯克里波尼乌斯·利波听天由命，他的话语盖过所有喧哗，迄今仍在我耳边回荡："亘古之*邪祟*……*亘古之邪祟*……*来矣*……*来矣*……"

然后我就醒了。这是多年来最逼真的梦，犹如久未触及、早已遗忘的潜意识深井突然涌出的活水。那个大队的命运无可稽考，但至少镇子保住了——我从《百科全书》里查到，庞贝罗一直存留至今，现在的西班牙名称是潘普洛纳……

哥特文豪

盖乌斯·尤里乌斯·维卢斯·马克西米努斯

H.P. 洛夫克拉夫特 著

后裔

在伦敦，有个一听到教堂钟声就惊声尖叫的家伙，他和他的斑纹灰猫独居于格雷客栈，据说是个无害的疯子。他的房间堆满庸俗无奇、天真幼稚的书籍，因他只想没日没夜沉浸在脆弱的纸页里，完全放弃思考——出于某种原因，思考对他来说相当可怕，任何撩动想象力的行为他都避之唯恐不及。他身材瘦削、头发灰白、满脸皱纹，却有人声称他没有看上去那么老。恐惧将狰狞的利爪搭在他肩头，一丝风吹草动也能吓得他两眼圆睁、汗如雨下。为免回答任何问题，他远离亲朋好友，认识他的人说他曾是个学者和美学家，对他的近况深表痛惜。没错，他避开他们太久了，谁也不知这期间他是出了国还是隐居起来钻研冷僻课题，而他住进格雷客栈亦有十年，十年来只字不提曾经的去处，直到那天夜里年轻人威廉姆斯买回《死灵之书》。

威廉姆斯是个年方二十三岁的梦想家，自打搬进这间老店，就察觉到皓首苍颜的怪邻居散发出违和的宇宙气息。威廉姆斯努力与这位被故旧抛弃的老人结交，并为其肩负的深重恐惧惊讶不已。老人瘦弱憔悴、形容枯槁，但无疑一直在观察与聆听，只是更多倚仗头脑而非耳目，并通过无休止地阅读轻率无趣的小说来掩饰自己。然而每当教堂钟声响起，他便会捂住耳朵、放声尖叫，豢养的灰猫也跟着同声哀号，直到洪亮的回音渐渐消失。

尽管威廉姆斯多番尝试，但邻居从未讲出任何意味深长的秘密，老人基本不受他的言谈举止影响，不过偶尔会挤出个假笑、换上轻快语调，兴奋又癫狂地扯些鸡毛蒜皮的琐事。老人的嗓音会不断拔高、变粗，直至撕裂成尖锐、破碎的假声，从不经意间的评述中，威廉姆斯确信其满腹经纶，对其曾就读哈罗公学和牛津大学毫不意外。再后来，威廉姆斯得知老人实为诺瑟姆男爵，家传领地是约克郡海边某座异闻缠身的古堡，虽然老人矢口否认城堡及其声名在外的罗马起源有何反常之处，当话题转到北海危崖下那些传说中的地穴时，他干脆哧哧嗤笑起来。

日子就这样一天天过去，直到那天夜里，威廉姆斯买回阿拉伯狂人阿卜杜勒·阿尔哈札德那本臭名昭著的《死灵之书》。痴迷于奇闻逸事的他，十六岁就听说了那本邪书，为此请教过查杜斯街一位驼背老书商许多古怪问题。他很好奇，为何人们提到《死灵之书》就脸色发白呢？老书商告诉他，由于牧师和立法者颁布禁令，该书仅有五份刊本存世，每位保管者都会战战兢兢地将之锁好，也只有他们中最无畏的家伙才敢阅读那些可憎的黑体字。可是到头来，在克莱尔集市的肮脏地界，威廉姆斯不但在常淘到稀罕物的犹太店铺中觅得一份可读的抄本，脸生瘤子的利未人老店主还值得寻味地以低到离谱的价格将书卖给了他。

那本典籍有厚重的皮革封面和惹眼的黄铜锁扣，年轻人只瞟了眼书名就欣喜若狂，一定要买回去细细解读。晦涩的拉丁文本间杂的图例激活了脑海深处最为不安、惶恐与晦涩的记忆，他离店的匆忙脚步使得老店主在蓬乱的胡须后诡异地微笑，但等他平安回到房间，却发现黑体字和粗劣方言的组合超出自己的语言能力，只能不情不愿地求教平素担惊受怕的怪邻居，帮忙理解扭曲的中古拉丁语。诺瑟姆男爵正对着斑纹猫傻笑，邻居进门惊得他跳了起来，看到那本书更吓到浑身颤抖，待威廉姆斯念出书名，他干脆昏了过去。恢复知觉后，他低声述说了自己荒诞而疯狂的经历，敦促年轻的朋友尽快烧掉该受咒诅的邪书，并将其挫骨扬灰。

※　※　※

诺瑟姆男爵低声说，事情打一开始就不对劲，但若非他执着于刨根究底，也不致深受其害。作为第十九代男爵，他继承了久远到不祥的血统，算上含混的传说，诺瑟姆家族能难以置信地追溯到撒克逊人到来之前、罗马治下的不列颠。彼时第三奥古斯都军团驻于林杜姆，有位叫克奈乌斯·盖比尼乌斯·卡庇托的军事保民官，因参与与已知宗教无关的仪式被断然解职。谣传盖比尼乌斯偶然发现一处悬崖巨洞，不列颠人畏惧的异族聚于洞中，于黑暗处刻下古神符印。该族或为西方沉没的大陆仅存的孑遗，曾在群岛各地留下许多堡寨、圆阵与神殿，其中最宏伟者便是巨石阵。诚然，传说无法证实盖比尼乌斯的确在禁忌巨洞上方建起过坚不可摧的家堡，留下皮克特人、撒克逊人、丹麦人和诺曼人均无力摧毁的血脉，人们也只能假定该家族确实涌现过“黑太子”英勇的同伴与副官，并被爱德华三世赐封诺瑟姆男爵，但即便广为流传的故事未必都是真的，诺瑟姆古堡与哈德良长城在建筑工艺上的惊人相似性却不容否认。

从孩提时代起，诺瑟姆男爵在城堡的古旧区域睡觉就怪梦连连，因此养成了回溯记忆的习惯——变幻不定的梦幻场景、画面与印象，跟清醒后索然寡味的生活毫不相干，逐渐把他引向梦想家和探索者的路途，寻找着虚无缥缈但似曾相识的奇幻国度及其与自身的关联。青年时代的诺瑟姆男爵坚信，我们所处的有形世界在辽阔而充满恶意的宇宙中不过是一粒微尘，陌生的维度无时无刻不在渗透和侵犯已知疆域，怀揣这种思想，他曾大量汲取正统宗教与神秘学知识。然而这些终究不足以使他心满意足，随着年龄增长，乏味和限制越发令人抓狂，男爵遂于上世纪九十年代转向撒旦崇拜，自此一发不可收，无论何种学说或理论，只要有助于摆脱科学的狭隘视野与自然法则的死板规定便甘之如饴。他曾痴迷于伊格内修斯·唐纳里异想天开的《亚特兰蒂斯》，还有查尔斯·福特那些收集异常事件、极具启迪意义的怪诞书籍；他曾长途跋涉探究诡异的乡野异闻，并深入阿拉伯沙漠寻觅鲜有记载且无人得见的无名之城。由此，他渐渐生出诱人的信念：某个地方肯定存在便利的大门，一旦找到便能自由出入外域深渊，追溯记忆深处隐约激荡的回音。那扇门可能立于现实世界，亦可能只存在于他的思想与灵魂中，或许未能完全开发的大脑有个与群星，乃至星辰背后的无垠和永恒相接的神秘链条，能唤醒他在被遗忘的维度度过的过去与未来。

H.P. 洛夫克拉夫特 著

“陷镜”

事情发端于 12 月某个星期四的早上，我收藏的哥本哈根古镜似乎出现了难以解释的变化。在房间独处的我恍惚中感到镜面有种异动，不由得停下来仔细查看，直到认定是幻觉才回去继续梳头。

这面古镜是我在某座废弃庄园——该庄园位于美属维尔京群岛圣克罗伊岛人烟稀少的北部——的外屋中发现并带回国的。当初它覆满灰尘蛛网，珍贵的镜面因近两百年间置身热带而变得晦暗，镀金框架顶端的美丽装饰亦损毁严重。我将分离的部件拼装完整，才把它加入收藏。

多年以后，老友布朗于康涅狄格州常年刮风的山间办起私人学校，我以贵客兼教师的名义住进学生宿舍未占用的厢房。两室加前厅的配置还不赖，用垫子妥善包好的古镜成为抵达后首先被拆封的个人物品，我用曾祖母传下的旧红木支架托着它，摆在起居室的尊贵位置。

由于卧室和起居室隔着前厅门对门，看进衣橱镜，两扇门外的大镜子也会映入其中，如同看着一条不断收缩的无尽长廊。那个星期四的早上，我似乎在空荡荡的长廊中看到某种异动——当然，如前所述，这个念头很快被打消了。

我来到餐厅，发觉大家叫苦连天，这才知道学校供暖设备罢工。特别敏感畏寒的我当即决定接下来一整天不再前往寒冷的教室，转而把学生邀到自己的起居室，围着壁炉举行非正式座谈——孩子们对此当然热烈欢迎。

座谈结束后，有个叫罗伯特·格兰迪森的男孩因上午第二节课没安排，想多待一会儿。我欣然同意后，他在壁炉前挑了把舒服椅子开始学习。

兴许是火烧得太旺，罗伯特很快挪到离壁炉稍远的另一把椅子上，正对那面古镜。坐在房间彼端的我发现他死盯着晦暗模糊的镜面，不禁好奇哪里有趣，也不由得想起早上的经历。很长时间里，他就那么微微皱眉，死盯着古镜。

我终于忍不住悄声问他在看什么。他慢慢转过头，依旧困惑地皱眉，颇为谨慎地答道："镜中的波纹——或类似的东西，卡尼文先生。我发现它们源自一处。看——我指给您看。"

男孩跳起来走到古镜前，指向靠近左下角的某个点。

"就这儿，先生。"他指着不放，一边回头对我解释。

回头的动作牵动指头触及镜面，他猛然抽回手，好像还有点费劲，乃至嘀咕了一声"啊"。接下来他看镜子的目光明显带着困惑。

"怎么了？"我边问边起身上前。

"怎么会——它——"他为难地吐露，"它——我——感觉——哎，感觉它在吸我的指头。这听起来——呃——很蠢，先生，但——好吧——触感真的很玄妙。"作为一个十五岁男孩，罗伯特的词汇量倒挺大。

我靠过去，让他指明位置。

“您肯定认为我很白痴，先生。”男孩腼腆地解释，“但——好吧，站这里我没法百分百确定，但之前坐椅子上看得很清楚。”

我完全被勾起了兴致，坐到罗伯特之前坐的椅子上，望向他在镜面上指出的点，霎时就有东西“跃入眼帘”。毫无疑问，从那个角度看去，古镜中所有波纹的确像源自一处，又一丝一缕地辐射开来。

但等我起身来到镜前，却找不到那个古怪的点。那显然是特定角度的视觉现象，倘若径直看去，该部分镜面甚至没法正常成像——我看不见自己的面孔。真是个奇特的小谜团。

铃声响起，为镜子着迷不已的罗伯特·格兰迪森匆匆离开，留下我独自思索费解的光学问题。我拉上窗帘，穿过前厅，在衣橱镜的倒影中寻找那个点，盯着不放的结果是似乎又察觉到异动。我歪着脖子反复试探，直到有东西再次“跃入眼帘”。

模糊的异动变得明确且清晰，类似扭动或旋转——镜中仿有一团具体而微的强烈旋涡或龙卷风，又像大片秋叶被旋风裹挟着在草坪上转圈。此种运动跟地球运动一样具有双重性，旋涡不断自转又向内转去，源源不断灌入某处。这肯定是视觉陷阱，但相当迷人，就好似镜面内侧有强大吸力。我不由得想起罗伯特为难的说法——“感觉它在吸我的指头”——背上突然微微泛起寒意。

古镜颇值得探究，罗伯特·格兰迪森被上课铃叫走时恋恋不舍的表情浮现在我眼前。想到他无奈地沿走廊离去时频频回望的样子，我决定让他参与，共同破解这个小谜团。

但罗伯特紧接着就出事了，暂时打消了我对镜子的一切念想。当日下午我外出办事，直到 5 点 15 分的点名前才回来。点名是孩子们必须到场的大集合，我想跟罗伯特一起研究镜子，便来到现场，却诧异又恼火地发现他缺席了——以其个性真是意外又难以解释。当晚，布朗告诉我男孩实际上失踪了，寝室、体育馆及他常去的其他地方都找不到人，可他的私人物品——包括户外穿的衣服——都在原处。

那天下午罗伯特没去滑冰也没参加远足，打电话询问周边所有餐饮商亦无收获。总之，最后的目击报告是他于 2 点 15 分下课，似乎要上楼返回三号宿舍的寝室。

人们意识到事态严重，骚动旋即席卷全校。校长布朗承受着巨大压力，他不明白素来井井有条、纪律严明的学府怎会发生如此闻所未闻的意外？据悉罗伯特并未跑回宾州西部的家里，师生们组成的搜索队在学校周围积雪的乡野中同样徒劳无功，他就这么人间蒸发了。

事发第三日下午，罗伯特的双亲赶到学校。他们镇静地接受了变故，但内心明显被这场无妄之灾击垮了，无力回天的布朗亦为此事老了十岁。到第四日，罗伯特失踪业已成为“校园不解之谜”，他的双亲极不甘心地打道回府，紧接着便是十天的圣诞假期。

大伙儿离校时没了往常的节日气氛，布朗夫妇及几名仆人成为空壳般的偌大校园里我唯一的同伴。假期第一日下午，我坐在壁炉前思索罗伯特的失踪。各种天马行空的设想让我到晚上头疼得不行，晚餐也几乎吃不下，但我绕学校的主要建筑匆匆散步一圈后，又回到起居室继续与沉重的问题搏斗。

约莫 10 点刚过，坐在扶手椅中的我从小憩中醒来。炉火已熄，我感到四肢僵硬、周身发冷，对亟待厘清的问题却涌起一股特别的期许。原来小憩过程中，我的脑海内无意识地反复出现一幅奇特画面——纤细到几不可辨的罗伯特·格兰迪森正拼命向我呼救。我最终上床入睡时怀着超脱理性的强烈信念：无论如何，小罗伯特还活着。

了解我的人不会奇怪我怀有这种信念——毕竟我在西印度群岛待了很久，近距离接触过诸多不可思议之事——亦不会奇怪我入睡时与失踪的男孩建立精神联系的迫切心愿。再古板的科学家也必须承认弗洛伊德、荣格和阿德勒的某些观点，即潜意识在睡眠时对外部信息最开放，某些信息在清醒状态下几乎无法完整感知。

倘若进一步认可心灵感应的存在，此种力量势必也在入睡后最为强烈，要想接收到罗伯特传来的明确信息，只能求助深度睡眠。当然，清醒后或许会遗忘，好歹我在世上各个隐秘角落经历了许多精神考验，记忆能力得到极大增强。

我沾上枕头就睡着了，梦境栩栩如生、不曾间断，应该说睡得很沉。我早上 6 点 45 分醒来时残留的某些印象，必是精神活动的结果——罗伯特·格兰迪森竟全身变成浑浊的深蓝绿色，他拼命对我讲话，却无法打破阻碍。奇特而神秘的空气墙似乎完全隔开了我俩。

我与罗伯特有时相隔甚远，有时奇特地离得很近。他的尺寸与现实相比忽大忽小，变化趋势则完全相反——后退时变大而非变小，前进时变小而非变大，透视法则刚好颠倒过来。他的外表朦胧模糊，缺少清晰固定的轮廓，而如前所述，他的肤色和穿着打一开始就让我困惑。

梦中某个时段，他努力发出的声音成功凝成话语，只是异常粗浊含混，起初根本无法理解。纵然身处梦境，我依旧绞尽脑汁地思索揭露他下落的线索，猜测他想说什么以及发音为何如此笨拙，终于一点点听出话语——最开始的几个词就让梦中的我兴奋不已，迅速关联上清醒时因难以置信而拒绝关联的某物。

梦中的我究竟花了多少时间聆听呢？置身奇异彼端的讲话者一直在努力述说，怎么想也有几个小时。话语中揭露的别样天地，拿不出实打实的证据恐怕没人会信，可我不管在梦中还是醒来后都深信不疑，这仍得归功于我经常与神秘事物打交道。男孩显然在边说边关注我的表情变化，发现我渐渐听懂了也跟着眼前一亮，流露出庆幸与希望的表情。

我在寒冷的清晨突然醒来，罗伯特的话语萦绕耳畔，怎样表述个中含义却须再三斟酌，甚至无从下手。如前所述，我业已关联上清醒时因难以置信而拒绝关联的某物——那面哥本哈根古镜，罗伯特失踪的早上它出现了令我一度念念不忘的异动，旋涡状的波纹与明显的吸入幻觉亦曾在我和罗伯特心中激起不安的联想。

我的表层意识此前拒绝采纳直觉判断，如今却无力反驳惊天结论。《爱丽丝镜中奇遇记》的幻想竟变成需要直面的严峻现实，古镜的确拥有异常恶毒的吸力，梦中滔滔不绝的讲述者清楚地表示它颠覆了人类的全部经验，践踏着三维世界的所有古老法则。它不只是一面镜子，更是一扇门扉、一道陷阱、一条联系深邃空间的纽带——那个空间不属于我们的有形宇宙，我们也只能通过最复杂的非欧几里得几何方能认知。罗伯特·格兰迪森以离奇的方式离开了我们的世界，被囚禁在镜中等待解放。

我醒来后对上述结论深信不疑。我相信自己的确与罗伯特进行过跨维度交流，并非因苦苦思索他的失踪和镜子的异动而受到诱导。我相信赤裸裸的直觉，它们往往最有道理。

此前发生的事似乎极富戏剧性。罗伯特失踪那天上午曾为古镜深深着迷，课堂上也惦记着我的起居室。下课后他迫不及待来找我——时间略过 2 点 20 分——可我去了镇上。他知道我不介意，便径自入室来到镜子前，站着仔细研究我俩注意到的旋涡汇聚点。

突如其来、难以抑制的渴望促使他把手伸向旋涡中央。理智抗拒这举动，但最终他屈服了，强大到几能带来痛苦的古怪吸力在实际接触后即刻传来，跟上午一模一样。接下来，那股力量毫无预兆地变得无法承受，肆意扭扯他浑身上下的肌肉和骨头，压迫刺激每条神经——他被粗暴地拽了过去，落入镜中。

刚穿过镜面，浑身极其痛苦的压力便陡然消失了，罗伯特形容自己就像刚出生的婴儿，做什么都生疏：行走、弯腰、转头、说话……一切都别扭。

这种感觉过了很长时间才慢慢消失，他的各个器官重新协调一致，但在所有能力中，讲话仍是最难的——这无疑是最精细的活动，需要协同运作诸多器官、肌肉和肌腱——双脚则最早适应镜中的新环境。

我花去一上午梳理这件看似完全不合理的事，努力归纳见闻，摒除人类本能的怀疑，制订将罗伯特从匪夷所思的牢狱中拯救出来的可行计划。在此过程中，我澄清乃至领悟了许多疑点，譬如肤色问题。我曾说他的手和脸呈浑浊的深蓝绿色，事实上他那件普通的蓝色诺福克夹克变成了浅柠檬黄色，裤子仍保持中性灰。清醒后仔细琢磨，我认为那边的环境跟现实正好相反——罗伯特后退时变大，前进时变小——物理规律亦可能颠倒，就是说未知维度的颜色与现实世界的颜色呈相反或互补状态。现实世界典型的互补色包括蓝色和黄色、红色和绿色，它们两两相对，中和后变成中性灰。罗伯特本来的肤色是带粉红的浅黄，与之相对就是我看见的蓝绿。他的蓝夹克变黄，灰裤子却无变化，这点起初令我困惑，但想通灰色是互补混合而成的颜色后便迎刃而解了——灰色没有互补色，或者说它是自己的互补色。

另一个琢磨出线索的点是罗伯特的声音。他说话为何异常粗浊含混？他又为何抱怨身体别扭和不协调？看来在那个四维空间，反转不仅包括颜色与透视，也包括手脚肢体及其他成对器官，如鼻孔、耳朵、眼睛等。罗伯特是用反转过的舌头、牙齿、声带等发声器官讲话，当然很困难。

我越琢磨越觉得梦中揭示的场景无比真实，情形亦十分紧急。我迫不及待想做点什么，却无处寻求建议和帮助。可以想见，完全基于梦境的判断只会惹来奚落，乃至对我精神状态的质疑，退一步讲，仅凭昨晚梦中获得的这点信息，又能干出什么？我最终意识到在设计拯救罗伯特之前需要更多情报，而只有睡觉方能获得情报。所幸只要进入深度睡眠，应能重新建立心灵联系。

我与布朗夫妇共进午餐时，凭严格的自制力守口如瓶，丝毫不提脑海中翻涌的思绪。下午我再次入睡，几乎在合眼的刹那就收到微弱的心灵图像，正好接续此前的场景。令人振奋的是此次画面更加清晰，我亦能领会更多话语。

在此次睡眠中，我肯定了上午的大多数推论，互动却远在醒来前被莫名掐断。罗伯特在互动中断前表现得相当焦虑，他确认怪异的四维牢笼中的颜色及透视与现实相反——黑变白、远变大，等等——还透露自己的身体和感知尚算完整，重要的生理活动却古怪地停滞了，甚至无需营养来维持生命。这种现象比各类器官、属性的颠倒更不可思议，后者毕竟是符合逻辑和数学推导的。另一条重要信息是镜中世界的出入口仅有一个，而它被永久封印、堵塞了，至少出去那面是封死的。

晚上，罗伯特又来找我——他被囚后似乎一直在拼命对外传递信息，我却只有在深层睡眠中完全敞开意识时方能收到。他的努力让人心疼，因为心灵感应时而会突然减弱，疲倦、兴奋或对中断的担忧也会干扰和模糊他的声音。

我在当晚和随后三天断断续续的精神互动中接收的信息很关键，有必要尽量完整地转述，个别要点还得辅以与罗伯特获得解放直接相关的事实。大量支离破碎的信息的确难以表述，但在那紧张的三天里，我把心灵感应外的全部时间用于埋头钻研，孜孜不倦地梳理和谋划，争取把男孩带回现实世界的机会。

罗伯特置身的四维空间，并非科幻小说中辽阔无垠、风景独特、充满奇妙居民的未知国度，仅是地球的特定部分在通常难以企及的陌生位面或空间的投影。镜中世界莫名地破碎、缥缈、混沌，各种不相干的场景拼接在一起，性质与罗伯特等被直接吸入的事物截然不同——难以捉摸的视觉背景如梦似幻，宛若幻灯表演，男孩却无法融入其中，只能徜徉其间。

他触不到任何景物——墙壁、树木、家具，等等——也没法分辨对方的确没有实体还是会在接近时远离。景物是那样虚幻，全都在流动和变形。他可能踩上任何地面——地板、道路、草坪，等等，但不管看上去如何，踏步行进和弯腰试探的触感始终如一，说明只是幻觉。对自己行走的地基（抑或支撑面？），他无法得出更多结论，但认为存在与体重对等的抽象斥力。鉴于地基没有细微的触感差异，又似乎只能通过有限浮力的方法来改变高度，罗伯特不能登上台阶，也没法向上攀爬。

场景大体是恒定的，但凡可能变化的事物——譬如前面提及的家具或植被细节——都看不真切。场景转换需“滑过”焦距混乱的过渡地带，不同场景于此怪异地杂糅在一起。各场景的光源呈复杂的弥散状，且符合颜色互补规律，明红色草地顶着黄色的天空，怪异的黑云和灰云飘过白树与绿砖墙，一切怪诞到超乎想象。昼夜循环依然存在，但亦与镜子在现实世界悬挂处的情况相反。

形形色色、毫不相干的场景起初令罗伯特困惑不已，后来才意识到它们不过是悠久的镜面在不同时期对外界的映射。这能解释为何场景古怪地排斥变化，为何边缘模糊不清，乃至所有外景均受门框或窗框的限制。古镜的魔力似能复制长期暴露在它面前的画面，但要像吸入罗伯特那样实际吸入物体，还得另辟蹊径。

疯狂的奇迹里最不可思议的部分——至少对我而言——是可怕地颠覆了既有的空间法则，包括映射与实景的关联。上文说镜子能复制画面并不精确，事实上镜中每个场景都是现实在四维空间的半永久性真实投影，当罗伯特移动到场景中某处——譬如移动到我的房间对我传送心灵信息——他实际上就在此处，只受限于特殊的空间条件，无法感知三维空间。

理论上讲，镜中人可瞬间来往地球上任何地方——任何曾被镜子映射的地方，甚至可能包括镜子摆放不久、未能形成清晰画面的地方，那种地方往往呈现为缥缈的阴影。场景以外是无穷无尽的中性灰，罗伯特也搞不清，他不敢走得太远，唯恐无法返回镜中世界或真实世界。

从最初收到的情报里，我还得知他并非唯一的囚徒，镜中另有许多古装打扮的家伙：一位扎辫子、穿天鹅绒及膝短裤的富态中年绅士，操着明显带有斯堪的纳维亚口音的流利英语；一个容貌秀丽、头顶金色秀发——当然在这里反转成了暗蓝色——的小女孩；两个哑巴黑鬼，反转后的惨白肤色令他们的面孔相当诡异；三个青年男子；一个年轻女人；一个比婴儿大不了多少的小孩；还有一位身形瘦削、面孔教人过目难忘、隐隐透出恶意与狡黠的丹麦老人。

最后那位丹麦人名为阿克塞尔·霍尔姆，他的绸缎短裤、裙摆风衣和全长华丽假发是两个世纪前的产物，他也是这群人受困的罪魁祸首。精通魔法和玻璃制造的他在很久以前造出奇特的空间牢笼，把自己、奴隶以及受邀或被引诱的客人困在里面，只要镜子存在一天，所有人都会保持原貌。

霍尔姆生于十七世纪初，乃哥本哈根声名显赫、事业有成的玻璃吹制工和塑形工，由他制作的玻璃，尤其是大幅客厅镜，常常千金难求。雄心壮志助他成为欧洲首屈一指的玻璃匠人，也使他的兴趣和野心过分膨胀。他对周遭世界的研究大大超出实体工艺范畴，并因人类知识和能力的极限深感懊恼，最终寻求用黑暗手段来打破藩篱，获取超凡成就。

对渴望永垂不朽的霍尔姆来说，镜子是终极选择。事实上，人类对四维空间的严肃考察远早于今天的爱因斯坦，霍尔姆在他的时代更是此领域的先驱。他明白若能肉身进入隐藏的拓扑空间，便可避免寻常物理法则下的衰老死亡，而研究表明，通往我们熟知的三维世界之外其他维度的钥匙无疑就是投射。机缘巧合之下，他得到一面极古老的小镜子，其神秘性质正好可资利用，只要通过设想好的方法“进入”这面镜子，并保证镜子永不破损，里面的“生命”就能在形体和意识上达成永生。

霍尔姆为此打造了一面华丽的大镜子，确保它富丽堂皇，任何人得到都会悉心养护，然后将那面带奇异旋涡的古镜以巧妙手艺嵌入其中。这是他备妥的居所和陷阱，随即他开始设计进入方式和生活条件。仆人和伙伴必不可少，计划正式启动前，他先拿两个从西印度群岛买来的可靠黑奴做实验——可以想象，他首度见证理论成为现实时有多激动。

饱学如他当然明白，离开现实太久，在镜中待到超过人类正常寿命是违反天理的。但反过来讲，镜中人只要不出来，镜子亦没有意外破损，便能一直维持原状，不会变老也无需食水。

为了让牢笼舒适，他先往里送去书籍、书写材料、一套做工结实的桌椅及其他用品，因为镜子反射或复制的物品没法触碰，只会像梦中的背景一样环绕四周。他于 1687 年完成重大转移，心头一定混合了深深的恐惧和成功的喜悦，毕竟稍有差池就可能迷失在黑暗而难以想象的多重维度中万劫不复。

霍尔姆在最初五十多年没能增添伙伴或奴隶，直至心灵感应技巧精进后，得以观察镜子近处的一小片外部世界，引诱该区域的特定个体穿过镜上奇特的入口。罗伯特便是在接触“门”的冲动下被吸进去的。此种观察完全仰赖心灵感应，镜中人没法直接目睹人类世界。

霍尔姆也没算到随后的遭遇，在我发现镜子前，它已面朝空无一物的棚屋石墙摆了足足一百年，罗伯特是漫长岁月后被遗忘的镜中世界的首位来访者。他的到来可喜可贺，因他带来了外界的新消息，足以排解镜中一干人等的思绪；但罗伯特年少，无法适应与那批十七或十八世纪的古人交谈。

我只能推测困居镜中的生活极为单调乏味。如前所述，辽阔空间内生成的场景局限于镜子曾长期摆放的地点，随着热带气候侵蚀镜面，许多场景也变得昏暗怪异。个别明亮优美的场景是囚徒们的最爱，可惜怎样的景色都不能让人完全满意，因为可见的东西总归虚幻无形，轮廓往往莫名地模糊不清。黑暗降临后，他们只能用回忆、反思和闲聊来打发时间。这个古怪又可悲的群体始终没有变化，也没法变化，因为外部岁月流转对他们毫无影响。

镜中物品同样少得可怜，大部分属于霍尔姆，其他囚徒除开身上的衣服，连半件家具都没有——亏得睡意、疲惫跟其他重要生命特征一起消失了。镜中物品也跟活人一样不受时间影响，永无腐朽之忧。顺带一提，镜中没有其他动物。

罗伯特的主要情报来源是蒂勒先生，就是那位说英语带斯堪的纳维亚口音的绅士。富态的丹麦绅士喜欢他，乐意与他长谈，其他人也殷勤友善地接纳他，连霍尔姆都摆出和蔼态度，将诸多内情和盘托出，包括镜中的陷阱门。

但罗伯特非常谨慎，他后来吐露自己从不在霍尔姆附近与我交流，有两次他看到霍尔姆出现便立刻掐断互动。我从未见到镜面后的世界，我所感知的罗伯特，他的身体、衣服、磕磕绊绊的话语，包括我自己在那边的形象，完全是心灵感应的结果，人类的视野无法真正穿越维度。当然，如果罗伯特的心灵感应达到霍尔姆的水准，应该还可以传递一些与本人无关的鲜明画面。

我在梳理上述信息时，也疯狂思索着拯救罗伯特的计划，终于在假期第四日——也就是他失踪的第九天——有了眉目。综合来看，我辛苦规划的流程并不复杂，但可行性无法验证，而一旦出纰漏很可能引发灾祸。该计划是基于镜子内部没有出口，被永久禁锢的霍尔姆等人只能通过外力解放而制订的。

倘若计划成功，首要问题是如何安置镜中囚徒——假如他们还活着的话，心灵感应不足以澄清自镜中解放的后果——尤其是阿克塞尔·霍尔姆。罗伯特的印象使我对他放心不下，我不能放任他逃出宿舍，继续从事邪恶勾当。另一个至关重要的小难题是怎样让罗伯特回归校园生活，不必解释骇人的遭遇。为防失败，计划实施不宜有见证人，但没有见证人，成功后该怎样说明真相？即便我自己，若稍稍抛开从梦境中接二连三获取的信息，也觉得一切荒谬绝伦。

只能走一步看一步了。尽量考虑周全后，我从学校实验室取来大号放大镜，细致入微地研究旋涡中心的每寸地方，寻找霍尔姆最初所用古镜的痕迹。即便借助工具也很难区分原镜面和丹麦巫师增添的部分，经过冗长的查看，我还是只能凭推测用蓝色软铅笔勾出椭圆形边界，随后到斯坦福德搞来沉重的玻璃切割工具——计划的关键步骤便是将拥有强大魔力的古镜与增添部分切割开。

接下来我要决定一天之内什么时间最合适进行关键步骤，最终选了凌晨 2 点 30 分，那时现实世界不会有人打扰，亦是镜中世界的下午 2 点 30 分——罗伯特进入镜子大约是同样时间，如此对应可能有用也可能没用，宁可信其有吧。

罗伯特失踪第十一天的凌晨，我终于付诸行动。首先拉好起居室的所有窗帘，关上连通前厅的房门，接着屏息凝神地用钢轮刻刀沿之前画出的椭圆切出那片旋涡中心。半英寸厚的古镜在锋利的切割工具的持续运作下发出清脆碎裂声，切出椭圆轮廓后，我又将钢轮向下压深，沿轮廓补了一圈。

我万般小心地将沉重的镜子从架上抬起，面朝里靠墙，撬掉钉在后面的两条细长木板，用切割工具沉重的木把手灵巧而慎重地敲击之前的切割区域。

轻轻一敲，带旋涡的镜片就掉到下方的布哈拉毯上。我不知会有何发展，兴奋中下意识地深吸了一口气——当时我为工作方便跪在地上，脸离镜子刚挖出的洞很近，以致吸气时强烈、怪异、从未嗅过的尘土味涌进鼻孔，视野顿时模糊发灰。无形的力量压制了我，让我周身没有一点气力。

我记得自己虚弱而徒劳地抓住旁边窗帘的边缘，却将它整个扯了下来。我缓缓软倒在地，双眼一黑晕了过去。

恢复意识时，我发现自己躺在布哈拉毯上，双腿莫名其妙地抬向半空，房间里依然充斥着那种令人毛骨悚然、难以形容的尘土味……逐渐清晰的视野中，罗伯特·格兰迪森就站在我面前——真的是他！全须全尾、肤色正常的他，正按学校急救课程传授的方法抢救昏迷的我，抬高双腿以让血液流向大脑。令人窒息的怪味和不明所以的困惑让我一时语塞，但我很快感受到胜利的喜悦，亦能动弹和发言了。

我试探性地抬起手，虚弱地朝罗伯特挥了挥。

“好了，老兄，”我低声说，“把我放下吧，谢谢。我没事了，刚才是被那股味道熏的。打开对面的窗户，拜托——开大点——从底下。对了，谢谢。别——别拉窗帘。”

我挣扎起身，调整紊乱的血液循环，最后抓住一把大椅子的靠背站直，感觉像经历了宿醉，好在窗外清新凛冽的冷风能让人迅速清醒。我坐进大椅子，看着走来的罗伯特。

“首先告诉我，”我开口就问，“罗伯特，其他人呢？霍尔姆呢？我打开出口……他们怎样了？”

罗伯特停了下来，神情沉重。

“我看到他们慢慢消散——无影无踪了——卡尼文先生。”他一本正经地回答，“还有所有东西，里面什么都没了——感谢上帝，感谢您，先生！”

小罗伯特在过去十一个可怕日夜里一直紧绷的神经终于松弛下来，他突然像孩子一样号啕大哭，不住哽咽啜泣。

我扶起他，温柔地将他安置到沙发上，又给他找了条毯子，然后我挨着他坐下，一只手安抚地贴在他前额。

“别怕，老兄。”我要他放心。

我耐心解释让他平静回归校园生活的方法，男孩很快走出了突然发作——但合情合理——的歇斯底里。他的注意力被我成功转移了，他对事态发展很好奇，并充分意识到必须编造合理借口来掩盖不可思议的真相。最后他甚至急切地坐直，讲述被解放的细节，聆听我对未来的规划。当我开启出口时，他似乎正好身处我卧室的

“投影”之内，然后就真的出现在卧室了——当时他几乎没意识到，直至听见起居室的跌倒声，匆匆赶来后发现我晕倒在毯子上。

让罗伯特回归校园并不复杂：我帮他换上我的旧帽子和毛衣，帮他翻窗出去，再悄没声地发动车子载他，路上仔细说明编好的故事，最后掉转车头通知布朗找到了孩子。我的解释是罗伯特在失踪那日下午独自散步，遇到两个愿意让他搭便车的年轻人，但那两人意图捉弄他，不顾他最远只能到斯坦福德的抗议，径直开过镇子。罗伯特后来趁红灯跳了车，打算再搭便车赶在点名前回来，绿灯时却被另一辆车撞到，十天后方才苏醒——肇事司机将他带回格林尼治的家里休养。我还补充说，罗伯特得知日期后立刻打电话给学校，但当时只有我醒着接到电话，没来得及上报就开车去接他了。

布朗立刻致电罗伯特的双亲。他对我的说法深信不疑，看到罗伯特精疲力竭也不忍细问。他安排罗伯特在学校继续休养，由曾是护士的布朗夫人专门照料。圣诞节假期剩下的日子，我自然多次前去探望，借此补全了梦境故事的残缺部分。

有时，我俩也会怀疑一切的真实性。或许闪烁的古镜有催眠作用，能让人产生诡异的幻想，再或搭便车被撞的故事反倒是真的，但挥之不去的恐怖回忆最终让我们坚定了信念。我忘不了梦中罗伯特的形象，忘不了他的粗浊嗓音和反转肤色；罗伯特更抛不开对古人及逝去场景的惊鸿一瞥。那股令人毛骨悚然的尘土味……我俩明白其来历，并共同铭记在心：那是在异度空间待了一个世纪以上的人类快速瓦解的残余。

另有两条确凿证据。其一，我去图书馆仔细查阅丹麦史书的记载——民间传说和书面记录都渲染过巫师阿克塞尔·霍尔姆——并与许多丹麦学者交流后，对霍尔姆的恶名有了深入了解。在这里，我可以指认那位1612年出生的哥本哈根玻璃吹制工是个声名狼藉的魔鬼信徒，其人生追求和消失方式在二百多年前曾掀起轩然大波。

霍尔姆天生求知欲强烈，渴望挑战人类极限，从孩提时代起就全心投入神秘学和各种禁忌领域。许多人相信他参与可怕的女巫集会，迅速掌握了错综复杂的古斯堪的纳维亚神话，包括诡计之神洛基和被咒诅的巨狼芬里尔的来龙去脉。他养成了许多古怪的爱好和兴趣，外界纵然所知不多，但某些内容委实邪恶到极点。据记载，两个黑人助手原是从丹属西印度群岛购买的奴隶，他们过来没多久就哑了，且早在主人消失前就销声匿迹。

霍尔姆相当长寿，寿数将近时萌生了靠镜子永生的念头。广为流传的谣言说他得到一面古老到不可思议的魔镜，又有人说镜子是同僚巫师委托他打磨，却被他据为己有。

那面椭圆形小魔镜名曰“洛基之镜”，流行的说法把它捧为和著名的雅典娜之盾或雷神之锤一样强大的神物。它由某种易溶矿物抛光打造，其上附着的魔力能预测不久后的未来、展示持有者的敌人，大众坚信它在博学的巫师手中还能发挥其他潜能，某些饱学之士不无畏惧地提及霍尔姆试图将它和大镜子融合，以葆永恒的谣言。巫师霍尔姆于1687年消失，其所有物在扑朔迷离的疑云中被变卖瓜分。倘若不知关窍，听到相关说法只会一笑置之，可我记得梦中的信息，加上罗伯特·格兰迪森的佐证，这些均能证实教人哑口无言的奇迹。

如前所述，我还有第二条确凿证据，其形式截然不同。罗伯特被解放两天后，力气和面貌大有改观，但我从他给起居室壁炉添柴的动作中瞧出古怪，想到某个挥之不去的念头。我把他叫到桌前，出其不意地要他拿起墨水台——不出所料，虽然他打小就是右撇子，却无意中用了左手。我没多说，接着要他解开外套，让我听听心跳。我将耳朵贴在他胸口，旋即有了一个暂时不打算告诉他的新发现：他的心脏在右胸腔里跳动。

罗伯特进入镜子前是右撇子，器官也都正常，如今变成左撇子，器官全部对调，恐怕余生都将如此。由此可见，维度穿越并非幻想，身体变化是实实在在、明明白白的。若镜子有正常出口，罗伯特可能经历再次反转，完全恢复正常——就像皮肤和衣服的颜色那样——强行解放势必造成了维度偏差，有的部分没法像颜色光谱一样原样奉还。

我不仅解开了霍尔姆的“陷镜”，还摧毁了它，此过程能拯救罗伯特，但也导致某些反转机制失灵。值得注意的是，罗伯特出来不像进入时那般痛苦，这让我不无后怕地想到若当时下手更重，男孩也许一辈子都得带着奇怪的肤色。检查过罗伯特，我又检查了他穿进镜子、后来脱在起居室里的衣服，理所当然地发现口袋、纽扣等一应细节都是反转的。

无害的大镜子被修补如初，掉在布哈拉毯上的洛基之镜则被我带回丹属西印度群岛——现在是美属维尔京群岛——的首府圣托马斯岛，放在案头当镇纸。许多老式夹层镜的收藏家将这块古董镇纸误认为古怪的美国早期产品，却不知其妙处及蕴含的上古技艺。

当然，我绝不可能说出真相。

H.P. 洛夫克拉夫特与亨利·S. 怀特塞德 合著

埃里希·赞恩的乐曲

无论我如何仔细核对城市的各版地图，却再也找不到门槛路。地名会随时间流逝而变化，不能只顾眼下，还得深入挖掘古老的过去，但凡与记忆中的门槛路可能吻合的区域，无论叫什么名字，我都曾亲自前去考察。惭愧的是，我费尽九牛二虎之力也找不到那栋房子、那条街道乃至周边地区，可在大学的最后几个月，身为攻读玄学的穷学生，我明明在那里听过埃里希·赞恩的乐曲。

记忆支离破碎，寓居门槛路期间我的身心健康相当糟糕，也顾不得邀约少数友人中的任何一位，但要说再也找不到地方实在匪夷所思。那里距我就读的大学不过半小时行程，古怪的建筑风格任谁见了都会过目难忘——怪就怪在，我还真没听说谁去过门槛路。

想去记忆中的门槛路，须由笨重的黑石桥跨过一条黑河。河流两岸阴影幢幢，窗户昏暗的砖砌仓库高高耸立，附近工厂排放的浓烟似乎永远遮蔽了太阳，河水则散发出别处从未闻到的不祥恶臭——或许有朝一日，气味能助我找到那里。过了桥是几条铺有铁轨的狭窄鹅卵石街道，逐渐抬升的路面开始还算平缓，但到门槛路就极陡峭了。

我没见过比门槛路更狭窄陡峭的街道。它几乎就是绝壁，不时出现大段台阶，任何车辆都无法通行，其尽头矗立着一堵爬满常春藤的高墙。铺路材料也不规整，有时是石板，有时是鹅卵石，剩下的是听任灰绿色杂草顽强求生的光土路。街边房屋又高又尖且异常古旧，朝前后左右疯狂倾斜，有时两侧的建筑靠拢过来，几乎贴在一起形成拱门，有时又有横跨街道、连通房屋的天桥——可以想见，如此的建筑布局自然见不到几分阳光。

街上的居民尤其令我印象深刻。起初我归咎于他们沉默寡言、异常安静，后来才意识到他们最古怪的特征是个个老态龙钟。我为何要住进那条街？记不太清，多半是身不由己。穷地方我住多了，每次都因为缺钱被扫地出门，好歹在门槛路找到一栋摇摇欲坠的破楼，房东是瘫痪的布兰多。从街道尽头算起，那是第三栋，亦是最高的楼房。

我的房间在五层，由于整栋楼加起来都没几个人，我也是那层唯一的住户。刚到那天晚上，我就听到头上的尖顶阁楼传来奇怪的乐曲，次日询问老布兰多，他说上面住了个乖戾的德国老头，不会说话但精通维奥尔琴，登记名是“埃里希·赞恩”。赞恩晚上在某个穷酸的剧院乐队演出，据说收工回家后夜里还想拉琴，所以才选中顶上与世隔绝的阁楼。阁楼山墙上有扇孤窗，整条门槛路只有那儿能越过坡顶尽头的高墙，俯瞰墙后的景致。

我每晚都听到赞恩拉琴，虽然他吵得我睡不着，但那不可思议的琴声亦让我神情不属。凭我对音乐的粗浅了解，也能听出他的演奏与我听过的东西截然不同，看来他还是位极具创作天赋的作曲家。我听得越久就越着迷，一周后终于决定去会会那位老人。

那天夜里，我在走廊截住收工归来的赞恩，说想跟他认识，当面欣赏演奏。他又矮又瘦，身形佝偻，衣着寒碜，头顶几近全秃，有一对湛蓝的眼珠和怪异得宛如山林之神的脸孔。我的开场白令他又惊又恼，但我的友善与诚恳最终让他软化下来，不大情愿地示意随他踏上阴暗破旧、嘎吱作响的阁楼楼梯。尖顶阁楼有两间房，他的房间位于西侧，对着门槛路尽头的高墙。房间很大，因无甚家具和疏于打理就显得更大了——室内只有一张狭小的铁架床、一只脏兮兮的脸盆架、一张小茶几、一个大书柜、一只铁制乐谱架和三把老式座椅，地上杂乱无章地堆满乐谱，光秃秃的木板墙多半从未抹过灰泥，满目灰尘蛛网让人觉得这里压根儿没住过人。显而易见，埃里希·赞恩的追求仅存于虚无缥缈的想象王国。

那位哑巴老人示意我坐下，关好房门，插上粗大的木头门闩，并用手里的蜡烛点燃另一根蜡烛，好让房间亮堂些。随后他掀开虫蛀鼠咬的盖布，拿起维奥尔琴，挑了把勉强过得去的椅子坐下，没看乐谱架也没让我选，全凭记忆信马由缰地演奏了一个多小时，让我陶醉于前所未闻的乐曲之中。那些曲子一定出于原创，以我粗浅的水平难以准确描述，只知是对题部分极富感染力的赋格曲，却似乎缺少了我在楼下房间屡次听到的某些古怪音符。

那些音符在我脑海中萦绕不去、难以忘怀，我有时还磕磕绊绊跟着哼唱，所以等赞恩终于放下琴弓，我问他能不能拉来试试。当我如此请求时，老人宛如山林之神般皱巴巴的脸失去了演奏期间的厌倦与平和，再度流露出又惊又恼的怪表情。我连忙缓和口气，避免刺激喜怒无常的主人，为唤醒记忆，我试图用口哨吹出昨晚听过的旋律——没吹几下，哑巴音乐家就有了反应，某种超出我认知能力的神情扭曲了他的面庞，他伸出修长冰冷、瘦骨嶙峋的右手猛地捂住我的嘴，制止拙劣的模仿。与此同时，他莫名其妙地瞟了眼挡着帘子的孤窗，像是担心有谁破窗而入。这举动实在荒谬，因为阁楼远高于周遭房顶且难以攀爬，诚如房东所言，在陡峭的门槛路上，只有那扇孤窗能看到坡顶高墙背后的景致。

忆起布兰多的形容，我忽然心血来潮地想到窗边瞧瞧，欣赏坡顶后方月色下的万家灯火与连绵屋顶，门槛路的全部居民中，唯独乖戾的老音乐家见过那辽阔而迷离的夜景。于是我走向窗户，打算拨开毫无特色的窗帘，哑巴主人显然大为光火，他神经兮兮地两手抓住我，一边用脑袋示意我出去，一边使劲把我往门口拽。这举动让我心生厌恶，我愤怒地声明马上走人，要他立刻放手。他见我做此反应，手上力道略微放松，怒气也有所消退，接着他相对友好地把我按坐进椅子，自己若有所思地绕过凌乱的桌子，拿起铅笔奋笔疾书。

老人最后递来一张字条，请求宽容与谅解。他用外国佬的蹩脚法语述说自己年迈孤独，饱受与音乐等诸事相关的离奇恐惧与神经失调的困扰。他对我的赏识备感荣幸，欢迎我下次再来，刚才的坏脾气还望我不要介怀，但无论如何，他不会对外弹奏那段吊诡的旋律，亦不想听到哼唱，更无法容忍别人触碰房间里的任何东西。在走廊碰面前，他并不晓得下面的房间听得到演奏，不知我可否找布兰多换到更低的楼层，免得夜里再受打扰——老人甚至在字条上写明愿补贴房租差价。

我坐在椅子里吃力地阅读那些生疏的文字，不由得同情起老人的处境。他同我一样身心健康欠佳，而玄学研究教导我要与人为善。一片寂静中，窗口传来一声轻响，想是夜风吹动窗叶，但不知为何，我差点儿同埃里希·赞恩一起惊跳起来。读完字条，我同他握手作别，以朋友的身份离开。第二天，布兰多在三层给我换了个较贵的房间，左右分别住了一位上年纪的放贷人和一位可敬的家具商。四层没有住户。

没多久，我发现赞恩并不欢迎我，本质上只想哄我从五层搬走而已。他从未主动邀我做客，我去拜访时他也总是心不在焉，演奏敷衍了事。当然，我只能晚上过去——白天他要睡觉，谢绝会客，而我对他本人也没什么兴趣，唯独阁楼和奇异的音乐有种古怪的吸引力。我很想看看窗外的景色，眺望高墙另一边无从得见的斜坡下方铺展开去的闪亮屋檐和尖顶。有一次，我趁赞恩在剧院演出时登上阁楼，无奈房门锁得死死的。

但我还是成功偷听到哑巴老人的夜间演奏。一开始我会蹑手蹑脚回到住过的五层，后来胆大了，干脆踩着嘎吱作响的楼梯，直接摸进狭窄的阁楼走廊，把耳朵凑到上闩的房门隐蔽的锁孔边——乐曲声声入耳，晦涩含混的奇景与若隐若现的神秘引发了我心中难言的畏惧。其实旋律本身并不恐怖或可怕，只是显然不属于尘世，况且单单一位乐师是怎么奏出具有交响乐效果的音程呢？由此可见，埃里希·赞恩确是拥有狂野力量的天才。一周又一周，演奏越发疯狂，老音乐家也越发憔悴和鬼祟，令人不忍直视。到头来他完全拒绝接待我，乃至在楼梯间偶遇也有意回避。

某天夜里，我正在门外偷听，尖锐的琴音突然高涨、炸裂成乱哄哄的声浪，一度让我怀疑起自己的神智是否正常，直到上闩的房门后传来哑巴特有的口齿不清的哭号，方才确信里面确实大事不妙，赞恩正经受极度恐惧与痛苦的折磨。我反复敲门但无人回应，只能在漆黑的走廊里等待，又冷又怕，直打哆嗦。后来我听到可怜的音乐家扶着椅子从地上爬起来，势必刚从昏厥中苏醒，我便再次敲门，并自报姓名来让他安心。赞恩跌跌撞撞走到窗边，拉上百叶窗与窗帘，然后才拖着脚步来到门前，迟疑地打开房门放我进去。他这次看到我倒是真的高兴，像孩子抓住母亲的裙摆一样抓紧我的外套，扭曲的表情也放松下来。

老人可怜地颤抖着，把我按进一把椅子，自己坐进另一把，维奥尔琴和琴弓散漫地扔在旁边地板上。他了无生气地坐了一会儿，古怪地点着头，露出既急切又畏缩的聆听神情。随后他情绪稳定了些，转而坐到桌边的椅子上写了张小字条递给我，又继续运笔如飞。字条上的意思是要我发发慈悲，暂时收起好奇心，安静地等他用德语将困扰自己的奇遇与悲剧和盘托出。我答应了哑巴老人的请求。

我大概等了一个小时，老音乐家还在兴奋地写字，纸页越堆越高。突然，他身子一僵，像是捕捉到可怕的蛛丝马迹，直愣愣地看向帘子遮挡的孤窗，边发抖边竖耳聆听。我好像也听到动静，但不觉得可怕，那像是极远处传来的分外低沉的音符——兴许隔壁楼房也有人演奏，再或来自无从得见的高墙后方。赞恩的反应却相当吓人，他突然起身，扔下铅笔，抄起维奥尔琴和琴弓，拉出撕裂夜晚的激荡乐曲，我只在上闩的房门外偷听过类似的癫狂演奏。

的确，埃里希·赞恩在那个恐怖之夜的演奏无法形容，甚至比我偷听时癫狂得多，我能看清他的表情，知道驱使他的是赤裸裸的恐惧。怪老头分明试图制造噪声来掩盖或压制无从想象的骇人之音，乐曲越发张扬、狂悖、歇斯底里，然而他始终展现出高超天赋，我也渐渐辨出他演奏的是一首剧院里流行的奔放的匈牙利舞曲，接着又意识到这是头一次听赞恩拉别人创作的曲子。

绝望的琴声如泣如诉，越来越吵，越来越狂。汗如雨下的老人活像醉酒的猿猴，疯狂的眼睛一直盯着帘子遮挡的孤窗。歇斯底里的乐曲令我隐约看到山林之神与酒神信徒在吞云吐雾、电闪雷鸣的深渊中疯狂跳舞、转圈，却没能盖住一串更尖细也更稳健的音符——它来自西边远处，冷静、从容、充满嘲讽且意味深长。

窗外呼号的夜风像在呼应室内癫狂的演奏，震得百叶窗哗哗作响。赞恩手中尖啸的维奥尔琴业已超出音域极限，乐器绝不可能发出这样的声音。百叶窗的动静更大了，松脱的窗叶“噼里啪啦”持续撞击着窗棂，直到震碎玻璃。刺骨寒风汹涌而入，吹得烛火飘摇闪烁，也吹散了桌上写满赞恩恐怖秘密的纸页。老人似已神志不清，呆滞无神的湛蓝眼珠瞪出眼眶，活像失明了一样，癫狂的演奏完全演变成盲目而机械、无法形诸文字的亵渎仪式。

一阵更狂烈的风骤然卷起老人的手稿，朝窗外扬去。我绝望地追赶，但没赶到破碎的窗口，纷飞的纸页已杳无踪迹——这时，我想起眺望窗外的心愿，整条门槛路只有那儿能越过坡顶尽头的高墙，俯瞰下方的城市。晚上虽然风雨交加，但城市始终灯火通明，应该能看到夜景，于是我就着夜风摇曳的烛火和病态咆哮的琴音，望出最高处的山墙孤窗，却没见到下方铺展的城市，没见到熟悉的街巷的友善灯光，目力所及尽是无边无涯、难以揣度的黑暗，虚空之中充斥着不属于尘世的动态与音符。我惊恐万状地杵在那里，任狂风将古旧阁楼中的两根蜡烛同时吹灭，望不穿的残酷黑暗犹如混沌而喧嚣的万魔殿，背后继续传来魔鬼号啕般的夜鸣琴曲。

我蹒跚着退回漆黑的房间，也没想重新点燃蜡烛，不顾撞到桌子、带翻椅子，奋力走向尖厉琴音的来处。不管面对何方神圣，我起码要试着拯救自己与埃里希·赞恩。这期间有个冰冷的东西从身上拂过，吓得我惨叫起来，叫声却完全被可怕的琴音吞没。最终我碰到黑暗中疯狂拉动的琴弓，心知音乐家就在近旁，于是伸手往前探到赞恩的椅背，然后是肩膀。我用力摇晃他，试图让他清醒过来。

他没反应，尖啸的维奥尔琴也没有缓和趋势。我摸到他的脑袋，想制止他机械性的点头，又在他耳边大喊，述说逃离不明的黑夜魔物的必要性。他依旧没反应，只顾癫狂而难以言喻地演奏。诡异的怪风灌满阁楼房间，在漆黑与喧嚣中躁动不休，碰到赞恩的耳朵时，我没来由地打起寒战，等摸到那张凝固的脸，一切终于真相大白——他的面孔冰冷僵硬，早已停止呼吸，呆滞的眼珠茫然瞪着虚空。出于奇迹般的佑护，我随即摸到房门和粗大的木头门闩，拼死逃离了漆黑的房间里两眼无神的怪胎及其被咒诅的乐曲。就在我逃跑时，鬼哭狼嚎般的琴音还在继续膨胀。

我的脑子一片空白，只顾头重脚轻、连滚带爬地冲下无尽的楼梯和幽暗的楼层，钻进狭窄陡峭的老街，顺着鹅卵石路和大段台阶跑过无数摇摇欲坠的危房，又途经坡下的街道与峡谷般的恶臭河流，气喘吁吁地跨越笨重的黑石桥，直至抵达宽敞、健全、人来人往的林荫大道。其实那晚并没有风，月亮高挂天空，满城灯火闪耀，恐怖的画面却萦绕在我心中……

最仔细的搜索与调查也找不到门槛路，对此我并不遗憾。正如我并不怀念那些写得密密麻麻，却失落于人类梦不到的深渊之中的纸页，或许只有它们能解释埃里希·赞恩的乐曲。

H.P. 洛夫克拉夫特 著

天外之色

阿卡姆以西是大片荒山，那里的峡谷密林从未遭受利斧的戕害，倾斜角度不可思议的树木遮蔽了逼仄的暗谷，潺潺流淌的小溪终年不见阳光。那些较为舒缓的山坡点缀着石头搭建的老农庄，爬满青苔的低矮农舍仿佛自开天辟地起就矗立于山梁背后，冷眼旁观新英格兰的古老秘辛。可如今它们已是人去楼空，大烟囱倾倒坍塌，低垂的复折式屋顶下的木瓦墙危险地向外鼓出。

老一辈殖民者纷纷迁走，外国佬又不愿在此定居。法裔加拿大人和意大利人尝试失败，波兰人来了又走，症结并非看得见摸得着的事物，而是令人心悸甚至不得安眠的联想。没错，外国佬避而远之的理由仅此而已，毕竟老安米·皮尔斯从未跟他们提起过去的"怪岁月"。安米精神错乱有些年头了，他是当地唯一还会谈论那段岁月的人，敢这么做的底气则是住处紧挨旷野和通往阿卡姆的道路。

曾有一条老路穿越峡谷密林，直通传说中的"焦土"，后来人们抛弃了它，辟出往南绕很远的新路。不过回归的荒草没能彻底掩盖老路的痕迹，哪怕新水库建好，半数洼地被淹，部分痕迹无疑仍会留下。在不久的将来，阴暗的森林会被伐尽，"焦土"会被蔚蓝的水域淹没，只有清澄如镜的湖面在天空和阳光之下泛起涟漪，"怪岁月"的秘密势必更难企及，唯愿其与远古海洋的隐秘传闻和原始地球的晦涩神话一同沉睡下去。

早在我深入峡谷密林为新水库勘测地形时，就有人提示此地邪恶。这么说的是阿卡姆人，鉴于古老的阿卡姆镇充斥着各种巫术传说，我觉得所谓邪恶势力不过是老祖母们世世代代吓唬孩童的故事。别的不说，“焦土”这名字过于夸张和刻意，与清教徒传统格格不入，直至我一路西行，亲眼见到盘亘交错的幽谷和山坡，心中才只剩下对当地古老神秘的惊诧。时值清晨，暗影却挥之不散，树林太过茂密，树干粗壮得不像新英格兰的健康品种。林间的晦暗小径静谧得异乎寻常，岁月累积的腐殖质和湿苔藓令地面十分柔软。

老路两旁的开阔山腰多建有小农庄，有的还算完好，有的剩下一两栋建筑，更有甚者只余孤零零的烟囱或瓦砾掩埋的地窖。野草和荆棘在此耀武扬威，鬼鬼祟祟的野生动物出没于灌木丛中，而所有一切仿佛都笼罩着雾霾般的躁动与压抑、虚幻和怪诞，透视角度或明暗对比的关窍似乎横遭扭曲——难怪外国佬不愿在此定居，当地风景浑如出自萨尔瓦多·罗萨的手笔，也像极了专为恐怖故事创作的禁忌版画，怎能让人安寝无忧？

“焦土”的可怕程度又犹有过之。我在空旷的谷底撞见那个地方，立刻认了出来，并意识到地名实是恰当之极，仿如诗人触景生情的妙笔。一开始，我觉得它是火灾的产物，可为何长不出新植被呢？整整五英亩灰色废土既像万里长天下裸露的秃斑，又像树林田野间酸蚀的伤痕，其大部位于老路北侧，少部侵入了南侧。出于工作需要，我不得不克服古怪的抗拒感从中穿越，那片不毛之地有一层风吹不散的细密灰尘或灰烬，附近的树木亦十分病弱，空地边缘更全是枯死的树干和横躺的朽木。快步穿越时，我注意到右边有旧时的烟囱和地窖坍塌留下的散乱砖石，一口废井张开黑洞般的大嘴，喷出污浊气体，玷污了阳光的色调。相比之下，就连对面漫长幽暗的林坡都显得有几分可亲，难怪阿卡姆人会压低声音说三道四。“焦土”周围没别的房屋或遗迹，看来即便从前也相当孤单偏僻，暮色将至时我实在不想回头穿越那个晦气的地方，宁愿从南面绕远路返回。不知为何，我竟隐隐希望乌云攒聚，阻止高邈深邃的天穹侵蚀我的灵魂。

入夜后，我向阿卡姆的老人请教“焦土”的前世今生，以及被频繁又含糊地提及的“怪岁月”，虽未获得确切答案，却意外得知相关缘由距今并不遥远，并非什么古老传说，而是人们亲眼见证之事——上世纪八十年代，有一家人失踪或遇害，人们语焉不详，但都让我别理会老安米·皮尔斯的疯言疯语。次日清晨，我专程去寻老安米，听说他独居于一栋摇摇欲坠的老朽农舍，那地方古旧到令人畏惧，落成太久的房子已散发出瘴气，树林亦从此变得稠密。我坚持不懈地敲门，老人才起身回应，戒备重重的步伐并无欢迎之意。他不若我想象中羸弱，但眼睛怪异地低垂着，凌乱的衣服和白胡须更给人憔悴抑郁的印象。我不知怎样才能让他开口，只好装作公事公办，摆出勘测员的身份，旁敲侧击地询问。然而他的智识和机警远超预期，很快便和所有阿卡姆人一样明白我的真实目的，且与我接触过的许多库区乡民不同，对大片老树林和农场被淹毫无留恋，大概是因为自家房子不致波及吧？他在交谈中颇为放松，为一辈子徜徉其间的古老幽谷的末日而如释重负——“它们最好现在就沉下去，‘怪岁月’之后就该如此”。他用低沉沙哑的声音说出这句开场白，同时身体前倾，右手食指颤颤巍巍、令人难忘地指向远方。

我终于听到完整的故事。夏日朗朗，可他支离破碎的低语还是让我一次次打起寒战。偶尔我会打断漫无边际的叙述，力求从他对几位教授鹦鹉学舌般的引用中总结一些科学观点，或尝试修补褪色的记忆里若干逻辑性和连续性的问题。待他讲完，我明白了他的精神为何出现错乱，也理解了阿卡姆人回避“焦土”的缘由。我赶在日落前回到旅馆，不愿暴露于星空之下，次日便返回波士顿递交辞呈。我永远不会再走进晦暗无序的古老山林，再次面对灰色废土上倾塌的砖石旁那口黑洞洞的深井。水库即将动工，古老的秘密将安全地埋藏在幽深的水底，但即便到那时，我也不会在夜里造访阿卡姆的乡野——至少当险恶的群星显现时不会——更不会喝下新水源的供水。一口也不会。

根据老安米的说法，一切源于那块陨石。自女巫审判以降，当地并没有什么离谱传闻，西边的树林也远不及密斯卡托尼克河中的小岛吓人——相传岛上有个比印第安人渊源更久的怪异祭坛，乃魔鬼的朝堂。“怪岁月”之前，树林并不闹鬼，暮色平和惬意，直至某天正午，天上突然出现白色云团和爆炸轨迹，远处的林间山谷升起一根烟柱。晚上，全阿卡姆都知道有块大石头从天而降，砸在纳鸿·加德纳家水井旁的地里，纳鸿整洁的白房子及周围肥沃的花圃果园即现在的“焦土”。

纳鸿亲自来镇子上讲述陨石的事，顺路看望安米·皮尔斯。安米当时四十岁，对奇闻怪事很感兴趣，次日清晨便携妻子追随三位密斯卡托尼克大学的教授，匆匆赶去查看来历不明的奇特陨石。在前院古旧的吊桶器旁，大家诧异地发现陨石并没有纳鸿昨天形容得那么大，纳鸿却指着比犁开的土地和烧焦的草皮高出一大截的棕色土墩说，石头是自己缩小了——当然，教授们并不相信。石头仍在发热，纳鸿说它夜里还会微微发光。教授们用地质锤试出它异常柔软，几乎就像塑料，于是半切半凿地弄下样本，准备带回大学研究，可那一小块样本始终不曾冷却，只好又从纳鸿的厨房借了只旧桶来装。他们回程途中曾在安米家歇脚，安米的妻子注意到样本不但缩小了，还在桶底烧出个洞，这让一行人心生疑惑，最后只能说服自己采集的样本或许比以为的更小。

第二天——陨石事件发生于1882年6月——教授们兴致勃勃地再度出发，途经安米家时告诉他那块样本十分神奇，放进玻璃烧杯里竟消失不见，连带烧杯也不知去向。这帮饱学之士推测陨石具有亲硅性，它消失前在设施齐全的实验室中的表现亦令人难以置信：木炭加热毫无反应，并未释放气体，硼砂珠试验看不到颜色，实际上，实验室制造的任何温度——包括氢氧吹管的高温——似乎都不能影响它。它在砧锻上表现出极强可塑性，在暗处会明显放光，并顽固地抗拒冷却，很快引发全校关注。把它加热后放到光谱仪下观察，呈现的光带跟任何已知光谱都不一样，激动的学者立时谈论起新元素的发现、崭新的光学特性，等等，这是他们面对未知事物常有的兴奋论调。

灼热的样本随后被置于坩埚内用各种试剂轮番试验。水和盐酸毫无作为，硝酸乃至王水也只能在它刀枪不入的表面“吱吱”溅开……安米记不清到底用了哪些试剂，我只能按常识依次列举，最终确认到烧碱、氨水、酒精、乙醚和令人作呕的二硫化碳等十来种化学品。虽然样本的质量逐渐减少，温度也略微降低，但没有证据证明哪种试剂能攻克它。人们只确定它是金属，因它不但有磁性，浸入酸性试剂还会隐约浮现陨铁的维斯台登构造。样本冷却到一定程度后，实验转移到玻璃器皿中继续进行，次日早晨，剩下的碎片正是在烧杯里干净利落地消失的，摆烧杯的木架只留下一片焦痕。

教授们在安米家门口说了这些，于是安米又跟他们一起去看“太空来客”，这次他妻子没有同行。石头的确缩小了，这是连最慎重的教授也无法否认的事，水井边的棕色土墩明显朝内塌陷进去。它昨天还有七英尺直径，现在已不到五英尺，只是温度仍然很高，教授们一边用锤子和凿子取下更大的样本，一边饶有兴致地研究它的表面。这次他们探查得更深，并发现石头核心部分的性质与外部不同。

嵌在里面的是一颗体积可观的彩珠，其散射的光带与先前陨石样本的怪异光谱颇为相似，但同样令人费解，乃至几乎不能称为色彩。彩珠质感光滑，摸上去既脆又空，一名教授用锤子用力敲了一下，它便在清脆微弱的砰响中炸裂开来，也没喷出任何东西。它存在的所有痕迹迅速消失无踪，只留下约三英寸直径的球形空间，大家一致推测，陨石内部应当还能找到类似球体。

说干就干，一行人忙着钻孔搜寻，但那天毫无所获，只能带着普通样本回去。跟先前一样，测试结果令人百思不得其解，除了质地近似塑料、散发热量、带有磁性、微微发光、包含未知光谱、在强酸中会缓慢冷却、在空气中会持续挥发以及会与硅化物同归于尽，没找到其他可识别的特点。大学教授们费尽九牛二虎之力也无法确定其属性，只能笼统声明样本并非地球的原生物质，而是被赋予了广袤的外太空的特性，遵循外部世界的法则。

当晚电闪雷鸣，次日教授们又赶往纳鸿家，却失望而归。看来，带磁性的奇特陨石亦有独特的电学性质，纳鸿说它持续“引来雷电”。短短一小时内，这位农夫目睹雷电六次击中前院的陨石坑，待风暴平息，古旧的吊桶器旁除了一个凹凸不平且被泥巴半填满的土沟，什么东西都没了。经过徒劳的挖掘，教授们被迫接受陨石彻底消失的事实，两手空空地返回实验室，继续测试此前取出的那份用铅盒小心保存仍不断缩小的样本。样本一周后消耗殆尽，并未得出有价值的成果，由于它消失得太彻底，教授们不久后甚至怀疑自己是否亲身接触过深不可测的天渊逸出的神秘残片，是否亲眼见证过从其他宇宙，抑或别的物质、能量和实体构成的领域传来的独一无二的古怪信息。

阿卡姆的报社多有学校背景，自然重视此事，纷纷派出记者采访纳鸿·加德纳及其家人，波士顿至少也有一家日报的专栏作家赶来。纳鸿迅速成为当地名人，他年届五十、身材清瘦、为人和蔼，和妻子及三个儿子住在舒适宜人的峡谷农庄。纳鸿夫妇与安米夫妇经常互相串门，多年的交往中安米对纳鸿夸赞有加。

那年七八月特别炎热，纳鸿对自家地界得到关注颇为自豪，连续几周开口闭口都是陨石。他还在查普曼小溪对面十英亩的牧场上辛勤地收割干草，嘎吱作响的货车于林间小路轧出深深的车辙，艰苦的劳作令他真正体会到了岁月催人老。

收获季临近，梨子和苹果日渐成熟，纳鸿发誓果园收成前所未有地好，果实个大又泛着罕见的光泽。为迎接丰收，他额外订购了许多桶子，却不料挂满枝头、光鲜亮丽的成熟果实带来了深深的失望。它们根本无法下咽，不管苹果还是梨子，香甜之中都混入了苦涩和恶心的怪味，咬上一小口也会长久反胃。瓜类和番茄也一样，纳鸿悲哀地发现水果收成全泡汤了，追根溯源，他认为陨石污染了土地，并庆幸其他作物多种在路边的山上。

那年冬天来得又早又冷，安米与纳鸿的见面次数远低于往常，见面时后者也显得心事重重。纳鸿的家人亦是如此，个个板着脸，亦不再定期前往教堂或参与乡间各种社交。他们的拘谨或自闭相当突兀，每个人都曾在不同场合抱怨身体欠佳，愁绪挥之不散。纳鸿说得最明确，他声称雪地中某些脚印教人心神不宁，这位满腹思虑的农夫从冬天的红松鼠、白兔和狐狸留下的常见痕迹中看出了不自然的诡异排布。他没说得更细，但显然认为某些脚印不符合松鼠、兔子和狐狸的习性特点。安米一开始并未当真，直到某晚驾雪橇从克拉克村返回时经过纳鸿家。明月当空，一只野兔奔过路面，步幅之大吓着了安米和他的马——若非缰绳拴得够紧，马儿恐怕就自己逃了。这下不由得安米不信，难怪纳鸿家的狗每天早上都吓得畏畏缩缩、瑟瑟发抖，渐渐连吠叫都不敢了。

翌年 2 月，草甸山麦格雷戈家的孩子们出来打土拨鼠，在纳鸿家附近抓到特异个体，其身体比例发生了难以名状的细微变化，还挂着本不该有的表情。孩子们害怕到当场扔了它，不胫而走的只有离奇的描述，然而马匹不愿接近纳鸿家已是不争的事实，坊间流言随之层出不穷。

有人赌咒发誓纳鸿家附近的雪融化得最快，于是 3 月初在克拉克村的波特杂货店进行了一场内部讨论。斯蒂芬·赖斯早晨驾车经过纳鸿家时，发现路边林子的泥地里冒出了个头大得离谱的臭菘，泛着言语无法形容的怪异色彩。它们的形状也很吓人，从未闻到过的气味则令马儿直打喷嚏。那天下午有不少人驾车前去观察反常的植物，一致认定健康的世界不容此种臭菘生长，再联想到去年秋天的坏果实，口耳相传的说法是纳鸿家的土地中了毒，原因自是那块陨石。有几个农夫记得当初大学的人说到陨石有多奇特，于是通报了此事。

教授们再次造访纳鸿家，但他们对天马行空的故事与流言不感兴趣，得出的结论也循规蹈矩。那些植物确实奇怪，可臭菘的外形、气味和颜色原就五花八门，兴许陨石中的矿物质渗入了土壤，但很快会被冲走的。至于奇怪的脚印和受惊的马匹——陨石降临这等罕见天象势必滋生乡野传说，严肃学者没必要在意民间的小道消息，反正没文化的乡巴佬什么都敢说、什么都敢信。那段“怪岁月”里，教授们一直轻蔑地置身事外，仅有一位教授在事发一年半后为警方分析现场采集的两小瓶灰尘时，忆起臭菘的怪异色彩跟用大学光谱仪观察陨石样本发现的异常光带类似，也与来自天渊的陨石内部那颗易碎彩珠的颜色雷同。瓶中灰尘一开始呈现同样的光带，后来却失去了此种性质。

纳鸿家周围的树木早早发芽，入夜后阴森地摇曳起来，年仅十五岁的撒迪厄斯——纳鸿的次子——赌咒发誓说那些树没风也会动，但这点就连爱嚼舌根的乡下人也不信。无论如何，空气中确实暗潮汹涌，纳鸿全家养成了竖耳聆听的习惯，却不知到底要听什么。聆听起初是恍惚时下意识的行为，后来越发严重，以致所有人都认定“纳鸿一家不对劲”。早春的虎耳草长出来了，它们呈现与臭菘不尽相同但显然有关的另一种怪异颜色，同样是前所未见。纳鸿摘了些拿给阿卡姆《公报》的编辑看，可惜那位大老爷只就此写了篇搞笑文章，把乡下人的恐惧阴阳怪气地奚落了一番——纳鸿的失误在于他想让保守的城里人相信，这些虎耳草与生长过快、体型巨大的蛱蝶有联系。

那年 4 月对乡下人来说相当疯狂，他们开始回避纳鸿家门口的道路，最终导致其彻底荒废。起因还是植物。果树全都开出怪异色彩的花朵，院落的多石土壤及邻近草地植被疯长，恐怕只有训练有素的植物学家才能将这些变化与原有生态勉强对上号。除开青草绿叶，其他东西的颜色统统不正常，荷花牡丹包藏祸心，血根草大肆炫耀堕落的色泽，种种离经叛道、光怪陆离的变化拥有统一但不属于世间任何地方的病态基调。在纳鸿一家及安米眼中，大部分颜色给人以似曾相识的心悸感，总能联系上陨石里的易碎彩珠。纳鸿现在只打理十英亩牧场和山上的田地，住处周围的地一点没碰，因他知道是白费工夫，唯愿夏季反常的长势能排净地里的毒素。他极力平复心情，主动适应身边随时可能听到声音的滋味，邻居们的回避对他产生了负面影响，但更受煎熬的是他妻子。孩子们每天上学，情况要好一些，却也不免被流言蜚语吓到，敏感的少年撒迪厄斯尤其感到困扰。

昆虫在 5 月进入活动期，纳鸿家周围成了嗡嗡飞舞和蜿蜒爬行之物肆虐的地狱。几乎所有虫子的外貌和行为都变了，且一反常态喜欢夜间出没。加德纳一家亦会在夜里守望，或者说漫无目的地随意张望……浑不知期待着什么。现在，他们全都承认了撒迪厄斯的说法，相信树确实会动，纳鸿的妻子继儿子之后，首先看到窗外肿胀的枫树树枝在月色下无风摇曳。罪魁祸首铁定是树汁吧？

怪异无处不在，纳鸿一家因熟悉而渐生麻木。接下来报告异常的却是一位来自波士顿的胆怯的风车销售员。那人对乡野流言全无所知，晚上驾车经过此地，事后在阿卡姆的讲述被《公报》当边角余料刊登出来，纳鸿及其他农民才了解到相关情况。那晚夜色浓重，车灯又暗，山谷里唯有一座农场——任谁都能从描述中判定是纳鸿家——没那么黑，那里的植物、草皮、叶子和花朵全都散发着微弱的辉光，某一刻，畜棚旁的院落似乎还有凭空出现的磷火在飘摇盘旋。

看来草地并未逃过魔爪。牛群此前散放在住处周围，可奶制品到 5 月末出现变质，纳鸿只得将它们统统赶上山，问题才得以解决。草皮和树叶很快变得触目惊心，它们纷纷由青转灰，一触即碎。只有安米还来串门，次数也越来越少，学校放假后，纳鸿一家等于与世隔绝，偶尔拜托安米进城代劳。这家人的身心健康莫名其妙地急剧恶化，当加德纳夫人发疯的消息传开时，没人感到惊讶。

可怜的女人发疯在 1883 年 6 月，距陨石坠地约一周年光景。她一直尖叫说空气里有无法描述的东西，连番疯话中没有确切的名词，全是些动词和代词，诸如某某在移动、变化、飞舞，某某不能全归为声音的脉动震得她耳鸣不已，某某被取走……从她体内吸取……某某本不该存在却强行粘住她……非赶走不可……夜晚不得安宁……窗户和墙壁都在变形。只要妻子不致自残或伤害他人，纳鸿便任她在家晃荡，不肯送去县精神病院，哪怕她的神色与从前有天壤之别，他也坚持如此。但孩子们开始怕她，撒迪厄斯差点被她的鬼脸吓晕过去，纳鸿这才决定将妻子锁进阁楼。7 月，加德纳夫人已不会说话和走路，只能四肢着地爬行，那个月行将结束时，纳鸿几近疯狂地认为妻子会在黑暗中微微发光，跟附近植物如今明白呈现的情形一样。

马群亦在那个月发生惊逃事件。莫名的夜间骚扰令它们在马厩里嘶鸣踢腾，闹出可怕的动静，纳鸿想尽办法也无法安抚。纳鸿只能打开马厩门，任它们像受惊的野鹿般飞驰而去，而后花了整整一周才寻回所有四匹马，但它们的脑子坏掉了，变得难以驾驭、毫无用处。为减轻它们的痛苦，纳鸿逐个射杀，而后管安米借了匹马来运干草。无奈借来的马根本不肯靠近畜棚，它畏畏缩缩、嘶鸣呜咽着抗议，最终只得赶进院子了事，靠男人们自己出力把沉重的货车推到草棚旁叉卸。植物继续发灰变脆，怪异色彩的花朵也开始灰败，萎缩的灰色果实完全没法食用。翠菊和一枝黄开出灰色的畸形花朵，前院的玫瑰、百日草和蜀葵妖异到亵渎神明的地步，纳鸿的长子泽纳斯干脆把它们全砍光。肿大变态的昆虫亦在那段时间陆续死亡，就连抛弃蜂巢、占据树林的蜜蜂也不例外。

进入 9 月，所有植物迅速分解成灰色粉末，纳鸿开始担心果树会在地里的毒素排净前支撑不住。妻子还是经常犯病，时而发出可怕的尖叫，令他和孩子们一直神经紧绷。他们现在躲着别人，开学也未返校。安米在罕见的来访中率先发现水井问题，打上来的水算不得发臭或腥咸，却有一股特别邪门的怪味，于是他建议朋友在高处开挖新井，直到土质恢复。然而纳鸿置若罔闻，事情演变到这步田地，他已对种种怪异且令人不快的遭遇麻木了。他和孩子们继续使用原来的水井，木然而机械地喝下被污染的水，一如吃下贫乏又难咽的食物，干着辛苦且单调的农活。全家人在这种听天由命、了无指望的度日中变得逆来顺受，仿佛一只脚已踏入另一个世界，在无名守卫的押解下走向命中注定的厄运终点。

当月某日，撒迪厄斯去井边打水后也疯了。他去时拎了只桶，回来两手空空，只顾尖叫着挥舞双臂，不时哧哧傻笑或小声嘟哝“底下的色彩会动”。一家人疯了两个，纳鸿仍勇敢面对，他放任孩子乱跑了一星期，直到其开始磕磕绊绊、伤到自己，便也关进阁楼母亲对面的房间里。母子俩在上锁的房门后互相尖叫的情形实在骇人，小儿子默温吓得够呛，乃至觉得两人在用不属于地球的可怕语言交流。如此离奇的想象对默温来说并不稀罕，最要好的哥哥遭禁闭后，他的不安感始终得不到抚慰。

几乎与此同时，家畜死亡率激增。禽类发灰并迅速毙命，切开的肉又干又臭；猪无休止地长胖，随即发生难以解释的可怕突变，当然亦不敢食用。纳鸿终于无计可施，村里的兽医不愿过来，阿卡姆的兽医则束手无策。随后那些猪也开始发灰变脆，临死前分崩离析，眼睛和拱嘴还出现严重变异。他想不通，它们根本没吃过被污染的植物啊！紧接着牛群也出事了，肢体乃至全身不可思议地萎缩干瘪，就地瘫倒甚或可怖的散架屡见不鲜，临死前，它们同样会像猪一样发灰变脆。这绝不会是中毒，染病的牛安全地待在上锁的畜棚中，可能带毒的外来生物没法叮咬它们，莫非真有穿墙术不成？所以只可能是自然疾病，何种疾病能造成如此恶果就不得而知了。到收获季，农场没有一只动物幸存，牲口和禽类死绝了，三条狗跑光了——它们竟在同一晚逃亡，再无音信——五只猫跑得比狗还快，但没人在意，因为老鼠早已绝迹，而只有加德纳夫人把优雅的猫咪当宝贝宠。

10 月 19 日，纳鸿一瘸一拐地来安米家述倾噩耗。可怜的撒迪厄斯死在阁楼房间，死相惨不忍睹，做父亲的只能在农场后面栏杆围出的家族墓地草草挖个坟，将阁楼里找到的残余埋进去。撒迪厄斯待的房间仅有一扇栅栏小窗和一扇锁住的门，全都完好无损，不可能是外界所为，但之前畜棚里不也是这般情形吗？安米夫妇尽力排解心碎的朋友，私下却汗毛倒竖，赤裸裸的恐怖似乎缠绕着纳鸿一家及他们接触过的所有事物，纳鸿的求助就像从无人知晓亦不可名状的领域吹来的一缕狰狞气息。安米违心地陪护纳鸿归家，想尽办法安慰哭得歇斯底里的小默温。泽纳斯倒不必安慰，近来他始终茫然瞪着虚空，麻木地听从父亲差遣，安米觉得这未尝不是一种慈悲。默温的哭号时而引来阁楼上的隐约回应，面对安米询问的眼神，纳鸿坦承关在上头的加德纳夫人同样非常虚弱。夜幕降临前，安米总算设法脱身，深情厚谊也不足以让他留在那个植物开始发光、树木似能无风摇曳的地方。谢天谢地，他的想象力并不丰富，这番经历只让精神遭到些许扭曲，若他有能力把周围的凶兆联系起来、反复思量，定然陷入彻底的疯狂。他趁暮色匆忙返家，耳边萦绕不散的是疯女人的尖叫和孩子的哭号。

三天后的凌晨，纳鸿再度闯进安米家厨房。由于当家的不在，只能由皮尔斯夫人听他磕磕巴巴讲出又一个令人心寒的绝望故事。这次出事的是小默温，他昨天深夜提着灯笼和水桶去打水，却没回来。默温近来一直魂不守舍、浑浑噩噩，冲所有东西大吼大叫，做父亲的被院子里发出的凄惨惊叫引到门口时，孩子早没了影。院子没有亮光，纳鸿还以为孩子带着灯笼和水桶跑掉了，但等他在树林和田野里彻夜搜索、天亮时分拖着沉重的脚步空手而归时，却发现井边有些怪东西：明显有熔化痕迹的废铁应是灯笼的遗骸，旁边弯曲的手柄和变形的铁箍——均呈半熔状态——大概是水桶留下的。没别的了，纳鸿想象不到发生了什么，皮尔斯夫人也毫无头绪，安米回家听完整件事同样猜不出个所以然。默温失踪了，但广而告之并无意义，周边农夫早就躲着纳鸿一家，阿卡姆镇民则只会嗤之以鼻。先是撒迪厄斯，然后是默温，潜伏已久的邪恶势力正蠢蠢欲动，倘若自己真有个三长两短、率先撒手人寰，纳鸿希望安米帮忙照顾妻子和泽纳斯。一切就像天谴，纳鸿不明白自己做错了什么，他可是素来自诩在上帝的道路上行得端走得正啊！

接下来两个多星期，安米没得到纳鸿的半点消息，最终勉强压下恐惧，决定去拜访一趟。远远看到大烟囱没有冒烟，他的心便跌入谷底，农庄的面貌更令人震惊——满地灰败枯萎的草皮和树叶，陈旧外墙和山墙上的藤蔓脱落成脆弱的碎片，光秃秃的大树满怀恶意地伸展在 11 月的灰色天穹下，歪扭的枝丫用倾斜角度的微妙变化表达威胁。纳鸿还活着，但相当虚弱，他躺在低矮的厨房里的一把躺椅上，清醒到尚能对泽纳斯发出简单指令。屋内冷得要命，看到安米直打哆嗦，纳鸿哑着嗓子呵斥泽纳斯添柴——的确应该添柴，然而宽大的壁炉内空空如也，根本没生火，刺骨寒风顺着烟囱刮下，卷得炉灰四散。听到纳鸿询问新添的柴火有没有让他舒服起来，安米终于明白发生了什么，再结实的绳索也有断裂的一天，绝望的农夫已被悲伤压垮。

安米拐弯抹角地询问，却问不出泽纳斯的下落。“井里——他在井里——”头脑混乱的父亲只会不断重复。来访者突然想到纳鸿发疯的妻子，改变了询问方向。“娜碧？咦，她就在这儿呀！”可怜的纳鸿诧异地回答。安米意识到只能自己去找，便不再理会躺椅上胡言乱语但尚属无害的朋友，取下门旁钉子上挂的钥匙串，踩着嘎吱作响的楼梯上阁楼。阁楼逼仄又恶臭，四下寂静无声，映入眼帘的四扇门仅有一扇锁着，安米用钥匙挨个去试，试到第三把时锁开了，他又经过好一番摸索才推开低矮的白色房门。

房间内仅有一扇加装粗木栅栏的小窗，因此暗得出奇，宽幅木板地上什么也看不清。难以忍受的臭味迫使安米先退到隔壁，肺部猛吸了一口堪能呼吸的空气，才能回去继续探索。他发现角落里有团黑影，定睛一看不由吓得惊叫起来，而就在他惊叫时，小窗似被遮住了片刻，可憎的气团旋即掠过身边。怪异的色彩在眼前跃动，若非恐惧占据了全部心思，他定会联想到陨石内部被地质锤敲碎的彩珠，还有春季蓬勃滋生的病态植物——但他当时满脑子只有角落里渎神的丑恶怪物，小撒迪厄斯和那些牲口显然也落得同样无可名状的悲惨下场。最最恐怖的是，那只怪物竟然一边非常缓慢但肉眼可见地蠕动着，一边不断瓦解。

安米不愿详述现场，但角落里那团东西从此变得无足轻重，所以他必定做了某些没法宣扬的事，某些符合人性却会受到法律制裁的事。我推测他没放过阁楼房间蠕动的怪物，无论谁扔下那东西不管，良知都将受到永久的谴责。不过，倘若换作旁人而非这位迟钝的农夫，大概会当场晕厥或发疯，但安米清醒地走出低矮的房门，将天杀的秘密锁在身后，准备下楼照料纳鸿，先给弄些吃的，再收拾安置到能提供诊治的地点。

他正沿漆黑的楼梯下行，底楼突然传来一声闷响，好像还有迅速掐断的尖叫，这让他焦虑地想到进入阴森的阁楼房间时，掠过身边的湿冷气团。他的惊叫和侵扰惊醒了何方妖魔？在说不清道不明的恐惧中，他停步倾听楼下是否还有声音——首先传来的是确凿无疑的沉重拖曳声，接着是黏腻而极度可憎的吸吮声，似乎有个残忍不洁的妖怪正在吸吮！此时此刻，再迟钝的人类也不免产生谵妄的狂想，而安米念念不忘的是阁楼房间的景象。全能的上帝啊！他闯进了何等怪诞的噩梦，以至于进退不得，缩在封闭楼梯间伸手不见五指的拐角瑟瑟发抖。每个微小细节都侵蚀着精神，那些声音，大难临头的可怕预感，漆黑、陡峭、狭窄的楼梯——仁慈的主啊！……周围所有木制品竟一致发出微弱的辉光，楼梯、墙板、裸露的墙面、头顶的横梁！

屋外，安米的马突然开始惊恐嘶鸣，“嗒嗒”的马蹄声说明它被吓跑了，眨眼间就拖着双轮马车跑出听力范围，扔下慌张的农夫站在漆黑的楼梯上惊疑不定。外头还有动静——液体泼溅声——水花声——铁定是那口井。他把“英雄”留在井边，并未拴住，马车车轮扫过井沿大概把松动的石头碰了下去。惨白的磷火依然在古老到可憎的木料中闪烁。天啊！这房子得有多少年头？主体势必建于1670年之前，复折式屋顶不迟于1730年。

底楼响起微弱但清晰的地板刮擦声，安米攥紧此前在阁楼里特意寻到的粗棒，慢慢鼓足勇气走完楼梯，壮起胆子往厨房移动。然而物是人非，他没能抵达目的地，迎接他的奄奄一息的生灵究竟是主动爬来，还是被外力拖来的呢？他不得而知，但对方命不久矣，最终变故发生在刚才的半小时，可崩坏、灰败与瓦解早已开始，还有恐怖的脆化，干枯的碎片犹如鳞屑不断脱落。安米不敢触碰，只能惊恐地盯着对方扭曲变形、已然不能称为脸的部位。“怎么了，纳鸿——到底怎么了？”他嗫嚅着问。两片开裂肿胀的嘴唇断断续续给出最后的答案：

“没什……没什么……色彩……会烧……又冷又湿……却会烧……它在井里……俺见过……就像烟……就像今年春天的花……晚上井会发光……撒迪、默温和泽纳斯……一切……吸走一切命根儿……那块石头……肯定来自那块石头……把这里都糟蹋了……不知想要啥……大学那群人从石头里挖到的球……敲碎了……一样的色彩……花草树木的色彩……肯定还有……种……种子……长出来……俺这周头一次见到……它一定靠泽纳斯长大了……多有精神的小伙子……它会摧残精神，接着侵蚀你……让你烧……井里……你说得对……可恨的水……泽纳斯没从井边回来……逃不了……那种吸引……明知它来了，但逃不了……后来俺经常见到它……娜碧呢？安米……俺脑子不听使唤……记不得啥时候喂过她……不多个心眼，它也会抓走她……色彩……有时快到晚上，她脸上就出现那种色彩……又吸又烧……它老家跟俺这地儿不同……有个教授说过……他说得对……留心，安米，它还会吸……吸走更多命根儿……”

话音戛然而止，说话的生灵已完全坍塌，不复存在。安米用一块红格子桌布盖住朋友的残余后拔腿就跑，从后门逃进田野，爬上斜坡，奔过十英亩牧场，沿北面的道路跌跌撞撞穿过树林回家。吓跑马匹的水井是必须远离的，先前他透过窗户望了一眼，发现井沿什么也不缺，马车并未碰掉石头，这说明水花声另有原因——害死可怜的纳鸿的东西已经钻回井里……

安米到家后发现马拖着马车先到一步，妻子正急得不行，他没仔细解释，稍稍安抚她之后立刻赶往阿卡姆，向当局报告纳鸿一家的下落。细节他按下不表，只说纳鸿和娜碧逝世，默温和泽纳斯失踪——撒迪厄斯的情况本为外界所知，安米表示其染上的似是导致牲畜大量死亡的怪病。警察局当然反复盘问，最终安米不得不领着三名警察、验尸官、法医和治疗过那些病畜的兽医前去纳鸿家农场。他去得很不情愿，因为出发时已是下午，而他不敢在那个被诅咒的地方待到晚上，唯一能壮胆的是有众人陪同。

六人乘一辆大车，跟在安米的双轮马车后面，于下午 4 点左右抵达灾厄笼罩的农场。虽说警察对各种骇人场面早已见惯不怪，但阁楼内部和底楼红格子桌布盖住的残余仍让他们为之失色。整个农场宛若灰色废土的枯槁样貌已令人发毛，两堆瓦解后的残余更突破了心理底线，谁也不敢定睛凝视，连法医都说没什么好检查的。样本可带回去分析，所以他忙着采样——如前所述，两小瓶粉末最终辗转送到大学实验室，呈现与过去一样令人费解的状况，光谱仪观察到未知的怪异光谱与此前的陨石样本相似。然而这种光学特质在一个月之内消失殆尽，留下的粉末主要是碱性的磷酸盐和碳酸盐。

倘若知道警方打算即刻展开调查，安米打死也不会说出水井的问题。日已西斜，他只想马上离开，却总忍不住紧张地瞟向吊桶器旁的井口，以致被一名警察注意到，无奈之下被迫承认纳鸿很怕井里的东西——怕到不敢下去调查默温和泽纳斯的下落。这样一来，警方便执意排干井水、刨根究底。安米畏畏缩缩地看着一桶又一桶臭水被舀起来，泼在旁边湿润的土地上，熏得众人不停吸气，乃至厌恶地捂紧鼻子。排水过程比想象中短，水位其实浅得出奇，井里的发现则没必要说得太细。默温和泽纳斯……他们差不多只剩骷髅的残余都在底下，另有同样所剩无几的一只小鹿和一条大狗，其他的是小动物的骨骸。井底的软泥黏液难以理解地疏松还直冒泡，有人捆着安全绳下去探查，长长的木棍在泥床下方插不着固体。

暮色沉沉，大家从屋里拿出灯笼继续调查水井，完事后又回到古老的起居室商议。幽灵般的半月泛起惨淡微光，支离破碎地洒在外面荒芜的灰土上，这桩扑朔迷离的案子该如何破解，怎样才能合乎逻辑地把植物的反常状态、人畜患上的怪病以及默温和泽纳斯在被污染的水井里离奇死亡这几件事联系起来呢？乡野传说自不待言，谁能轻易相信违反自然规律的东西？陨石无疑污染了土壤，但无法解释未曾食用此地生长的东西的人畜也会患病。是井水的缘故？很有可能，最好进行成分分析。可怎样的疯病能让两个男孩相继跳井？他们的行为如此雷同，遗体残余表明他们都是发灰变脆后惨死。为何所有东西都会发灰变脆呢？

验尸官坐在窗边看着院子，率先发现水井异状。夜幕完全降临，可憎的土地似乎笼罩着一层辉光，这种崭新而明显的辉光并非来自时隐时现的半月，而得益于漆黑的水井中直射上来、仿若探照灯的柔和光束，且被诸多积水的小坑模糊映照着。辉光的颜色怪异无比，众人围到窗边观看时，安米猛地打个寒战——他对瘴气般的怪异光束蕴含的色彩再熟悉不过，更为个中意味诚惶诚恐。那是去年夏天陨石内可怕的易碎彩珠的色彩，亦是这年春季疯长的植物的色彩，乃至今天早晨在发生过无可名状之事的阴森的阁楼房间里，他也曾就着栅栏小窗短暂瞥见一眼。那色彩稍纵即逝，可憎的湿冷气团掠过身旁，纳鸿随即离世。罪魁祸首是带有那色彩的某物，朋友临死前不是控诉过吗？彩珠和花草树木……当时院子里的马自个儿跑掉，井里传来神秘的水花声，而此刻井口冲夜空喷出苍白险恶的光束，蕴含有同样魔性的色彩。

事后想来，多亏安米心思机警，紧要关头仍不忘追问本质上极富科学性的问题——早晨那股气团是就着窗外天光瞥见，夜间磷火般的雾气以乌七八黑的废土为背景，两者如何呈现相同色彩？这不对劲，与自然规律背道而驰，他不由得再度想起饱受折磨的朋友留下的遗言："它老家和俺这地儿不同……有个教授说过……"

屋外路旁两棵枯萎小树上拴住的三匹马开始疯狂嘶鸣、蹬踢，驾车的人想出门安抚，但安米颤抖的手按在他肩上。"别出去，"他轻声说，"俺们搞不懂的事儿太多了。纳鸿认为会吸走命根儿的东西在井里，他很肯定那是从去年6月落下的陨石内的圆球长出来的。一团又吸又烧的色彩，很像这当口外头的情况，俺看不清更搞不懂，但纳鸿说它会吸走一切命根儿，并不断长大，他上周还见着了。它一定来自遥远的太空，就是去年学校的人提到的陨石的老家。它的模样和行为绝非上帝的旨意，对外头的发展俺们必须多个心眼。”

众人犹豫不决时，井里射出的光越发强烈，被拴住的马匹更加疯狂地蹬踢、呜咽着，委实骇人之极。一行七人身处被诅咒的古屋，屋后的柴棚有四具怪异的遗体残余——两具来自屋内，两具从井里捞出——前方是黏滑的深渊射出的未知而不洁的彩色光束。安米一时冲动拦下驾车人，并未在意阁楼房间掠过身旁的彩色气团固然又湿又冷，却没造成伤害。然而他的谨慎或许是对的，没人知道那晚的夜色中到底发生了什么，尽管迄今为止，天外的渎神之物未曾伤害精神正常的人类，但谁说得准它在最后关头能做什么？云层遮掩的半月天穹之下，它的力量似在不断增长，不达目的决不罢休。

窗边某位警察突然发出短促尖厉的惊叫，其他人纷纷扭头看去，顺着他的视线往上，察觉到不经意间攫住他的、令人哑口无言的状况——乡野流言从此不再是流言，而众人事后低声达成一致，回到阿卡姆绝口不提“怪岁月”发生的事。有必要强调，当晚那个钟点静谧无风，不久之后固然狂风大作，但当时绝对没有，连灰败凋敝、半死不活的大芥枯梢，以及停放不动的马车顶盖的流苏都纹丝未动。如此紧张而邪门的沉寂中，院子里所有树木高耸光秃的枝丫却摇晃起来，它们病态地痉挛不休，宛如癫痫发作，冲云层间的月亮张牙舞爪。黑色的根系下潜伏的魔鬼仿佛正在翻滚挣扎，并透过无形而诡异的脉络，牵引枝丫徒劳地撕扯带毒的空气。

众人吓得大气也不敢出，直到幽暗的乌云遮住月面，各路枝丫的张狂剪影暂且隐而不现，才不约而同发出敬畏、压抑的沙哑叫喊。恐怖并未就此消退，反倒迈向更黑暗怪诞的方向，接下来的刹那，人们发现树顶蠕动着上千个微弱而邪魅的小光点，它们绕着每根枝丫飞舞，宛若圣艾尔摩之火或圣灵降临日落在使徒头顶的火苗。非自然的光点组成怪异的星群，好比大群饱餐过后的食腐萤火虫在被诅咒的沼泽上空跳起地狱的萨拉班德舞，安米无比熟悉又无比惧怕的是它们无可名状的太空色彩。井里射出的魔性光束也越来越强，人们不由得挤在一起，只觉末日将至，满脑子都是正常头脑绝不可能想到的荒唐场面。光束很快不只向外照射，却是喷涌而出——无可名状之色以无形之姿冲出井口，直上云天。

兽医哆嗦着走向前门，多加上一道沉重的门闩。安米同样抖如筛糠，甚至发不出声，只能戳戳点点让众人注意树梢光点的亮度。马匹在极度惊恐中不要命地嘶鸣、蹬踢，但任何世俗回报都不足以让躲在古屋内的众人冒险出去安抚。随着时间推移，光点持续增强，躁动的枝丫朝天空的方向越伸越直。吊桶器的木杆开始发光了，一名警察默然指向西面石墙边的木棚和蜂箱，它们也都亮了起来。人们正庆幸两辆停放的马车没受影响，路上便传来狂乱的骚动和马蹄声。为看得清楚，安米熄了灯，原来两匹极度惊恐的老马竟挣断拴马的小树，拖着大车跑了。

这番变故打破了沉默魔咒，众人尴尬地低声讨论起来。法医嗫嚅着说："它能感染周边一切有机物。"没人回应，之前下井的人觉得起因是杆子搅扰到难以名状的东西。"可怕啊，"他补充说，"根本探不到底，只有软泥和泡沫。似乎有坏东西藏在底下。"安米的马还在屋外路旁歇斯底里地刨地和嘶叫，几乎掩盖了主人以微弱的颤音絮叨的思绪。"它从那块石头出来……在底下成长……逮到一切有机物……吞食精神和肉体……撒迪、默温、泽纳斯、娜碧……最后轮到纳鸿……他们都喝过井水……它靠他们变大……老家是与俺这地儿截然不同的太空……现在要回去……"

话音未落，无可名状的彩色光束陡然增亮，并自行编织成各种奇妙形状，目击者后来对此的回忆大异其趣。仍被拴在树上的可怜"英雄"撕心裂肺地哀嚎着，那种根本不属于马的号叫从没有人听过，缩在低矮起居室里的大家只好捂紧耳朵，安米更是惊恐又恶心地别过脸去。言语无法描述发生的一切，等安米再次往外看，只见月光下被榨干的牲口一动不动地躺在碎裂的车轴间——次日"英雄"得到埋葬乃是后话，当时根本顾不得伤心，一名警察几乎立刻悄悄示意起居室内的可怕变化。由于熄了灯，众人能清楚看见淡淡的磷火四处弥漫，宽幅木地板、碎呢地毯……乃至小格窗的窗棂都在发光。裸露的角柱上磷火高低流窜，搁板架和壁炉架上星星点点，每道房门和每件家具都不能独善其身。光芒每分每秒都在增强，显而易见，任何正常生灵都不能在这里待下去了。

安米领众人找到后门，顺着小径穿过田野，爬上那十英亩的牧场，一路跌跌撞撞宛若梦游，直至在高地上走出很远才敢回望。大家为这条小径额手称庆，谁也不敢靠近屋前那口井，此行途经发光的畜棚、柴棚和果园已经够糟了，那些粗糙多瘤、轮廓狰狞的果树同样泛着微光，还好只有最高处的枝丫会张牙舞爪。由于月亮始终被异常幽暗的云层遮挡，大家是摸黑穿过查普曼小溪上的乡间破桥，摸索着来到牧场的开阔地的。

当他们回望山谷和谷底深处的纳鸿家农场时，所见极为恐怖：整个农场闪烁着蕴含未知光谱的丑陋色彩，树木、建筑、青草乃至杂草，即便此前能勉力维持几分常态，现在尽数发灰变脆。枝丫全部朝天空伸得笔直，枝头冒出污秽的火苗，同样邪恶的火焰也在房屋、畜棚和柴棚的梁柱上阴险地缓慢流淌。那幅景象仿若福塞利的画作，而凌驾于一切之上的是喷涌不息的狂暴彩虹，井底的神秘毒素赋予它不受世间法则限制的色彩特性，于是它肆无忌惮地翻腾着、触摸着、舔舐着、伸展着、闪烁着、抓挠着，歹毒地冒着泡，极力彰显深奥的宇宙恶意。

随后，井底的恐怖之物犹如火箭或流星一般垂直射向太空，没有预警也没留下尾迹，在人们来得及感慨或惊呼前就消失不见，在云层中钻出一个特别规整的圆洞。谁也不可能忘记那一幕，安米呆望着天鹅座格外明亮的天津四，未知的色彩就在那里融入银河，然而山谷里的断裂声旋即把他的视线拉回身边——在场众人后来纷纷发誓，当时只听到木头断折撕裂，并未发生爆炸，可最终结果跟爆炸差不多。在那个万花筒般眼花缭乱的瞬间，末日降临的灾厄农场宛如火山喷发射出大片非自然的火星和物质，晃花了目击者的眼睛，由各种势必被我们的宇宙坚决排斥的奇妙碎块组成的爆炸云，穿过迅速合拢的圆洞，朝天顶方向追随业已消融的恐怖巨物而去，转眼也消失无踪。山谷上下现在一片漆黑，但没人敢回去查看，只是听凭仿佛来自星际虚空的阴风随意肆虐。阴风阵阵，越刮越大，呼啸和嘶吼带有宇宙洪荒的狂怒，无情摧残着这片土地及扭曲的树林。瑟瑟发抖的人们很快意识到，今晚月亮不会再露面让他们看清纳鸿家的结局了。

一行七人怕到不敢多话，哆嗦着沿北面的道路返回阿卡姆。受惊过度的安米在途中央求众人先送他回家，声称虽然他家就在主干道旁，但不想夜里独自穿过风声呼啸的黑林子。他这么说的真实原因是自己所受的震撼更多一层，隐匿的恐怖将永远沉甸甸地压在心口，不敢稍事传扬——黑风肆虐的山上，当众人麻木地转向道路时，安米忍不住回头朝漆黑孤寂的谷底看了一眼，那里曾是他命运多舛的朋友的家园。在无定形的恐怖巨物射向天空的地点，他遥远而模糊地看见什么东西有气无力地升起，接着又落回原处。那是一抹色彩，安米无比熟悉、绝不属于此间天地的色彩，想到它还有几许留在井里，他从此寝食难安。

安米再不会靠近那地方。灾难过去四十多年，他一次都没回去，并对新建水库的消息感到由衷高兴。我也该高兴的，经过废井井口时，我曾发现阳光变了颜色。但愿水库能维持水位——当然即便如此，我也绝不会喝那里的水，亦不会再造访阿卡姆的乡野。当年的一行人中，曾有三人次日白天回去查看。农场没剩下什么，只有烟囱的砖头，地窖的石板，四散的金属、矿渣以及污秽的井口。他们把安米的死马埋了，马车拖走返还。除此之外，万物俱灭，整整五英亩沃土转变为骇人的灰尘或灰烬，至今长不出植物，既像万里长天下裸露的秃斑，又像树林田野间酸蚀的伤痕，只有极少数人敢于不顾乡野传说前去一探究竟，并将之起名为“焦土”。

乡野传说固然离奇，但若城里人和大学的化学家有兴趣分析井水，抑或似乎无法吹散的灰尘，传说必将变得更离奇。植物学家也该研究一下周边发育不良的植物，以验证乡民的观点——“焦土”每年向外扩张一英寸。有人还说附近牧场春天的草色不佳，冬季的浅雪常留下野生动物的奇怪脚印。可以肯定，“焦土”的冬雪素来不如别处深厚，而今这个汽车时代，所剩无几的马匹经过那死寂的山谷时很容易受惊，猎人在附近也不指望猎狗能发挥作用。

据说那里还会给人带来巨大的心理影响。纳鸿出事后的若干年，许多人跟着变得古怪，却缺乏改变的勇气。心智坚强的乡民最终都搬走了，只有外国佬会接手破败的老农庄，但也待不长久。有时大家不禁纳闷，外国佬知晓多少外国的奇闻怪事，能带来何种我们所不具备的直觉呢？总之，他们抱怨怪诞的乡野让人晚上噩梦连连，漆黑的夜景只消看上一眼都足以引发病态联想。经过深谷的旅人会莫名不适，密林蕴含的神秘会压迫画家的视觉和精神，令其战栗不已。就我本人而言，听安米讲故事前曾独自穿越那片土地，当时就感到油然而生的抗拒。暮色将至，我竟隐隐希望乌云攒聚，阻止高邈深邃的天穹侵蚀灵魂。

不必征求我的意见，坦白讲，我根本不明白。我只听过安米的故事，其他阿卡姆人不愿谈论那段“怪岁月”，亲眼见过陨石及彩珠的三名教授又均已与世长辞。彩珠应该不止一个，有一个汲取足够养分后离开了，没离开的还留在井里……鉴于瘴气笼罩的井口阳光变了颜色，农民又说“焦土”每年向外扩张一英寸，或许它仍在生长、汲取。但不管地底孕育着怎样的邪恶，它必须寄生于某些东西，无法快速散播。此刻，它是与那些张牙舞爪的树木的根系纠缠在一起了吗？阿卡姆当前的流言中，有一则说到粗壮的橡树会在夜间反常地发光和舞动。

只有上帝知道它究竟是什么。安米描述的东西或可归为气体，却不遵循银河宇宙的法则。没有哪座天文台的望远镜和感光板能观测到孕育它的恒星或行星，也没有哪位天文学家能测量它的行动和轨迹——至少也会因目标过大而败下阵来。毋宁把这位可怖的信使称作“天外之色”，它来自超越已知自然规律的领域，无边无际、无形无状的漆黑天渊的存在已足以令知情者惶惶不可终日了。

我不认为安米会有意撒谎，他的故事亦非镇民们警告的那样纯属疯言疯语。恐怖之物的确伴随陨石降临山谷，并残留下来，但不知究竟还剩多少。我很高兴水库会将其淹没，同时不免继续为安米担心。他目睹那东西太多次，受到太多不良影响。他为何一直没搬走呢？他还把纳鸿的临终遗言记得那么清楚：“……逃不了……那种吸引……明知它来了，但逃不了……”水库动工后，我必须写信拜托总工程师多多关照这位善良的老人，近来他发灰变脆的扭曲怪影总是挥之不去，让我难以入睡。

H.P. 洛夫克拉夫特 著

暗夜低语者

（一）

有言在先，我最后见到的东西称不上多恐怖，但把后续推论完全归结为受惊所致——我情急之下不顾一切地逃离偏僻的埃克利农场，半夜开着友人的轿车在佛蒙特州的深山老林里飞驰而去——就等于忽略那段经历中不可动摇的基本事实。很可惜，尽管我与亨利·埃克利交往颇深，彼此分享过大量情报和想法，我目睹和听到的东西也非常震撼，但那些尚不足以证实可怕的推论。埃克利的失踪本身亦不足为凭，人们在他的住处里里外外除了弹孔没发现其他疑点，他就像是心血来潮去山间漫步却一去不回。没有迹象证明他招待过访客，此前摆在书房的可怖圆筒和仪器也不翼而飞。纵然那片生养他的土地，那些簇拥成群的葱郁山丘和阴暗流淌的潺潺溪流突然令他心生畏惧，又能说明什么呢？癖性古怪的家伙比比皆是，甚至反倒可将他生命最后阶段的离经叛道和心急如焚归结到精神失衡上头。

于我来说，事情始于 1927 年 11 月 3 日佛蒙特州那场史无前例的大洪水。我当时和现在一样是马萨诸塞州阿卡姆镇密斯卡托尼克大学的文学讲师，亦是新英格兰民间传说的业余研究者。洪水过后不久，在各种关于受灾情况和救援行动的新闻报道中，出现了几篇涨水的河里发现奇怪漂浮物的文章。朋友们好奇地讨论起来，并征求我的意见。大家如此看重民间传说让我有点受宠若惊，但我尽可能贬斥了某些荒诞不经、语焉不详、显然只是旧瓶装新酒的乡野迷信，对诸多饱学之士坚信谣言背后存在被曲解和掩盖的事实更大不以为然。

拿给我鉴别的故事多为剪报，亦有某位朋友转述了住在佛蒙特州哈德维克的母亲信中所言。故事里的漂浮物大同小异，共计三起案例，分别发生在蒙彼利埃附近的威努斯基河流域、温德姆县纽芬以北的西河流域及喀里多尼亚县林登维尔以北的帕萨姆西克河流域。当然，零零散散的传闻还提到其他案例，但仔细分析均可归入上述三起。每起案例都有乡民目击洪水从人迹罕至的山间冲下一个或多个令人不安的怪异生物，老一辈就此拾起源远流长、几被遗忘的隐晦传说，这样的联想大有愈演愈烈之势。

目击者笃定自己见到了前所未见的生物。在洪水暴发的悲惨时节，河流自然裹挟着不少尸体，然而那些怪异生物的尺寸和轮廓虽与人类相近，却绝非人类，与佛蒙特州的生态也格格不入。据描述，它们呈浅粉色，长约五英尺，外覆硬壳，有几对硕大的背鳍或膜翅，还有若干组节肢，理论上的头部位置长了个结构复杂的椭球体，球体上一圈圈褶皱伸出无数短小触须。不同来源的报道在外观描述上高度相似，的确值得注意，但考虑到古老的传说曾在这片山区风靡一时，目击者的想象力势必受到病态而生动的影响，便也不足为奇。当时我认为，鉴于所有目击者都是头脑简单、性格单纯的乡巴佬，他们无一例外是在滚滚激流中瞥见了残缺不全又被泡胀的人尸或畜尸，并根据模糊不清的民间传说为可怜的尸体添加幻想元素。

相关的传说含混隐晦但独树一帜，明显可追溯到更久远的印第安神话，虽然当代普通民众大多一无所知，我却相当熟悉——未曾去过佛蒙特州的我有幸拜读伊莱·达文波特的珍贵专著，书中辑录了1839年前他从该州最年长的人群中得到的口述材料，这些材料又与我深入新罕布什尔州山区、从年长乡民们口中打听到的故事不谋而合。简言之，传说暗示不为人知的怪物潜伏于偏远的山丘地带，虽然它们深居简出，但偶尔会有人闯进深山老林，或来到源头未知的溪流冲刷出的陡峭深邃的暗谷内，在那种狼群都不敢涉足的地方找到异类存在的证据。

溪边淤泥和林间空地留下怪异的脚印或爪印；古怪的圆形石阵周围的野草全被踏平，明显并非天然；山腰上深不可测的洞穴被岩石刻意堵住，多得反常的“脚印”——很难判断朝向的怪异痕迹——在洞口附近进进出出。最可怕的是一些胆大妄为之徒曾在极罕见的情况下，于日暮黄昏的偏僻山谷或绝壁边缘的密林中亲眼看到怪物。

关于怪物的零散描述的吻合度难免引发不安，其要点可归纳如下：体型巨大，像浅红色的螃蟹，长了许多对足，后背中部生出一对蝙蝠般的大翅膀，有时用所有腿足行走，有时只用最后一对，其他肢体则用来搬运大型不明物体。有人曾见大批怪物排成三列，沿林间浅溪涉水而行，俨然是受过训的士兵。有人甚至目击到一只怪物从光秃秃、孤零零的山头一飞冲天，在当空的月面留下一瞬扇动大翅膀的残影，随即消失在夜色之中。

该物种大体与人类相安无事，只对放肆的入侵者下手，尤其是房子建得太接近某些河谷，或房子在某些山上建得太高的人。类似地点逐渐成为禁区，哪怕理由慢慢被淡忘，观念却延续下来。在阴沉葱郁的山坡上定居的人们，抬头看向周围的险峰时会不寒而栗，即便已不记得有多少移民在那里失踪，多少农舍被烧成白地。

较早的说法只提到怪物会伤害闯入它们领地的人类，后来的故事则说它们开始好奇地观察人类，甚至试图在人类世界建立秘密哨站。有的农夫一早醒来在窗边发现奇怪的爪印，原有的闹鬼区域以外偶尔也发生离奇的失踪案，密林深处的大路小径上有模仿人类说话的嗡嗡声对独行旅客发出惊人的邀请，甚至在那些紧挨原始森林居住的人家，有孩子被目睹或听到的东西吓得魂飞魄散。传说发展到极致——那是迷信尚未衰退，人类最疑神疑鬼的时代——竟开始耸人听闻地指控隐士和离群索居的农民久而久之出现可憎的精神变化，社会声潮悄悄提议隔离这帮把自己出卖给异类的家伙。1800 年前后，东北某县真的把古怪和不合群的隐居者统统指控为怪物的党羽或傀儡。

怪物到底是什么？可谓众说纷纭。它们通常被称作“那些家伙”或“老家伙”，但不同时期在个别地区亦有其他叫法。大多数清教徒定居者直截了当将其划入魔鬼之流，用严肃的神学理论做出论断；凯尔特传统的继承者——主要是新罕布什尔的苏格兰－爱尔兰族裔，他们中很多人又被文特沃斯总督颁布的殖民许可吸引到佛蒙特定居——则隐隐将其与邪恶的妖精，乃至生活在沼泽和堡寨中的“小矮人”相联系，并用祖祖辈辈传下的零碎咒语来保护自己；印第安人的解释最神奇，尽管各部落的传说版本不同，但在某些关键点上高度趋同，即该种生物并非出自我们的世界。

彭纳库克人的传说最连贯和生动，其中指明有翼物种从天上的大熊座来此间山区开矿，采集其他世界无法获取的石头。据说它们不住在这里，仅仅留下前哨站，最后会带着大宗矿石飞回北方的母星；它们也不伤害人类，除非后者过分接近或故意窥探。动物躲开它们是出于本能厌恶，并非害怕被捕食——它们不能食用这里的动植物，必须从自己的世界带来补给。想避免惹祸上身，首要原则是敬而远之，闯入怪物盘踞的山丘的年轻猎人往往一去不回；其次不要聆听它们在夜晚林间的低语，那就像蜜蜂努力模仿人类说话。它们通晓所有人类语言——无论彭纳库克语、休伦语还是易洛魁联盟的语言——但从不说自己的语言，或许是没必要，因它们用头部交流，以各种方式变换颜色来表达思想。

当然，不管是白人还是印第安人的故事，进入十九世纪都渐渐式微，极偶然的情形下才可能死灰复燃。佛蒙特人的生活模式和活动区域已经定型，他们逐渐忽略甚至遗忘了习俗背后真实的恐惧与禁忌，大多数民众只晓得部分山区有害身心又无利可图，住进去会很倒霉，总之离得越远越好。经过时间沉淀，风俗惯例和经济考量最终让宜居地的认可深入人心，没人再有非分之想，鬼影重重的群山就在懵懂中被放弃了。除开罕见且从未传开的离奇事件，唯有对怪谈如数家珍的祖母和怀旧的耄耋老者会低声说起山间的怪物——即便他们也都认为如今无须害怕，因为怪物习惯了人类的房屋和据点，人类又不会侵扰怪物选定的领土。

凭借阅读积累和实地搜集新罕布什尔州的民间传说，我对上述情况了如指掌，因此洪水期间谣言四起时才能轻易断定滋养它们的土壤。我苦口婆心地跟朋友们解释，但有些家伙仍固执己见地认为报道包含真实成分，教人哑然失笑。他们的论据是这里的早期传说具有显著的延续性和一致性，并且佛蒙特山区几乎未曾被勘探，不能武断排除某种可能，而对我反复强调人类的传说存在普遍规律、先民的想象往往形成如出一辙的套路这点，却宁可置之不理。

劳神费力的辩论中，我举出许多事例，说明把大自然人格化远非佛蒙特民间传说的专利。古代世界有潘神、树精和山林之神，现代希腊有恶毒小鬼，甚至蛮荒的威尔士和爱尔兰也有关于可怕、怪异又矮小的隐藏种族穴居人和地底人的阴暗线索。尼泊尔山区的部落相信“米－戈”（或称“可憎的雪人”）阴险地潜伏于喜马拉雅山顶峰的岩石与冰雪之间，相关描述与佛蒙特州的怪物何其相似。可这些事例均未能说服对手，他们反而声称世界各地的古老故事或许共同反映了真实历史，恰好说明怪异的远古物种的确存在，只由于人类的出现和兴旺而销声匿迹，纵然数量递减，但很可能延续至近代——乃至仍未灭绝。

我越嘲笑这番理论，某些执拗的朋友就越不肯松口，以致声称即便抛开传说不论，如今的报道也条理清晰、内容连贯、细节丰富、客观理性到无法置之不理的程度。两三名入戏太深的极端分子根据古老的印第安神话猜测隐匿种族来自外星，乃至引用查尔斯·福特那些荒诞不经的书，说什么外太空与异世界的旅行者时常造访地球；其他人则是浪漫主义发作，放不下亚瑟·玛臣家喻户晓又精彩绝伦的恐怖小说，一心想在现实里找到潜伏的“小人族”。

（二）

当时环境下，这场火药味十足的辩论理所当然以书信形式出现在《阿卡姆广告人》上，并被洪水故事的起源地佛蒙特州的报纸扼要转载。《拉特兰先驱报》用半版篇幅摘录双方信件，《伯瑞特波罗改革家报》刊出我对相关历史和神话的长篇综述，并在思辨专栏“随笔”中附加评论，对我的质疑表示支持和赞许。到1928年春，我几乎成为佛蒙特州家喻户晓的名人，哪怕未曾去过该州。紧接着，亨利·埃克利寄来的多封奇特的挑战信深深打动了我，最终促成我头一回——大概也将是最后一次——动身前往那片神奇的土地，亲眼见证簇拥成群的葱郁山崖和呢喃流淌的森林溪流。

我对亨利·文特沃斯·埃克利的了解，多半是在他偏僻的农场经历过种种事件后，跟他的邻居及他远居加利福尼亚的独子通信得到的。我得知他的家族在当地历史悠久又素有名望，出过不少法官、公务员和乡村绅士，而作为家族的唯一传人，他把关注点从社会实务转向学术研究，曾在佛蒙特大学进修数学、天文学、生物学、人类学和民俗学，成绩斐然。虽然我从未听闻过这号人物，他在通信中也甚少涉及身世细节，但我打一开始就觉得他人品端正、学富五车又思维敏捷，只是由于常年隐居有些不通人情世故。

埃克利的来信匪夷所思，我却不由得端正态度，远比对待其他反对者较真。首先，无论他的猜想有多荒谬，其根据是亲身接触的事物——实实在在的真家伙；其次，他能像一位真正的科学研究者那样摒弃个人偏好，采纳坚实证据，乐意把自己的猜想摆在有待检验的开放位置。当然，我从一开始就认为他错了，但错误中仍能体现智慧，我从未像他的某些朋友那样把他的想法和他对偏僻的葱郁山丘的恐惧全部归结为精神失衡。我能看出整件事对他意义重大，而他讲述的也是非常值得探究的奇特环境，无论与想象中的离奇因缘有多不相干。然而我后来又收到他寄来的物证，整件事的基调顿时变得截然不同、扑朔迷离起来。

说到这里，最稳妥的方式便是全文誊录埃克利最初那封长信，他在信中做了自我介绍，那封信也代表我思想上的重要里程碑。原信已不在我手上，但我几乎能逐字逐句背诵那些不祥的文字。容我重申，我坚信作者落笔时精神正常，原信用了难以辨认的仿古手写体，非常符合其遗世独立的学者风范。全文如下：

乡村免费邮递 2 号邮箱

汤申德，温德姆县

佛蒙特州

1928 年 5 月 5 日

阿卡姆，马萨诸塞州

索顿斯托尔街 118 号

阿尔伯特·N. 威尔玛斯阁下

尊敬的先生：

我怀着浓厚兴趣拜读了您被《伯瑞特波罗改革家报》（1928 年 4 月 23 日号）刊出的信件，您在信中评述了去年秋天本州洪水泛滥期间肿胀怪尸的目击案例，以及与之相关的离奇传说。我理解您作为外地人抱持的立场，也明白“随笔”专栏为何表示赞同，其实州内州外有识之士的看法大体相同，甚至我本人年轻时（我现年五十七岁）也不作他想。但我被相关事宜吸引，开始更广泛的阅读，并钻研了达文波特的著述后，曾亲身调查人迹罕至的山区。

最初吸引我的是从无知老农口中听到的古老怪谈，回想起来倒不如听之任之。且容我不够谦虚地介绍两句，我对人类学和民俗学略知一二，大学时代就曾广泛涉猎，对大多数学术权威，如泰勒、卢伯克、弗雷泽、国利伐、默里、奥斯本、基思、步勒、G. 艾利奥特·史密斯等人的作品信手拈来。比人类更古老的隐匿种族之类说法于我并不新鲜，我也读过您被《拉特兰先驱报》摘录的信件及相关反对意见，对你们的辩论停留在哪个阶段有所了解。

我想说的是，尽管理性似乎完全站在您这边，但恐怕您的对手更接近真相，甚至超乎自己的想象——他们毕竟只是凭空推测，并不清楚我了解的情况。说真的，倘若我对内情的了解像他们一样贫乏，多半不会固执己见，而会完全倒向您这边。

您应该能感觉出，我一直在兜圈子，这是因为我内心深处惧怕进入正题。直截了当地讲，我手头有切实证据，能证明人迹罕至的深山老林里确有怪物。虽然我没见到报上渲染的河中浮尸，但曾在不堪回首的情形下见过类似的东西，还有脚印，最近那些脚印离我家越来越近（我住在汤申德村以南黑山山麓上的埃克利老宅），近到我不敢说出实情。除此之外，我还曾在森林里某些地点听见难以描述的声音。

我在同一地点多次听见怪声，便拿留声机过去，连上受话器和空白蜡盘。您可来听听录音，我曾拿给附近的老人听，其中一段把他们吓蒙了，那很像他们儿时祖母提及并模仿过的声音（亦是达文波特著作中的林间嗡鸣）。当然，我很清楚“听见怪声”会惹来怎样的非议，但请您下结论前亲耳听一听，再问一问偏远山林的老人们作何感想。若您依旧认为不足为奇，那敢情好，但我相信个中必有隐情，诚如古谚所云：“无风不起浪。”

我致信非为参与辩论，而是私下提供一些拥有相同爱好的人应当会感兴趣的情报。公开场合我完全赞同您的观点，有些事让我明白，公众还是知道得越少越好。我现下也只是秘而不宣地推进研究，务求谨言慎行，免得他人前往我探索的地点。非人的怪物始终监视着我们，还有间谍在人群中搜集情报，这是千真万确的。我从一个可怜虫那里知道了许多事，假如他神智正常（我认为如此），那他确实属于对方的间谍。他后来自杀了，但我有理由相信间谍不止一个。

怪物的老家在外星球，它们能在太空中存活，笨重有力、足以划破星际以太的翅膀适合穿梭太空，却不便控制方向，在地球几乎派不上用场——倘若您不把我当疯子，日后我可详细解释其中原理。

它们为深埋山下的金属矿而来，我大概猜得出它们的来处。其实只要不干涉就没问题，太过好奇的话结果就很难讲了。诚然，装备精良的军队能夷平矿区，这也是它们一直担心的事，可冲突爆发后更多怪物将从天而降，要多少有多少，征服地球简直易如反掌——万幸它们目前认为无此必要，宁愿维持原样，不想多此一举。

因我找到的线索，它们大概打算除掉我。我曾在东边圆丘的树林里发现一块大黑石，上面有些磨损难辨的陌生象形文字，而我把它带回家之后怪事就接连发生。若它们认定我知道得太多，大概会杀人灭口或把我从地球劫持到它们的星球，反

正它们每隔一段时间就会掳走一批学者，以了解人类世界的发展动态。

这便引出我致信的第二个目的，也就是呼吁您停止目前的辩论，莫让事件持续曝光。人类必须远离这些山区，避免好奇心带来不可收拾的结果。上帝知道现在够危险了，开发商和地产商涌进佛蒙特州，夏季游客成群结队跑到荒野之中，山上盖满了廉价平房。

我很乐意与您保持联系，如蒙不弃，我还可设法把录音盘和黑石头寄来（石头磨损严重，照片看不清细节）。之所以说“设法”，是因怪物似乎能在我周围做手脚。村子附近的农场有个鬼鬼祟祟、一脸阴沉的家伙叫布朗，很像间谍。鉴于我对它们的世界了解得太多，它们正打算一点点切断我与周围的联系。

它们能通过神奇的方式查明我做了什么，您甚至可能收不到这封信。如果情况恶化，我只能前往加州圣迭戈投奔儿子，但背井离乡谈何容易，祖上六代生息于此，而在那些怪物的监视下，我又敢把房子卖给谁？它们似乎很想夺回黑石头，毁掉录音盘，我只能尽量阻止。几条家养的大警犬暂且发挥了作用，亏得怪物数量还少、行动也不方便——如前所述，它们的翅膀不适合地球上的短途飞行。通过可怕的方法，我就快破译出石头上的内容了，而您的民俗学知识或能助我一臂之力。您对人类出现以前的恐怖神话想必有通盘了解，诸如《死灵之书》暗示的犹格－索托斯和克苏鲁的传说，我曾短暂拜读此书

副本，听说贵校图书馆妥善保管着一本。

总之，威尔玛斯先生，我俩的研究能够合作互补，但我不希望给您招致祸患。虽说值得为求真而冒险，可我不得不提醒您，一旦拥有那块石头和录音盘将不再安全，何去何从由您自己判断。如果您需要的话，我会驱车到纽芬或伯瑞特波罗办理邮递，那些地方的邮局更值得信任。顺便一提，因留不住仆人，我现在独自生活。怪物天黑后就围过来，看家的狗子叫个没完，雇谁都干不久。幸好我老婆在世时没卷入此事，否则她非发疯不可。

冒昧打扰，万望海涵。切盼回复，勿将此信当作疯言疯语扔进废纸篓。

此致

您真诚的

亨利·文.埃克利

又及：我加印了一些照片，颇能佐证信中观点。老人们认为我拍摄的照片完全真实可信，若您感兴趣，我亦可寄来。

亨.文.埃.

我很难形容初读这封奇特来信时的心绪。于情于理，比之温和许多的论调都让我哑然失笑，如此天马行空的观点根本不值一哂，然而信中字里行间流露的某些东西，竟能让我耐着性子从头读到尾。隐匿的外星种族当然不可信，但经过最初的质疑，我奇妙地断定作者精神正常、开诚布公，且实际遭遇过古怪离奇、只能诉诸幻想解释的现象。我进而认为，纵然实情不若信中那么言之凿凿，研究价值也很大。来信者似乎格外关注和警惕某些事，其中必有原因，他在特定领域用词准确、条理分明，一番奇谈怪论契合着某些古老神话，譬如印第安传说中最夸张的部分。

他在山区听见的怪声和找到的黑石头很可能都是真的，除了疯狂的结论——在这点上，他恐怕受到被他当作外星生物的间谍、后来自杀的男人影响。那男人肯定疯了，以致编造出一整套颇能自圆其说的怪论，并使得长年浸染民间传说但不谙人事的埃克利贸然信以为真。至于随后的发展，从埃克利雇不到帮手能看出，周边无知的乡巴佬跟他一样相信晚上有可怕的怪物来包围住处，而看家的警犬会因任何事叫唤。

接下来是录音盘的问题。我倾向于相信录制方式的确如他所言，但肯定能找到解释，要么是某种类似人类说话的动物，要么是山区昼伏夜出、堪比野兽的退化人种。刻着象形文字的黑石头呢？它意味着什么？还有埃克利说要寄来的照片，为何让老人们感到真实的恐惧？

我重读了难辨的手写体信件，突然感觉那帮捕风捉影的反对者或许也有道理。人迹罕至的山区不会有民间传说中的星际怪兽，但可能世代生活着遭社会排斥的畸形生灵。如果是这样，洪水期间的怪异浮尸就不那么让人难以置信了，然而以此作为古老传说和近期报道的现实来源是否太过武断呢？我心中泛起层层疑虑，也为亨利·埃克利的奇特信件能引出这么多离谱的念头而感到羞愧。

最终我以亲切、好奇的口吻写了回信，征求更多细节。埃克利几乎立刻寄来回复，恪守承诺奉上用小型相机拍摄的风景和实物。我从信封中取出照片时，竟生出些许恐惧，仿佛接触到什么禁忌。它们拍得很模糊，却是真实影像，透出可憎的暗示力量——照片在观察者与观察对象之间建立起客观实在的联系，排除了成见、误导和欺诈。

我越看这些照片，就越重视埃克利和他的故事。无论怎样，照片明白无误地证明，佛蒙特山区生活着远超日常认知和观念的生物。脚印照片是青天白日之下在荒山泥泞中拍的，一望可知绝非廉价赝品，线条清晰的鹅卵石和草叶不仅提供了明确的参照比例，也杜绝了故意二次曝光的可能。我管那些痕迹叫“脚印”，实际上叫“爪印”或更恰当，它们不深也不新，约成年人脚掌大小，时至今日也很难表述，只能说始作俑者像是不知往哪个方向爬行的丑恶螃蟹，拥有数对相对分布的锯齿状螯钳——这样的运动器官怎能不让人困惑呢？

第二张照片采光条件不佳，似乎用了延时曝光，可见形状规整的圆形巨石掩住林间洞口，前方裸露的空地密集交织着古怪痕迹——我用放大镜仔细观察，不安地断定那些痕迹正是上述脚印；第三张照片展现的是荒山山顶矗立的德鲁伊式圆形石阵，神秘石阵周围的野草都被踏平或磨光了，但用放大镜也看不出脚印。那地方明显极度偏僻，背景是连绵无尽、渺无人烟的群山，直至雾气弥漫的地平线。

脚印固然让人极度不安，最不可思议的却是在圆丘树林中找到的大黑石。埃克利拍摄时显然把它放在书桌上，背景有几排书籍和弥尔顿的半身像，石头被竖起来正对镜头，略显不规则的弯曲表面约两英尺长、一英尺宽，人类的语言委实难以描绘其样貌与特征。几乎可以肯定，这是怪异至极的几何原理指导下的人工切割产品，浓烈到令人战栗的陌生感仿佛在宣称它不属于这个世界，石头表面虽然很难看清，但能认出的一两个象形文字已让我大惊失色。诚然，文字有可能伪造，读过阿拉伯疯子阿卜杜勒·阿尔哈札德的怪诞禁书《死灵之书》的不止我一个，即便如此，当我经由掌握的知识，联想到某些亵渎神灵、令人血液凝固的隐秘传闻时仍颤抖不已——传闻中半显形的疯狂生物，存在于地球及太阳系内其他星球尚未成形的上古时代。

余下的五张照片，有三张拍的是沼泽或山丘，依稀透露出似有若无的病态线索，还有一张是埃克利家附近地面的古怪痕迹，据说头天夜里警犬叫得格外凶悍，次日清晨便拍到了。照片相当模糊，没法得出准确结论，但毋庸置疑，那些痕迹很像荒山上恶魔般的“爪印”。最后一张照片是埃克利家全景，整洁且带阁楼的双层白色建筑至少有一个多世纪历史，前方是养护良好的草坪，石头垒出边界的小径通往乔治王朝风格的优雅雕花门廊。草坪上有个灰胡须剪得很短、兴致勃勃的男人，旁边蹲着几条壮硕的警犬，那应当就是埃克利——从他右手握着快门线连接的球状器可见照片是自拍。

看完照片，我开始阅读洋洋洒洒的长信，而后三小时沉浸在难言的深邃恐怖之中。埃克利前次来信的确只说了个大概，现在他开始巨细无遗地补充，详述夜晚林间听到的低语，黄昏时分山丘灌木丛中窥见的粉色怪物，佐以颠覆性的宇宙叙事，情报来源从繁杂深奥的各门学科到自称间谍的自杀疯子的大量供述不一而足，频频出现就我所知最丑恶的名词和术语——约格斯星、伟大的克苏鲁、撒托古亚、犹格-索托斯、拉莱耶、奈亚拉托提普、阿撒托斯、哈斯塔、鄢祸、冷原、哈里湖、贝斯木拉、黄色印符、利莫-卡斯罗斯、布兰和“不可言说者”——活像要隔着无可名状的万古和难以想象的维度，把我抛入外域存在恣意横行、《死灵之书》的狂人作者也只敢隐晦揣测的鸿蒙之初。古老生命的深坑渗出涓涓细流，某条细流的某个微小分支塑造了地球的命运。

那封信让我头晕目眩，此前我试图用逻辑解释一切，现在却不得不开始认真对待最离经叛道的奇谈。毕竟铁证如山，埃克利的语气又那么冷静而富于科学精神，与歇斯底里、神经错乱、盲目狂信乃至妄自揣度都毫不相干，极大影响了我的思考与判断。读完可怕的信件，我不但理解了埃克利的恐惧，也决心尽己所能让人们远离闹鬼的荒山。即便到如今，时间淡化了当时的震撼，此后的恐怖经历也颇有值得追问之处，但那封信中有些内容我绝不会引用或诉诸笔端。某种程度上，信件、录音盘和照片的丢失让我松了口气——

出于下文将要阐明的原因，我希望海王星外那颗不为人知的星球永远不为人知。

那封信还让我永久结束了佛蒙特恐怖事件的公开辩论。对于对手的发言，我要么置之不理，要么虚与委蛇，使得辩论成功淡出人们的视野。5 月下旬至 6 月，我与埃克利频繁通信，但偶尔会遇上信件遗失，不得不回溯进度，劳神费力地重写。我俩在来往信件中交流各种晦涩的神秘学知识，试图把佛蒙特恐怖事件放入上古世界的传说框架下厘清。

有一件事我俩很快达成共识，即佛蒙特怪物与喜马拉雅山可怕的米－戈是同一种梦魇化身。相关的动物学推测引人入胜，若非埃克利严禁外泄，我肯定会向同校的德克斯特教授讨教。顺带一提，此刻我之所以违反他的禁令，只因我认为现阶段提醒大众远离佛蒙特州的偏远山区，并对喜马拉雅山趋之若鹜的英勇探险家们发出警告，比保持缄默更有益于公共安全。

我俩打算解决的另一道难题是破译邪恶黑石上的象形文字，此举想必能揭示前所未知、震慑人心的秘密。

（三）

6 月下旬，我终于拿到录音盘。埃克利不信任伯瑞特波罗以北的邮政系统，宁愿亲赴该地寄件。信件不断丢失加重了不安情绪，他认为间谍更活跃了，多次提及某些人的狡诈行径，把他们视为隐匿种族的爪牙和代理，首要嫌疑人就是阴郁乖戾的农民沃尔特·布朗。此人独居于密林边缘破败的山间屋舍，常在伯瑞特波罗、贝洛斯福尔斯、纽芬和南伦敦德里的街头巷尾闲逛，行为漫无目的，毫无动机可言。埃克利确信在某个场合偶然听到的恐怖谈话里有布朗的声音，亦曾在布朗家附近找到一枚脚印或“爪印”，个中险恶意义不言而喻——最可疑的是布朗自己的脚印非常接近并朝向那枚可疑痕迹。

出于上述缘由，埃克利独自开着福特车，沿孤寂的佛蒙特乡间干道来伯瑞特波罗寄件。他在随盘附上的字条中坦承自己开始害怕那些道路，只在阳光灿烂的白天才敢去汤申德买东西。他反复声明，只要还住在万籁俱寂的可疑山区，知道太多绝无好处，但想就此动身去加利福尼亚投奔儿子，却怎么也无法舍弃充满回忆、寄托祖辈感情的故土家园。

我从学校行政楼借来商用机，并在播放录音盘以前，仔细重温了埃克利历次信件的解释说明。据说这盘录音录制于 1915 年 5 月 1 日午夜 1 点，地点是黑山西麓毗邻李氏沼泽的密林山坡上一个封闭洞口，由于那地方时而传出反常的怪声，埃克利才带着留声机、受话器和空白蜡盘前去打探。按照经验，五朔节前夕——欧洲地下传说中丑恶的巫魔之夜——最可能有所斩获，结果果然如愿。值得一提的是，那里从此再没传出声音。

与平时林间偷听到的谈话不同，录音盘中像在举行仪式。有个文质彬彬、与布朗截然不同的陌生男声，但第二个声音才是关键——可憎的嗡嗡声迥异于人类的嗓门，却能以学者腔调模仿运用标准语法。

收音的受话器和留声机配合不太好，而且可以想见，机器离得很远，仪式本身又隐秘低调，这些因素导致盘上只录到支离破碎的片段。埃克利提供过根据录音誊写的文本，我在播放前特意浏览了一遍。文本词句乍看上去不吓人，笔墨间仅透出几许诡谲的黑暗气息，但若联想到其来源和整合方式，怎么不让人汗毛直竖呢？我也将记忆中的文本完整誊写于此——我相信自己记得很清楚，不仅因为研读过书面版本，更因翻来覆去听了太多遍，那可不是能轻易忘记的东西！

（杂音）

（文质彬彬的人类男声）

……乃森林之主……冷原众福泽……自永夜源井，达空虚深渊，自空虚深渊，达永夜源井，万岁万万岁，伟大克苏鲁，撒托古亚殿，不可言说者。兴旺复兴旺，森林黑山羊。噫，莎布－尼古拉丝！滋生万千幼体的山羊！

（模仿人类语言的嗡嗡声）

噫！莎布－尼古拉丝！滋生万千幼体的森林黑山羊！

（男声）

森林之主宰，昂首阔步行……七和九走下，缟玛瑙台阶……（祭？）品呈献于渊潭，阿撒托斯殿，教诲传授诸奇

（迹？）……乘黑夜之翼，越空间之远……幼子约格斯，孤星悬太虚，盘旋复盘旋，黑以太边缘……

（嗡嗡声）

……去人类中找办法，让深渊中的祂知晓。奈亚拉托提普洞悉万物，伟岸强大的信使。祂将幻化人形，以蜡面和长袍藏身，自七日之地降临，嘲笑……

（男声）

……（奈？）亚拉托提普殿，巍巍大使者，穿越恩宠约格斯，蒙召者之父，大步……

（录音结束，戛然而止）

以上便是播音前浏览的文本。我带着一丝寒意和犹豫放下唱臂，听见蓝宝石针头刮擦盘面，随后传来微弱断续的人声——我竟为此松了口气，因那声音圆润柔和、文质彬彬，隐约带有波士顿口音，绝非佛蒙特山民。微弱但挑动心弦的话语跟埃克利精心誊写的文本分毫不差，圆润的波士顿口音吟诵起来：

噫！莎布－尼古拉丝！滋生万千幼体的山羊！

紧接着是另一个声音。即便早已看过文本，即便到现在，回想起来仍令我浑身战栗。我给别人描述过录音盘，他们想当然地认为是拙劣的骗局或疯话，但那只因他们没能亲耳听见可憎的声音、亲眼看到埃克利的信件（尤其是巨细无遗、骇人听闻的第二封信）。说到底，不曾违背埃克利的意愿对外播放录音盘是一桩憾事，更大的遗憾则是丢失了所有信件。

根据第一手收听印象及对背景、环境的了解，我认为那个声音的可怕程度无以复加。它紧随人声响起，似是仪式性回应，而在我脑海里，病态的应和仿佛穿越了无从想象的时空隧道，来自无从想象的外域地狱。距我最后播放那张渎神的蜡盘已两年有余，但此时此刻，每时每刻，恶魔般的微弱嗡嗡声仍如初听时一般萦绕耳边：

噫！莎布－尼古拉丝！滋生万千幼体的森林黑山羊！

如此阴魂不散的声音，我却无法准确形象地描述。硬说的话，就像把恶心的大虫子的嗡鸣生硬组合成语言，对方的发声器官绝不同于人类乃至任何哺乳动物的声带，无论音色、音域还是音频都脱离了人类及地球生命能企及的范围。那种嗡嗡声初听时突兀到引起醍醐灌顶、晕头转向般的强烈震撼，后来又讲了一段更长的话，满溢的亵渎感更是变本加厉。录音在波士顿男声异常清晰的吟诵中戛然而止，我却一直傻坐着，呆如木鸡地盯住停转的机器。

后来，我反复播放骇人的录音盘，并参照埃克利的文本努力分析和注释。详述相关推论不但累赘且有危言耸听之嫌，简单来讲，我俩认为线索指向人类神秘的远古信仰中某些最可憎的原始习俗的源头。显而易见，部分古人类与隐匿的外域种族结成过精心安排的同盟，同盟的广泛程度和变迁经历不得而知，但存在无数细思极恐的可能。既然在某些特定时期，人类与难以名状的宇宙存在发生过隐晦且丑恶的联系，那么能实现星际旅行的渎神种族从太阳系边缘的暗星约格斯来到地球就不再不可思议了。约格斯星可能亦只是较繁华的前哨站，怪物的真正来处恐怕远在爱因斯坦的时空连续体之外，大大超出已知宇宙的边界。

我俩继续讨论那块黑石头及将它送到阿卡姆的最佳办法——埃克利反对我亲自拜访让他噩梦缠身的事件现场，出于某些原因，他也不愿把东西交给容易预测的邮政路线。他最后的打算是带上石头亲自驾车越野去贝洛斯福尔斯，交波缅铁路承运，经基恩、温琴登和菲奇堡送到我这里，尽管这样一来相较于去伯瑞特波罗的公路干道，必须借助密林间远为孤寂的山路。他说当初在伯瑞特波罗邮寄录音盘时，注意到有个人在邮局附近徘徊，举止和神情都很可疑。那人似乎很想跟工作人员打听，还乘上托运录音盘的火车，埃克利承认，得知我收到录音盘之前他一直提心吊胆。

7 月第二周，埃克利写来急信，告知我寄去的信又丢了，并嘱咐我别再把信寄到汤申德，改寄到伯瑞特波罗的邮件候领处，他会经常驾车或乘最近替代缓慢的分支铁路的客运公交前去查询。我体会得到他越发焦虑的心情，因他详述了无月之夜警犬频繁的吠叫，以及天亮后在农场背后的道路或泥地里时而发现的新爪印。他甚至来信声称看到一行密密麻麻的痕迹直面一行同样稠密清晰的狗脚印，俨然如同两军对阵，随信附上令人不安的可憎照片做证，并说警犬在此前的夜里咆哮得前所未有地激烈。

7月18日星期三的早上，我收到来自贝洛斯福尔斯的电报，埃克利说他已把黑石头送上波缅铁路5508次列车，列车将于标准时间中午12点15分离开贝洛斯福尔斯，下午4点12分抵达波士顿北站。我估算箱子至迟于次日中午送到阿卡姆，为此星期四苦等了一上午，日过中天也毫无音信。我打电话给邮局查询，被告之没有我的箱子，这让我警觉起来，立刻长途致电波士顿北站的邮政负责人——不出所料，对方否认收到我的东西，据说前一天的5508次列车曾晚点三十五分钟，而没有哪个邮件写着我的名字。邮政方面承诺会进行调查，我能做的就是连夜给埃克利寄信说明情况。

波士顿邮政以值得夸奖的办事效率在次日下午查出线索，负责人当即打电话向我通报。原来，5508次列车的邮政职员回忆起一件可能与丢件有关的事：那日刚过下午1点，列车正停靠新罕布什尔州的基恩，他与一名嗓音怪异、身材瘦削、沙黄头发的乡巴佬起了争执。

据回忆，乡巴佬激动地声称某个沉重的箱子是他的，可列车名单和公司记录上并没有他的名字。他自称斯坦利·亚当斯，粗浊的嗓音带有奇怪的嗡嗡声，让人昏昏欲睡，职员甚至不记得交谈如何告终，直至列车开走才如梦方醒。邮政负责人补充说，5508次列车的职员虽然年轻，但诚实可靠、身家清白，一直在公司效力。

我从邮局获知该职员的姓名和住址，当晚便赶到波士顿与他面谈。他的确坦诚且讨人喜欢，却无法提供更多情报，最怪的是，他甚至没把握能认出前来认领箱子的怪人。我意识到此路不通，便回到阿卡姆，通宵达旦地分别写信给埃克利、邮政公司、警察局和基恩车站的负责人。我直觉地感到，嗓音古怪、曾对职员施加诡异影响的乡巴佬是丢件一事的关键，希望从基恩车站的员工和电报局记录入手，弄清此人质问邮政职员的时间、地点和方式。

但我的打算再次落空。7 月 18 日中午过后，确实有人在基恩车站附近目击所谓“怪声男”，有个闲人甚至隐约想起“怪声男”跟沉重的箱子有关，但其身份不得而知，此前此后也未再出现。根据掌握的信息，“怪声男”没去过电报局、没收过邮件，邮政公司也没以任何方式向任何人透露黑石头在 5508 次列车上。埃克利自然参与了调查，乃至亲赴基恩车站附近打探，但对待此事他远比我消极，颇有些听天由命。他将箱子的丢失视为大难临头的噩兆，内心深处对失而复得不抱希望，他在信中声称山间怪物及其代理无疑拥有心灵感应和催眠能力，并暗示石头一定已离开地球了。

就个人而言，我原指望从古老模糊的象形文字中做出意义深远而震撼的解读，对白白失去机会相当恼火。此事差点成为我的心病，亏得埃克利紧随其后的多封信件将山区恐怖事件推进到一个新阶段，转移了我的注意力。

（四）

埃克利用极度惊恐的笔触吐露，神秘的怪物似乎下决心逼迫他，每逢无月之夜或月光暗淡的夜晚，狗群就吠叫得声嘶力竭，甚至白昼出行经过偏僻路段都会被骚扰。8 月 2 日他驾车去村子，密林中的干道却被一根横放的树干阻断，身边两条大警犬厉声咆哮，说明有东西在附近埋伏，天知道没带狗会发生什么——为防患于未然，他现在出门至少会带上两条忠心耿耿的强悍警犬。8 月 5 日和 6 日半路上也出了事，一次子弹擦过车身，另一次车上的警犬冲险恶的树林狂吠不止。

8 月 15 日，我收到语气慌乱、令人惶恐的来信，不由得希望埃克利打破独居的缄默，即刻报警求助。信中声称 12 日至 13 日的夜间出了大事，子弹从农场外射来，凌晨清点发现十二条警犬被射死三条，道路上遍布“爪印”，沃尔特·布朗的足迹混杂其间。埃克利打电话到伯瑞特波罗买狗，话没说完就断线了，他只能驾车过去，得知线路工报告纽芬北部荒山间铺设的主电缆已被整齐切断。他回家前买到四条大狗，还给大口径连发猎枪添置了许多弹药，信是在伯瑞特波罗邮局写的，准时寄到我手上。

事已至此，我的关注点迅速从科学研究转向人身安全，不仅担心在偏远农场独居的埃克利，也为自己忧心忡忡——我跟山区疑案脱不了干系，怪物也会伸出魔爪把我抓走、吞噬吗？我在回信中敦促埃克利找人帮忙，还暗示若他不肯采取行动，我只能自作主张前往佛蒙特州，替他向当局解释原委。回应我的是从贝洛斯福尔斯发来的电报：

感谢建议，但敝人无能为力。轻举妄动只会伤害彼此。

容后解释。

亨利·埃克里

情况持续恶化，我回复这封电报后，埃克利寄来一张字迹潦草、内容骇人的便条：他根本没发电报，也没收到我此前的信。他为此火速赶往贝洛斯福尔斯询问，得知发报者是沙黄头发、嗓音粗浊带嗡嗡声的怪人，但别无线索。职员出示了那人的铅笔稿，笔迹全然陌生，比较显眼的是署名错了，写作“埃克里”。这些事难免让人产生糟糕的联想，埃克利还介绍了危险迫在眉睫的其他迹象。

每逢无月之夜就会交火，警犬又死了不少，只能不断买进补充。道路和农场后方留下的痕迹里，除了爪印和布朗的脚印，至少还有一到两人的脚印。埃克利承认情况不容乐观，无论能否卖出祖宅，恐怕不久后都得去加利福尼亚投奔儿子。但下决心放弃唯一的家园着实不易，他还想多撑一会儿，或许入侵者能偃旗息鼓——尤其他已公开放弃窥探它们的秘密了。

我立刻重申乐意伸出援手，并再次提议前来农场探访，协助向当局说明当前的危急境况。埃克利这次回信的态度有所缓和，比预想中少了些抗拒，但还是提出再等一等，等他把事情理顺，说服自己放弃对家园近乎偏执的坚守。人们一贯对他的研究和观点抱有偏见，最好悄悄离开，以免引起乡间骚动，产生对他精神状态的广泛流言——总之，他承认时不我待，但还是想尽量体面地离开。

他这封信于8月28日寄到，我做了尽可能鼓舞人心的回复。

鼓励显然有效，埃克利接下来的回信称不上乐观，但也没流露太多恐惧，他表示阻止怪物骚扰的是满月，希望晚上不要阴云密布，还含糊提到想在下次月亏时暂时搬去伯瑞特波罗。我又写了封鼓励信，可9月5日收到的急信明显不是对此的回应，信中讲述的新情况完全打消了我心头燃起的希望。鉴于此信的重要性，有必要在此全文引述——我会凭记忆，尽量还原埃克利发抖的手写下的文字。

星期一

亲爱的威尔玛斯：

这是对上封信极为沮丧的补充。昨晚阴云密布，虽未下雨但几无月光。情况糟透了，完全违背我们的期望，或许结局即将到来。午夜过后，有东西落在房顶，狗子们都冲去查看。我听见它们不断咆哮撕咬，有一条狗甚至踩着低矮的厢房跳了上去。房顶惊天动地的激烈打斗伴随着我将永生难忘的可怕嗡嗡声，还有某种教人作呕的气味。与此同时，子弹打进窗户，险些击中我。我认为山间怪物乘虚而入收拢了包围圈，而我无从知晓房顶的确切状况，最令人担心的莫过于怪物改进了在地球上利用星际翅膀的方法。我熄了灯，以窗户做射击口朝周围射了一圈，稍微抬高枪管以免误伤狗子。这法子似乎奏效，等到早上，我在院子里发现几大摊血，旁边有几摊绿色黏液，散发

出那种最难闻的作呕气味，房顶上也有类似的黏液。狗子总计死了五条，遗憾的是其中一条背上中枪，很可能还得怪我放枪太低。我正在封堵受损的玻璃，并准备再去伯瑞特波罗买狗。狗舍的人准以为我疯了。回头再叙。尽管一想到搬走就心如刀割，但我会在一两周内做好准备。

埃克利急笔

我正焦虑难安，埃克利的第二封急信于次日早上——9月6日——接踵而至，这回笔迹更潦草凌乱，让我彻底泄了气，完全陷入不知所措的境地。这封信最好也凭记忆尽可能忠实地引述：

星期二

阴云不散，依然不见月光，反正满月也过了。若不是知道它们能在第一时间切断电线，我肯定会在房子周围布置电网，安装探照灯。

我觉得自己快疯了，写给您的可能都是呓语或臆想。情况越发严重，昨晚它们居然对我说话——用该死的嗡嗡声讲了一些我不敢转述的内容。我在狗吠中清楚听见它们的声音，而一旦嗡嗡声被狗吠淹没，还有一个人类男声帮它们代言。千万别卷进来，威尔玛斯！情况比设想的更可怕。它们现在根本不打

算放我去加利福尼亚，而要把我捉到——至少是理论和精神上的“捉到”——约格斯星乃至更远的地方，甚至远离银河系，超出空间的曲线边界。我严词拒绝它们，尤其不可能接受它们提出的恐怖方式，但恐是徒劳。这房子太偏远，过不了多久，它们日夜都能随意光临。狗子又被杀死六条，而白天开车去伯瑞特波罗的路上，它们似乎就潜伏在道旁密林里。

真不该给您邮寄录音盘和黑石头，趁来得及毁了吧。如果到明天还没事，我会再写信，但愿能整理好书籍物品，带往伯瑞特波罗暂住。有时我真想什么都不带，就此一走了之，可内心深处某些东西阻止了我。我可以逃到伯瑞特波罗避难，但感觉仍同坐牢无异。我直觉地知道，即便抛下一切也逃不了多远。太可怕了，千万别卷进来。

您的埃克利

收到这封可怕的信，我彻夜未眠，担忧埃克利还余下几分理智。这封信全是疯话，但考虑到过去的种种事端，竟有种骇人的说服力。我没立刻回信是想给埃克利一点时间斟酌我的上封信——次日真等来了他的信，然而信中描述的新情况，使得我上封信的鼓励变得毫无用处。此信同样笔迹潦草、沾满墨点，明显是在慌乱仓促中写就，我也凭记忆尽可能引述如下：

星期三

威：

来信收悉，但讨论任何事都没意义了，我已彻底放弃。我的斗争意志所剩无几，即便抛下一切也逃不了多远。它们总会找到我。

昨天意外收到它们的信。我去伯瑞特波罗时，乡村邮递员把打印好的信给我，信上盖着贝洛斯福尔斯的邮戳，里面详述了对我的安排——不说也罢，您要当心！毁掉录音盘！这几天夜里阴云密布，月亮继续变亏，真希望自己有勇气求助，真希望困境能激发出全部勇气——但即便有人敢来，见不到证据也只会觉得我疯了。不，我不可能无缘无故请人过来，我好多年不与人来往了。

威尔玛斯，我还没说出最糟糕的发现，请做好心理准备，噩耗绝对能让您惊掉下巴，而我保证每个字都是真的——我亲眼看见并触摸到了它们的一员，至少是部分身躯。老天爷啊，不可想象！当然，它已经死了，今早上我在狗窝旁发现狗子弄死的尸体，便拖进柴棚，想保存下来做证据。但它短短几小时就蒸发了，什么都没剩下。你还记得吧？人们也只在大洪水后的早上目击到河里的浮尸。更可怕的是，我想拍照寄给你，底片上竟只能拍到柴棚。如此想来，怪物到底由什么构成呢？我能看见并触摸到它，它也能留下脚印，所以肯定有实体——可究竟是怎样的物质？怪物的形体难以描述，就像大螃蟹，粗壮强韧、布满触须的组织绕成金字塔形的肉环或肉瘤，占据了我们人类的头部位置。绿色黏液是它们的血浆或体液，它们正源源不断涌向地球。

沃尔特·布朗不见了，再看不到他在附近几个村镇经常出没的角落游荡。他肯定吃了我的枪子儿，那些怪物总会带走死者和伤员。

今天下午我居然畅通无阻地来到镇上，恐怕它们吃定了我，故而按兵不动。我在伯瑞特波罗邮局写下这封可能的诀别信——若我果真遇难，请告知犬子乔治·古迪纳夫·埃克利，他住在加州圣迭戈市喜悦路176号，但绝不要赶来探访。记住，一周后没我的消息就写信给他，注意报纸新闻。

但愿在怪物面前，我还有足够的意志亮出最后两张底牌：一是毒气（我搞到所需的化学品，还给自己和警犬制作了防毒面具），二是万不得已的话报警。他们尽可以将我关进疯人院，再不济也强过怪物的手段。或许能让警长留意房子周围的脚印，痕迹虽浅，但每天早上都能见到新的。当然，他们可能认为我造假，毕竟我在他们心目中素来是个怪人。

如此一想，最好请州警来家里过夜，亲眼见证一切——然而怪物得到消息或许故意不出洞，正如夜里只要我想打电话，电话线就被立刻切断。线路工觉得事有蹊跷，但说不定做证时会认为是我自己干的，反正我已有一个多星期没请他们来修理

线路了。

我还可以找周边愚昧的乡巴佬来证明恐怖事件，就怕大众嗤之以鼻，再说那帮破落户早就远远避开我的房子，对最新进展一无所知，不管用金钱诱惑还是动之以情，他们都不会接近我家周边一英里以内。邮递员听到他们怎样议论纷纷，还拿来取笑我——天啊！我哪敢戳破真相？本来可以让他瞧瞧奇怪的脚印，无奈他都是下午过来，脚印到那时业已消失，若我用盒子或锅子罩住，他势必又说我作假或恶搞。

我对当初的隐居选择真是追悔莫及！没人再与我来往，除开那帮愚昧的乡巴佬，我也找不到人展示黑石头和照片，或播放录音盘。他们或许会嘲笑我，把一切说成无聊的骗局，但照片是实实在在的。纵然相机捕捉不到怪物，它们留下的爪印却十分清晰。可惜啊，今早上的尸体没人见到就消失了！

我对未来一片迷茫。受过这些折磨，疯人院或许是个好归宿。医生可以拯救我，消除我对祖宅的执念。

近期没我的消息就写信给犬子乔治。再见。毁掉录音盘，千万别卷进来。

您的埃克利

坦白说，这封信让我陷入了最黑暗的恐慌，最终搜肠刮肚、语无伦次地拼凑了几句建议和鼓励，用挂号信寄出。我记得自己敦促埃克利立刻搬到伯瑞特波罗，寻求当局保护，我也会带着录音盘赶去向法庭证明他的精神状态。我好像还说，是时候提醒公众警惕潜伏在人群之中的异类了。紧要关头，我选择全盘相信埃克利，唯独将他没能拍到怪物尸体这点归结为忙中出错，而非某种超自然属性使然。

（五）

9 月 8 日星期六的下午又来了一封信。埃克利显然没收到我前言不搭后语的回复，在信中展现出异于往常的冷静。这封奇怪的信是用新打字机打的，旨在安抚并发出邀请，在上演一整出深山梦魇的戏码后，如此巨大的反差教人摸不着头脑。这封信我也凭自己引以为豪的记忆力在此完整引述——基于特殊原因，我还会尽力保留行文的语言风格。

信件盖着贝洛斯福尔斯的邮戳，署名跟正文一样是打印的——这是新手的风格，但奇特的是正文异常工整、无可挑剔。我只能推断埃克利很久以前用过打字机，譬如在大学。总体来说，这封信让我松了口气，但心底仍涌动着不安。就算埃克利直面恐惧时理智健全，解脱之后是否依然如此？信中提到“开展交流”……是什么意思？这封信与他此前的态度截然相反！以下为全文：

汤申德，佛蒙特州

1928年9月6日，星期四

亲爱的威尔玛斯：

很高兴知会足下，请安心放开敝人那些蠢事。“蠢事”是形容敝人的恐惧，而非信件描述的现象，现象本身真实而重要，错误的是敝人一以贯之的不当心态。

敝人理应提过，陌生访客已开始尝试交流与沟通，就在昨夜，与敝人实现了对话。为回应某些讯号，敝人允许外面的信使进入家门——有言在先，那信使是人类。他说出许多此前始料未及的事，原来吾等完全误判曲解了天外来客在这颗星球秘密维持殖民地的原因。

丑恶的传说提及彼等如何迫害人类、掠夺地球，其实都是交流时语义不通的幼稚误会，反映的是天差地别的文化背景和思维方式。在真相面前，敝人那些推测就跟无知的农夫或印第安蛮子的想法一样谬以千里，敝人认为病态、堕落、可耻的东西，实际上令人眼界大开、值得推崇，乃至无上光荣——敝人之前的态度，不过是人类对陌生事物本能的排斥、恐惧和回避罢了。

敝人最后悔的无过于在夜间冲突中伤害过这些不可思议的异族，要是打一开始就心平气和、通情达理地沟通该有多好！所幸彼等的情感构成与人类截然不同，不曾为此忌恨，其失策

之处仅是在佛蒙特州找到的人类代理太低级——比如已故的沃尔特·布朗——以致加深成见。事实上，外来的异族从未蓄意害人，反倒时常遭受人类的无情刺探和残酷攻击。心怀叵测之徒组成庞大隐秘的教团（以足下对神秘学的精通，定然明白与哈斯塔和黄色印符的紧密联系意味着什么），立志追踪天外来客，并为侍奉其他维度的邪恶力量而伤害它们。天外来客采取激进的防范措施只为抵御歹徒，而非针对普通人类。顺带一提，敝人获悉遗失的信件亦与天外来客无关，却正是邪恶异教干的好事。

天外来客只想跟人类和平共处、互不侵犯，深入开展智知交流。最后这条尤为必要，人类的科技日新月异，识见不断增长，天外来客珍视的据点很难继续隐匿，由是渴望更透彻地了解人类，跟哲学和科学方面的领军人物密切沟通，通过交换知识来化解危机，达成令双方满意的和谐共存。当然，彼等绝不会借此奴役或贬低人类。

为开展交流，天外来客理所当然指定敝人为其在地球的首席代表。敝人本就知晓部分内情，昨晚又听到许多惊人之事——种种恢宏壮阔的真相教人大开眼界——彼等更承诺会继续口头和文字传授。虽然敝人暂时无缘地外之旅，但通过特殊方式拥有超越感知的体验之后，或许便会成行。房子的包围将被立刻解除，一切恢复正常，狗子亦无须再忙活。敝人的恐惧业已烟消云散，取而代之的是只有极少数人享受过的知识恩赐和智力启迪。

根据目前的了解，天外来客或是全部时空乃至时空之外最了不起的有机体，其种族遍布寰宇，别的生命形态无法与之相提并论。若非要用人类术语描述物质结构，则彼等可谓植物性多于动物性，体内既有真菌般的构造，又存在叶绿素似的元素和非凡的营养系统，与真正的茎叶真菌不尽相同。更确切地说，构成彼等的物质不存在于人类已知的宇宙，其特殊的电子振动率在人类使用的普通胶片和感光板上无法成像，只能被肉眼捕捉。不过，只要充分掌握知识，称职的化学家还是可以调配出照相乳剂，留下影像记录的。

天外来客的独到之处在于可完整地穿越没有热量和空气的星际虚空，但其内部种群繁多，大部分尚需机械辅助或神奇的手术改造，少数方能像“佛蒙特变种”那样长出划破以太的翅膀。栖息于旧大陆世界屋脊的种群是以其他方式来地球的，外形更像动物，构造更为人类熟悉，其与佛蒙特山区的有翼族群平行演化，没有密切的亲缘关系。“佛蒙特变种”的演化优势不止于此，在脑容量超越所有生命的种族中，彼等还是最完善的一批，不但能运用通常的心灵感应，也有基础发声器官，经微手术开发（天外来客的外科手术水平极高，应用就像家常便饭）能大致模仿尚需用声音交流的生物的语言。

天外来客最近的聚落是太阳系边缘一颗几不发光的星球，作为第九大行星，它远在海王星之外，目前尚未被人类发现，但正如吾等推测，它便是远古禁书中暗示的神秘天体“约格斯星”。为开展智识交流，约格斯星的思维焦点在不远的将来会奇妙地对准地球，敝人敢断言，足够敏锐的天文学家在天外来客的指引下，可根据思想波发现那颗星球。不过约格斯星亦只是踏脚石，异族主要活动于结构离奇、人类完全无从揣测的深渊，吾等视为苍穹宇宙的时空连续体在彼等认知的永恒无垠中不过是沧海一粟，而无垠之中人脑能承受的部分即将对敝人敞开——人类诞生以来获此殊荣者还不到五十人，威尔玛斯！

足下现在可能将这番说明斥为诳语，但迟早会明白敝人撞上多大好运。敝人盼望与足下分享好运，为此必须说明数千件纸上说不清的事。虽然过去曾禁止探访，但现在风平浪静了，敝人很乐意收回警告，邀请足下莅临寒舍。

足下能否在开学前成行？敝人将受宠若惊。记得带上录音盘和敝人寄去的全部信件，借此拼凑精彩纷呈的前因后果。把照片也带上，最近受刺激太多，底片和副本已不慎失落。想想看，敝人将给那些晦涩暧昧的材料添加多少丰富的事实，透过怎样惊人的方式！

无须犹豫，敝人如今行动自由，此行不会有任何不如意的阻碍。但请独自前来，敝人的轿车会在伯瑞特波罗火车站等待——尽量待久一点，以便夜夜畅谈超乎人类想象之事。当然，这些事普罗大众不宜知晓，没法公之于世。

最好坐火车来伯瑞特波罗，足下可在波士顿查到时刻表，

先乘波缅铁路到格林菲尔德，然后换乘短程列车。建议选择标准时间下午 4 点 10 分从波士顿发车那一班，其将于 7 点 35 分抵达格林菲尔德，再换乘 9 点 19 分发车、10 点 01 分抵达伯瑞特波罗的短程列车。这是工作日的时刻安排。记得知会来访日期，以便安排轿车接站。

请原谅敝人用打字机写信。足下想必也注意到了，敝人最近手抖得厉害，难以长期伏案写作。昨天在伯瑞特波罗买到这台华冕打字机，用着还趁手。

静候佳音，切盼见面——勿忘带上录音盘、全部信件及照片。

翘首以待的

亨利·文.埃克利

致 阿尔伯特·N. 威尔玛斯 尊驾

密斯卡托尼克大学

阿卡姆，马萨诸塞州

我把这封奇怪且意外的信读了又读、想了又想，心情一言难尽。我说自己松了口气但心底仍涌动着不安，这并不能完全反映复杂的感受。整件事原本一脉相承笼罩着恐怖氛围，如今陡然反转，埃克利的情绪从惊惧交加转为镇定自若，甚至称得上欢欣雀跃，实在太突兀、太迅速、太彻底了！他星期三才留下疯狂的诀别信，短短一天之内就发生一百八十度大转弯，不管这一天揭露了怎样令人释怀的事实，这种转变都难以让我信服。自相矛盾的虚幻感令我心生疑惑，难道数月来透过书信演绎的奇遇大都只是谵妄狂想？然而录音盘实际存在，不免让人陷入更大的茫然。

针对这封完全出乎意料的信，我有两点最深刻的感受：其一，假设埃克利之前和现在都理智健全，其所处环境必有始料未及的突发状况；其二，埃克利的风格、态度乃至用语都与平常及预期中大不相同，其个性似乎经过诡秘的突变，前后判若两人，让我很难相信他能维持第一点提及的理智健全。这不只是措辞变化，以我对文字的学术敏感，能清楚察觉到他前后的书写习惯与语感节奏的巨大差异，可想而知，如此显著的反差背后意味着何等激烈的情感冲击与揭示！当然，这封信从某种角度看依然带有埃克利强烈的个人色彩，一如既往洋溢着探索的激情与旺盛的求知欲。我很难相信——甚至不敢相信——这封信是伪造或被调了包，信中的诚挚邀请以及让我亲自验证真相的意愿，不都证明了它的真实性吗？

星期六晚上我彻夜未眠，枯坐着苦苦思索信件背后的诸般隐情，一方面飞快回顾过去四个月纷呈迭至的疯狂概念，另一方面头痛欲裂地考察让人震惊的新消息。正如此前每次得知诡异进展时的心路历程一样，怀疑和确信交替滋长，直到东方欲白，蠢蠢欲动的好奇和兴趣才开始取代风暴般肆虐的迷惘与不安。不管埃克利疯了还是痴了，个性突变还是仅仅心态放宽，他终归在危机四伏的探索中突飞猛进地拓宽了视野，不但能克服危险——且不论危险是真实还是幻想——还开启了观察宇宙、获取超凡知识的新方法。我对未知的渴望不亚于他，癔症般的、冲破界限的贪念也在我心中燃烧。摆脱时空和自然法则无聊又蛮横的限制，与浩瀚的外部世界取得联系，接近深不可测的永夜深渊里的终极奥秘，如此壮举当然值得冒险！哪怕赌上生命、灵魂和理智！况且埃克利保证没有危险，他主动收回警告，力邀我前去畅谈。想到他可能透露的信息，我就心痒难耐——坐在不久前还被围攻的偏远农舍，与一位跟货真价实的外域信使交流过的先生畅谈，身边有恐怖的录音盘和记录早期推论的信件可供查阅，怎不教人大脑充血？

于是我在星期日上午晚些时候发电报给埃克利，声明如果方便，我同意在下星期三，也就是9月12日去伯瑞特波罗见他，但他建议的那班火车值得商榷。实话实说，我不想深夜穿越佛蒙特州阴森偏远的山区，于是致电火车站重拟安排。若赶早出发，我可乘标准时间早上8点07分的列车前往波士顿，赶上9点25分的波缅铁路列车，于中午12点22分抵达格林菲尔德，换乘短程列车后于下午1点08分抵达伯瑞特波罗——这远好过埃克利建议的晚上10点01分抵达的列车，之后再舒舒服服坐进他开来的轿车，一同驶入交通闭塞、风谲云诡的群山。

我将这番打算写进电报，傍晚前高兴地获悉未来的东道主对此表示赞同。回复电报如下：

非常妥当。星期三下午1点08分接站。勿忘录音盘、信

件和照片。行程保密，准备迎接伟大启示。

埃克利

若说前面那封信令人困惑，这份电报至少让我打消了对写信人身份的怀疑，因它是对我的直接回复，原电报须由汤申德电报站派人送到埃克利家，或至少经由修复的电话线。如此想来，我心中仿佛大石头落地，抛下了悄然滋生的怀疑，轻松感难以形容。当晚我睡得很香甜，并在接下来两天忙于出行准备。

（六）

我按计划于星期三出发，随身行李箱除简单日用品外塞满了研究资料，包括令人生畏的录音盘、照片和埃克利的全部来信。应他要求，我没对任何人透露去处，事态纵然出现了最可喜的转机，但仍须严格保密——想到能实际接触天外降临的异族，老练如我都有点不知所措，毫无准备、完全外行的普罗大众真不知会做何反应！

我在波士顿车站换乘时，恐惧和对冒险的期许于心中轮流占据上风，漫漫的西行之旅带我离开熟悉的区域，迎来陌生的风景：沃尔瑟姆—康科德—艾尔—菲奇堡—加德纳—阿瑟尔……

火车晚点七分钟抵达格林菲尔德，北上的短程列车也相应推迟。我匆忙换乘后，车厢沐浴着午后的日光，隆隆驶入只在书报上读到、但从未涉足的土地，莫名的窒息感油然而生。我从小生活在新英格兰充满工业化和都市气息的沿海和南部，即将进入的却是更保守、传统，与过去联系紧密的内陆。没有外国佬和工厂的黑烟，也没有广告牌和水泥马路，这里是现代文明尚未染指之地。奇特的生命在此根深蒂固、生生不息，鲜活而诡异的记忆源远流长，孕育出迷雾重重、玄奥难测、鲜为人知的诸般信仰。

湛蓝的康涅狄格河时而在骄阳下闪耀，列车在诺斯菲尔德过河后，前方浮现出郁郁葱葱的神秘山丘。从列车员那里，我得知列车已进入佛蒙特州境，他建议我将手表回调一小时，因北方山区并未采用最新的夏令时。我乖乖照办，感觉像回调了一个世纪。

列车一直在河边行驶，对岸是新罕布什尔州的万塔斯蒂奎特山，那里的陡坡同样汇聚了许多奇妙而古老的传说。接着左边出现街道，右边矗立着一座水中绿岛，人们起身往门口涌去，我也跟着一起。不久后，我已站在伯瑞特波罗火车站长长的月台棚下。

我扫视一排等待的汽车，正不知哪辆是埃克利的福特车，就被人认出。一个显然不是埃克利的家伙朝我走来并伸出手，细声细气地询问我是不是阿卡姆的阿尔伯特·N. 威尔玛斯先生。来人年纪尚轻，穿着入时，蓄了一抹黑色小胡子，跟照片里满嘴胡子、一头华发的埃克利毫无相似之处，举止更像城里人。他文质彬彬的声音带有一丝似曾相识乃至隐隐令人不安的熟悉感，我却想不起确切来源。

我一边定睛打量，一边听他解释自己是东道主埃克利的朋友，代替后者从汤申德过来接站。他声称埃克利突然哮喘发作，没法在户外长途奔波，好在病情不算严重，无须改变探访计划。我拿不准这位诺伊斯先生——他如此介绍自己——对埃克利的研究和发现了解多少，但就其若无其事的风格而论，多半是个局外人。鉴于埃克利是那样独来独往，能有随时愿意帮忙的朋友不免让人诧异，不过疑惑归疑惑，我仍应邀上了车。按埃克利信中描述，他的座驾是古旧的小轿车，我坐进的却是宽敞亮堂的新款轿车——车子是诺伊斯的，马萨诸塞州牌照上印有那年流行的搞笑图案“神圣鳕鱼”，我的向导似乎也只是夏季暂居汤申德。

诺伊斯坐进我身旁的司机位，立刻发动车子，所幸他并不健谈，莫名的紧张气氛使我不想说话。轿车飞速开上斜坡，右拐进入主街。夕阳下的小镇分外迷人，像童年记忆里的新英格兰老城一样打着盹儿，屋顶、尖顶、烟囱和砖墙错落有致的轮廓触动了隽永的思古情怀。穿过保存完好的时光积淀，我即将进入更加深奥、彻底未受打扰的领域，也只有在那种地方，离奇的古物才有机会存续与滋长。

轿车驶出伯瑞特波罗，拘束感与不祥的预感也油然而生。荒野里山丘林立，高耸葱郁但气势汹汹的花岗岩斜坡簇拥着包围过来，不知其中暗藏多少晦涩的秘密、多少不朽的存在。轿车一度沿宽广的河流行驶，河水不深，发源于北方的陌生群山，身旁的向导告诉我这就是西河，让我打了个寒战。原来这便是新闻报道的案例发生地，大洪水之后，就是这条河里漂浮着螃蟹般的病态生物。

景色越发原始和荒凉。历经沧桑的古旧廊桥森然可畏地矗立于山涧之上，半废弃的铁轨与河道并行，散发着淡淡的寂寞气息。高耸的悬崖在生机盎然的谷地两侧拔地而起，崖顶鳞次栉比的青葱草木下显露出原汁原味、朴实无华的新英格兰灰色花岗岩。湍急的溪流携来人迹罕至的万千峰峦上无从想象的奥妙，沿深谷奔向河流，道路不时分出狭窄小径，蜿蜒消失于茂盛的密林。数不尽的元素精灵或许就潜伏于参天古树之间，埃克利说他独自行驶在这条路上经受过诡异的骚扰，我现下无疑感同身受。

不过一小时，车子已来到古雅别致的小村纽芬。从这里开始，我们将告别人类征服和圈占的世界，抛下所有直观、明确并顺从时光变迁的事物，进入万籁俱寂的诡异秘境。狭窄的道路宛若缎带，蓄意或任性地在渺无人烟的苍翠山峰和荒蛮峡谷中上上下下、千回百转，除开引擎声和偶尔闪过车窗的农场的微弱嘈杂，我只听到暗含恶意的潺潺水声，那想必是幽暗密林中数不尽的隐秘源泉涌出的怪异暗流。

无数圆形的低矮山丘森然逼近，让人大气也不敢喘。它们比传闻和想象中更陡峭和突兀，跟平庸的外部世界判若云泥。人类从未涉足的密林生长在无法攀登的峭壁上，那可能就是不可思议的异族理想的栖息场所，山丘的轮廓好似也带有被岁月遗忘的奇特含义，仿若神话中的巨人族留下的巨型象形文字，而我们只能在罕有的深沉睡梦中方能与它们相见。古老的传说与亨利·埃克利寄来的信件、物品引发的一切骇人推测，从记忆深处齐齐涌出，紧张感与危机感随之水涨船高，此行目的及包含的可怕预设令我汗毛倒竖，几乎浇灭了探索奇闻怪事的热情。

向导想是察觉到我心神不宁，随着道路越发荒芜崎岖，车子被迫摇摇晃晃减速前行，他不再像之前偶尔才说一两句话缓和气氛，而开始滔滔不绝地发表演讲。他谈起乡间的美好和神秘，表现得颇为熟悉东道主的民间传说研究，从那些礼貌的讯问中显然能推断出他明白我为科研探索而来，随身携带着重要资料。不过，他或许没接触到埃克利最终涉及的某些深奥而可憎的领域。

诺伊斯先生是那样开朗、从容和文质彬彬，本该让我放松与安心，但说来也怪，我反倒愈加戒备起来。轿车转来转去，颠簸着驶入陌生蒙昧的山林，我有时觉得他在套话，测试我对此地的可怕秘密究竟掌握几分，而他每次开口，那种隐隐约约、难以捉摸又抓心挠肝的熟悉感就更为明显——那绝非合情合理的熟络，他和善而礼貌的嗓音甚至能让我联想到早已遗忘的噩梦，仿佛有什么让人立刻疯掉的回忆呼之欲出。说真的，倘有适当借口，我真想就此打道回府，无奈之下只好期盼尽快抵达目的地，与埃克利进行冷静的科学交流后重新振作。

出乎意料的是，我俩翻越的魔幻山岭逐渐呈现出宇宙洪荒之美，散发着抚慰人心的催眠魔力。时间在山林迷宫中迷失了自我，周围的花海宛若仙境，消逝的往昔美好于兹重现——年代久远的树林和毫无瑕疵的草场镶嵌着争艳盛放的秋日花朵，寥寥可数的棕色小农舍点缀于大树之间，后方矗立的峭壁遍布芬芳的石楠和青翠的野草。阳光也像被超自然滤镜滤过一般，整片土地弥漫着与众不同的特别氛围或空气，我只在某些意大利原初主义画作的背景中见过此等魔幻场面——索多玛和达·芬奇固然有类似构想，但只敢设定为远景，描摹在文艺复兴时期的教堂拱顶上，哪比得上我置身画面之中？这样的体验，似乎让我找到了某种与生俱来、薪火相传，却寻觅不得的东西。

轿车突然在陡坡顶部转过一个小弯，停了下来。我左手边是精心保养、紧邻道路的草坪，刷成白色的石头垒出边界，草坪尽头有一栋带阁楼的双层白色建筑，其尺寸和外观在当地罕见，并以一系列长廊或拱廊连接后方和右边的谷仓、畜棚、车棚及磨坊。此地与照片的对应关系很明显，我波澜不惊地发现道旁的马口铁邮箱刻着亨利·埃克利的名字。房子后面稍远处是树木稀少的平坦沼泽，更远处升起又一道陡峭山坡，坡上茂密的树林一直长到参差的峰顶——后来我得知此地位于半山腰，那山峰便是黑山主峰。

我正待下车取行李，诺伊斯却抢过来帮忙，提出由他先进去通报埃克利。他声称另有要事，一刻也不能多待，说完便沿路匆匆往房子走去，留我在原地伸伸腿脚，准备久坐长谈。来到埃克利信中描述得栩栩如生的恐怖围攻现场，戒备和紧张再次攀至顶点，接下来的讨论可能与禁忌的异星世界有关，教人怎不诚惶诚恐？

没错，近距离接触怪异极端的事物，恐惧总是多过兴奋，一想到无月之夜的惊怖与死亡过后，脚边这条尘土飞扬的道路总会出现古怪的痕迹和恶臭的绿色黏液，我更觉情绪低落。不经意间，我注意到埃克利的警犬统统不见了，莫非他刚与天外来客和解，就把狗全卖了？说实话，对最后那封风格突变的信中提到的“和平共处”，我的信心远不若埃克利那么强烈和发自肺腑。他毕竟为人单纯、涉世未深，新达成的合作是否涌动着深沉、险恶的暗流呢?

在这种念头引领下，我不由得垂低视线，检视灰尘扑扑的路面，搜寻可能的邪恶证据。过去几天相当干燥，附近虽没什么交通往来，坑洼不平、布满车辙的干道也留下了各种痕迹。我怀着一丝好奇勾勒起各种痕迹的轮廓，以此转移被这个地方及相关记忆唤出的恐惧——无论是周围墓园般的死寂，还是远处隐约的溪水声，乃至攒聚的苍翠群峰及被密林岩崖阻隔的天际线，都在争相勾起不悦的想象。

某种发现突然跃入眼帘，冲走了无限发散的幻想和朦胧暧昧的氛围。如前所述，我怀着一丝好奇勾勒起路上杂乱的痕迹，但霎时间，好奇就让位于触电般的鲜活惧意。尘土中的痕迹的确杂乱不堪，平时可能根本不会留意，然而我警醒的视线却在房前小路与干道交会处附近瞧出端倪，随即绝望而确凿地理解到其中的可怕含义。唉，埃克利把天外来客的“爪印”拍得那么细，我也不是白看那么久的，对丑恶的螯钳留下的痕迹再熟悉不过，无法辨别走向的特征更让我如坠冰窟。谁能接受这样令人毛骨悚然的事?但老天爷啊，错不了，真实客观的证据摆在眼前，至少三个渎神的痕迹是数小时前刚留下的，混在多得不正常的、从农场进进出出的模糊人类脚印间。*它们无疑不属于地球，而是约格斯星真菌怪物的恐怖足迹!*

我及时按捺住尖叫的冲动。说到底，既然认可埃克利信中所言，这些痕迹又有什么奇怪?他自称与怪物达成和解，对方前来拜访当是分内事。然而无论怎么宽慰自己，我也盖不住心中的惊恐，初次见到外域深空的活物留下的爪印，试问谁能无动于衷？诺伊斯出门朝我快步走来，我陡然意识到必须控制情绪，毕竟这位和善的朋友并不知道埃克利对禁忌刺探之深、研究之远。

诺伊斯匆忙解释说埃克利十分高兴并准备见我，怎奈哮喘病发如山倒，最近一两天恐怕招待不周。他每次发作总会引发高烧、乏力，眼下症状尚未完全消失，无法四处走动，也只能小声说话。他的双脚和脚踝肿得厉害，须得像痛风缠身的英国佬一样用裹脚布包扎起来，有鉴于此，今天我多半只能自己照顾自己。好在他交流的渴望依旧强烈，我可去前厅左边的书房找他，那房间拉上了卷帘，亦是为照顾他病中极其敏感、见不得阳光的眼睛。

诺伊斯道别后开车往北去了，我慢慢走向房子。房门为我留着，但进门前我始终在仔细扫视周围，寻找无形的不适感的来源。谷仓和畜棚看上去有条不紊、平凡无奇，破旧的福特车大剌剌地停在宽敞且未上锁的车棚里……我突然发觉不适感源于过分安静。按理说，农场总该有各种牲口，此地却毫无生命迹象。猪和鸡上哪儿去了？埃克利还说养了几头奶牛——当然，它们可能出去吃草，警犬也可能已转手卖掉，但无论如何不该一点声音都没有。

我在小径上并未踌躇太久，还是毅然下决心走进房子。然而房门一关，我却立时想要出去，倒不是说内部陈设有多险恶——恰恰相反，殖民地晚期风格的门廊品位独特、风格优雅，装修者的涵养高山仰止——真正让人排斥的是微妙难言的不和谐因素，可能是鼻孔微微捕捉到的怪味，即便我清楚地知道，最光鲜的农舍古宅也时常飘出霉臭。

（七）

我将含糊的疑虑抛诸脑后，按诺伊斯的指示推开左边那扇六镶板铜锁白门。门后如预想般一片漆黑，怪味甚至更浓，空气流动似乎带有亦幻亦真的微弱节拍或震颤。拉上的卷帘起初使我什么也看不清，直到带歉意的干咳抑或低语将我的注意力引向某个幽暗角落，注意到一张宽大的安乐椅。黑暗深处浮现出脸孔和双手的模糊白影，我立刻走过去问好——尽管光线昏暗，但这位努力打招呼的人就是发出邀请的东道主，我反复看过照片，不至于认错那张脸上饱经风霜的坚毅线条和修剪整齐的灰白胡须。

可我仔细打量时却感到哀伤和焦急，那张脸的主人显然病得很重。看着他一眨不眨的呆滞眼睛，僵硬呆板、了无生气的表情，我觉得问题不只哮喘这么简单，恐怖事件伴随的压力只怕已令他身心俱疲。贸然探究禁忌是生命无法承受之重，足以拖垮任何人，突如其来的解脱既蹊跷又来得太晚，无法挽回精神崩溃。此时此刻，他披着宽松睡袍，用一条明黄色兜帽或围巾将脑袋和脖子裹得严严实实，瘦弱的双手毫无气力、可怜兮兮地放在大腿上。

他想用刚才打招呼时那种咳嗽式的低语说话，一开始我根本听不清，因为他灰白的胡子盖住了嘴唇，音色中的杂质更让人备感困扰。然而我集中注意力后，竟出乎预料地顺利领会了意思，他的话不但毫无乡下口音，用语甚至比给我的书信更文雅。

“足下可是威尔玛斯先生？不克相迎，务请见谅。诺伊斯先生想必已知会足下，敝人当前沉疴缠身，偏偏按捺不住交流的渴望，上封信中所提之事，待明日身体好转便一一与足下详谈。老笔友相见真是可喜可贺，敢问材料可都带着？还有照片和录音盘？诺伊斯把行李箱放在大厅，足下应已瞧见。今晚足下恐怕只能自便，客房在楼上，就在这间房的头顶，楼梯间旁开着门的是浴室，这里右手边出去是餐厅，业已备好餐食，尽管享用。明天敝人便能好好尽地主之谊，眼下实在力不从心。

“请多多担待，把这里当成自家。提箱子上楼前，不妨先把信件、照片和录音盘留在桌上，以备后续讨论——瞧，留声机就在那个角落。

“不用，谢谢，不必担心，都是老毛病。足下如若有心，晚上上楼就寝前可回来跟敝人闲聊几句。敝人就在此休息，也许像平常一样一觉睡过整晚，明早就会好起来，足以共同研究那些必须研究的问题。足下想必已经明白，此事的本质有多惊人，吾等业已成为世上绝无仅有的少数幸运儿之一，即将跨越时空鸿沟，获得完全超出人类科学和哲学范畴的知识。

“足下可知爱因斯坦的谬误？某些物质和能量可以超越光速，只要获得恰当辅助，敝人亦能穿梭过去未来，目睹并感受已逝与将至的地球纪元。天外来客的科技水平难以想象，彼等能任意改造有机生命的心灵和身躯，而敝人渴望探访其他行星、恒星乃至星系，第一站就是约格斯星。那颗奇特的暗星位于太阳系最边缘，乃是异族完全殖民的世界中离地球最近的一个，虽然天文学家迄今尚未发现，但正如敝人信中所言，时机合适时，彼等将发射思想波指引人类，亦可能让人类盟友直接向科学家透露线索。

“约格斯星上有诸多巨城，巍峨的梯台高塔由黑石砌成，敝人试图寄出的石头就产自约格斯星。太阳在约格斯星比星光还暗，但天外来客起源于时空之外没有光线的黑暗宇宙，拥有更敏锐的感官，并不依赖于光，光线反倒会带来混淆、妨碍和伤害。弱者见到约格斯星无窗的楼厦和庙宇肯定会发疯，但敝人非去不可。其实那里亦有过别的种族，沥青黑河至今仍在神秘的巨桥下流淌，任何目击者若能理智健全地道出那幅景象，想必能成为新的但丁和爱伦坡——虽然天外来客从终极虚空中降临之前，该种族便已遭灭绝和遗忘。

“请记住，真菌花园和无窗巨城主宰的约格斯世界并不真正可怕，恐惧是偏见的产物，天外来客在久远的过去首度勘察地球时，或许也有类似感受。足下想必知道，时值伟大的克苏鲁纪元的鼎盛期，拉莱耶城尚未沉入波涛之下，而通过无人知晓的洞口——某些洞口就在佛蒙特山区——天外来客还去过地心，见到未知生命创建的伟大世界：昆扬蓝光世界、幽斯红光世界和黑暗无光的恩凯世界。恶毒的撒托古亚源于恩凯，它就是《奈克特断章》《死灵之书》和亚特兰蒂斯高等祭司克拉克阿什－顿整理的柯莫利姆神话中无定形或蟾蜍状的邪神。

“回头再谈罢，时候不早，已经四五点钟了。足下先取资料，吃点东西，说话才踏实。”

我慢慢转身，按主人的吩咐找到行李箱，取出他想要的东西放下，再上楼去客房。路边的爪印我记忆犹新，因此埃克利的低语带来了奇怪的影响，他暗示自己十分熟悉禁忌的约格斯，也就是真菌生命盘踞的诡异星球，教我浑身泛起鸡皮疙瘩。我当然同情友人的病痛，但不得不承认他沙哑的低语相当讨厌，他怎能如此扬扬自得地谈论约格斯星及其黑暗秘辛呢？

客房倒是装潢考究、相当舒适，既没有霉臭味，也没有教人心神不宁的震颤感。放好行李，我下楼跟埃克利打过招呼，便去享用他为我准备的餐食。餐厅就在书房隔壁，再过去是厨房，餐桌上摆满三明治、蛋糕和奶酪，配有杯碟的保温瓶说明主人没忘记热咖啡。然而我大快朵颐之后倒上满满一杯咖啡，却发现它拉低了整顿饭的高水准——隐隐从匙勺内尝到难以下咽的辛辣味，我便没喝下去。这期间埃克利安静地待在隔壁漆黑的书房，坐在那张大椅子里，我曾去邀他一起用餐，他却低声回答什么也吃不下，今天只能在睡前喝点麦芽乳。

我吃完后执意收拾碗碟，就着厨房水槽清洗，顺带倒掉喝不下的咖啡。随后我回到漆黑的书房，搬了把椅子挨着角落里的东道主坐下，等他开启话题。信件、照片和录音盘全放在中央宽大的书桌上，似乎暂时用不着，没多久，我甚至忽略了房间内的怪味和空气的微弱震颤。

我曾针对埃克利信中的部分内容做出声明，绝不会拿来引用或诉诸笔端——尤其是篇幅最长的第二封信——这种谨慎同样适用于我在阴森孤寂的群山中的漆黑房间听到的低语，或许程度更强烈。我甚至不敢暗示当晚沙哑的低语声呈现的恐怖宇宙。埃克利本就了解许多丑恶的事，而与天外来客和解后获得的知识超越了人类理智的承受范围，我至今也完全排斥他对终极无限和平行时空的看法，说什么宇宙原子的无尽链条组合成由曲线、角度、物质和半物质电子团定义的超宇宙，而已知宇宙在其中的位置相当可怖。

没有哪个正常人能如此危险地接近存在的本源，没有哪颗生物的大脑能超脱形态、力量和对称性，如此赤裸地窥探混沌中的绝对湮灭。从谈话中，我不但知晓了克苏鲁的由来和历史上半数新星昙花一现的原因，还根据甚至能让面前的讲述者欲言又止的线索，推测出麦哲伦星云和球状星云背后的秘密，以及包容天地的道家思想意图遮掩的黑色真理。朵尔的本性得到直白揭示，廷达罗斯猎犬的内涵显露无遗（但没说起来源），众蛇之父耶格的传说蜕去外皮，我更惊惧交加地了解到，《死灵之书》仁慈地以阿撒托斯之名包装的存在，实际上是角度空间之外巨大的混沌原子团。具象化的词汇扫开了遮掩污秽梦魇的迷雾，随之暴露的病态恶意不但令人目瞪口呆，亦令古代或中世纪的神秘主义者最大胆的猜测都相形见绌。我不可避免地想到，最初在地球上低声传播这些可恶传说的人定然接触过埃克利结识的天外来客，甚至造访过埃克利渴望造访的外域宇宙。

知晓黑石头的来龙去脉后，我不禁庆幸它没落到自己手上——我竟完全猜中了石头上象形文字的含义！——可埃克利的态度与我有天壤之别，他似乎心安理得地臣服于邂逅的邪恶体系，甘心并急切地探究无底深渊。不知寄出最后一封信后，他又跟什么样的存在交谈过？对方跟最初的信使一样尚属人类吗？我脑子里的弦绷得实在太紧，漆黑房间里挥之不去的怪味和阴险诡秘的震颤感更催生出五花八门的狂想。

夜幕正在降临，想起埃克利早些时候的信中描述的夜晚，加上今晚或许见不到月亮，我便汗毛倒竖。这栋房子的位置无法让人安心，它依偎于密林覆盖的山坡背风面的阴影之中，后头就是人迹罕至的黑山顶峰。我求得埃克利许可，点了一盏小油灯，调暗后放到远处书架上，紧挨幽灵般的弥尔顿半身像，但很快便后悔不迭——微弱的灯光让东道主没有表情的僵硬面孔和了无生气的双手看起来格外诡异、堪比尸体，他整个人似乎丧失了活动能力，偶尔才呆板地点下头。

经过今日的交流，我无法想象明天还能揭露什么更诡谲的秘密，却被告知未来的主题与前往约格斯星及更远处的旅程有关，我亦可能参与其中。星际旅行的消息令我大吃一惊，埃克利似乎觉得我慌乱的反应很有趣，脑袋剧烈摇晃起来。接着他温和地揭示了人类怎样进行看似不可能的星际旅行，并分享了成功案例——完整的人体的确无法穿越星际虚空，但天外来客精通外科手术、机械学、生物学和化学，有法子只搬运人脑，抛开依附的身躯。

通过叹为观止的技术手段，大脑可以被无伤摘除，同时维持其他器官继续运转。裸露致密的大脑会被装进由约格斯星开采的特殊金属铸造的圆筒内，浸入定期补充的液体，圆筒能隔绝以太，穿入的电极可将大脑意识与能重现人类三种机能——视觉、听觉和语言——的精密仪器相连。对那些有翼真菌生物来说，携带装有大脑的圆筒穿越太空轻而易举，来到它们占据的星球后，大量可调节的仪器会追加连接在筒装大脑上，经过简单调试即能完整重现感知和表达能力。这法子本质上是以机械模拟肉身，用来在时空连续体内外游历，好比把人类变成录音盘，拿到有唱机的地方播放，具有充分可行性——至少埃克利毫不担忧，他坚信此等壮举曾被多次实现！

说到这里，他首度抬起死气沉沉、了无生气的手，指向房间远端高高的架子。十二只陌生材质的金属圆筒在架上整齐地排成一排，高约一英尺，直径不到一英尺，每只圆筒的弧形正面都有呈等边三角分布的三个怪异接口，其中某只圆筒的两个接口连着背后两个怪模怪样的仪器——个中意味不言自明，我不禁像得了疟疾似的发起抖来。埃克利的手又示意近处堆满复杂仪器的角落，那里到处是导线和插头，某些仪器很像圆筒背后连着的那两个。

“威尔玛斯，这儿有针对四类生物的仪器。”埃克利低语道，“每类生物需重现三大机能，总共就是十二种仪器。与之对应，那上面摆的圆筒中亦存放有四类生物的大脑，包括三个人类、六个无法用本体穿越太空的真菌生物、两个海王星上的存在——天啊！真想让足下瞧瞧它们在家乡的模样！——最后一个来自银河系外一颗特别有趣的暗星的中心洞窟。圆丘内的主基地有更多圆筒和仪器，从外域的遥远边疆过来的超宇宙盟友和探险者的大脑，其感官超出吾等知晓范围，唯有特殊仪器能满足各种需求，既让彼等不受限制地感受和表达，又让不同的受众能明白和理解。总之，天外来客在各宇宙均设有重要基地，圆丘基地便是其中之一，堪称星际沟通之枢纽！敝人能接触到的亦只是最普通的类型罢了。

“来，把敝人指的那三台仪器搬到桌上，先是前方装有两个玻璃透镜的高大仪器，然后是带真空管和共鸣板的盒子，最后是顶端连着金属盘的。把‘b-67’标签的圆筒也拿过来，站到那把温莎椅上就能够到。沉吗？加油！请确定标签‘b-67’，千万别碰那只崭新锃亮、连着两台测试仪器的圆筒，它贴着敝人的名讳。把‘b-67’放到桌上那三台仪器旁，三台仪器的旋钮都拧到最左边。

“现在把透镜仪器的导线插入圆筒最上方的接口，对！真空管仪器插入左下方接口，圆盘仪器插入剩下的接口。将所有旋钮拧到最右边——先拧透镜仪器，然后圆盘仪器，最后真空管仪器。成了！好教足下知晓，圆筒里也是个人，与吾等一样。明天再让足下试试其他类型。”

时至今日，我也想不通自己为何会像奴隶一样唯命是从，并未质疑低语发令者的心智是否正常。经历过种种变故，我已准备好面对任何情况，但摆弄仪器的过程活像疯狂发明家或失智科学家的经典套路，勾起了前面那番离谱的谈话也未能引出的怀疑。埃克利的低语中暗示的信息突破了人类观念的底线，但仅因缺乏切实可靠的证据，就能一概斥为妄想和荒谬吗？

我还在晕头转向中梳理头绪，就听见刚接到圆筒上的三台仪器发出刮擦声和转动声，这阵混合的怪声很快又平复了。接下来会怎样？我会听到仪器说话吗？就算听到了，焉知不是附近隐藏的监视者用精巧的无线电装置在搞怪？事到如今，我仍不确信当时听到了什么或发生了什么，虽然确实发生过一些事。

简而言之，那台带真空管和共鸣板的仪器开始说话了，话中内容和流露的智慧表明说话者就在现场。仪器的声音洪亮而带有金属感，毫无生气且处处直白地透出机械味道，它没有抑扬顿挫也没有感情变化，遣词造句十分刺耳，但精准度无可挑剔。

“威尔玛斯先生，”那声音说，“希望没吓到您。我同您一样是人类，肉体被妥善安置于此地以东约一英里半的圆丘内部，由合适的维生系统照料，大脑则放在您面前的圆筒中。我与您同在，并能通过电子振动器观察、倾听和说话。一周之内，我将像以往无数次那样踏上穿越虚空的旅程，此次有幸与埃克利先生为伴。我希望您也能一同前往——我见过您的照片，久仰您的大名，一直密切关注着您与我们共同的朋友之间的通信。没错，我是天外来客的地球盟友之一，初遇它们是在喜马拉雅山，后来出于对我多方协助的回报，它们赐予我人类极其罕有的体验。

“不知您能否理解，我去过三十七个不同天体，包括行星、暗星及一些很难界定的星球，其中八个在银河系外，另有两个超出时空连续体的曲线边界。这些旅程中我毫发无损，因天外来客分离大脑和肉体的技术非常精巧又驾轻就熟，简单形容为手术堪称侮辱。顺带一提，取走大脑后剩下的肉体并不会衰老，而大脑本身指挥着各种机械设备，依靠偶尔更换的保存液提供的配比营养几乎能维持永生。

“总之，我由衷希望您能下定决心，和我及埃克利先生一同启程。天外来客非常重视您这等博学之士，乐意展示人类只在懵懂虚妄的梦境中才会见到的无尽深渊。与它们的最初接触您或许会不适应，但假以时日一定可以克服。或许诺伊斯先生也会同行——就是开车把您接来这里的先生，他多年前就是我们的一员了，您大概已听出，他的声音曾出现在埃克利先生寄给您的录音盘里。”

在我的极度震惊中，那声音停顿片刻才开始最后的总结。

“威尔玛斯先生，决定权在您。我只多嘴一句，像您这么热爱奇闻怪事和民间传说的学者，绝不该错过千载难逢的好机会。没什么好怕的，整个过程毫无痛苦，完全机械化的感官其乐无穷，而断开所有电极后，大脑只会陷入栩栩如生、历历如绘的沉睡梦境。

“好了，您不介意的话，咱们明天再谈。晚安，请将所有旋钮拧回左边，顺序无所谓，当然最好把带透镜那台留到最后。晚安，埃克利先生，好好款待客人！准备拧了吗？”

谈话到此结束。我木然地按要求拧转三个旋钮，恍恍惚惚又神思不属。埃克利低声说把仪器留在桌上就好，并未解释刚才的事——大脑已是超负荷运转的我也听不进什么解释。他让我把灯带回客房使用，看来是希望独自留在黑暗中。我想他确实需要休息，精力充沛的健康人也扛不住下午和晚上的连续谈话，于是我忍着头晕道过晚安，以油灯照明上楼，浑然忘记兜里揣着方便的袖珍手电筒。

离开怪味弥漫且隐约带有震颤感的底楼书房让我暂且松了口气，但想到周边环境及刚接触的神秘势力，恐惧、戒备与排斥交织成的惊悚氛围始终挥之不去。偏僻荒凉的山区，后方不远处密林覆盖的神秘山坡，路上的脚印，枯坐不动、重病缠身的暗夜低语者，噩梦般的圆筒和仪器，诡异手术和诡异旅行的邀约——接踵而来的一切是那么陌生和突兀，它们消磨着我的意志，掏空了我的体力。

向导诺伊斯就是录音盘里巫魔之夜仪式的人类主持，尽管我已从话音中察觉到一丝隐约且不祥的熟悉感，仍不免大为惊骇；我吃惊的还有对东道主埃克利的观感转变，过去我本能地亲近书信背后的他，而今见面后他却让我莫名地厌恶。他的病情本应唤起怜悯，但实际恰恰相反——他太僵硬、呆滞，如同死尸，活人哪能喋喋不休地发出那种可憎的低语？

我忽然意识到自己从未听过类似的低语。埃克利被胡子盖住的嘴唇古怪地一动不动，声音却饱含力度，哪怕隔着整个房间也听得见，根本不像呼哧喘息的哮喘病人。有一两次，微弱却有穿透力的低语似乎摆脱了抑制，其中毫无病态——细细想来，打一开始我就心存疑惑，不知埃克利为何要故意抑制音色，那种隐约且不祥的熟悉感竟与诺伊斯有几分神似。

虽然还弄不清熟悉感的源头和成因，但我确信明天就得离开，绝不能多待一晚。恐惧和憎恶完全淹没了科学热情，我只盼逃出病态和异常的揭示织成的罗网。我知道的够多了，宇宙间的联系的确可能存在，凡人却不该蹚这趟浑水。

令人窒息的亵渎气氛压迫着各种感官，入睡断无可能。于是我熄了灯，半件衣服也没脱，右手攥着防身的左轮手枪，左手攥着袖珍手电筒，就这样可笑地躺到床上，准备应付未知的紧急情况。楼下鸦雀无声，可以想见，东道主如死尸一般继续枯坐在黑暗之中。

某处传来平凡却让人感激涕零的时钟嘀嗒声，同时又提醒着我这里的另一桩诡异特征：没有任何动物。白天我只知没有家畜，如今连夜行生物或昆虫的聒噪也付之阙如，除开遥不可见的溪流的呢喃水声，这片土地死寂得如同星际深空，仿佛感染了外星的无形瘟疫。古老传说中，狗和其他野兽都憎恨天外来客，道路上的痕迹究竟意味着什么呢？

（八）

不要追问我迷迷糊糊睡了多久，也不用探究接下来的发展有多少纯属噩梦。若我说出半夜醒来的实际见闻，你们肯定觉得我还在做梦，只有最后的经历是真的——也就是夺门而出，跌跌撞撞闯进停放老福特车的车棚，驾驶那辆老古董疯狂而盲目地驶向鬼影幢幢的山区，在森林迷宫里颠沛流离好几个小时，终于逃到汤申德村。

不，你们肯定也不相信我前文讲述的内容。你们会认为照片、录音盘、圆筒和发声仪器等证物全是失踪的亨利·埃克利自导自演的骗局（比如箱子是他自己从基恩火车站取走），乃至指控他伙同其他怪人实施这无聊的骗局（比如邀约诺伊斯制作吓人的录音）。怪就怪在诺伊斯的身份至今存疑，他显然常在埃克利的住所周边活动，临近的村庄却没人认识这号人物。我真希望自己记得他的车牌——但也许没记住更好，谁知道呢？尽管你们不相信，尽管我有时也说服不了自己，但可憎的天外来客毕竟潜伏于人迹罕至的山区，并在人类世界大肆安插我余生避之唯恐不及的间谍和密探。

我的荒唐故事引得警长带队前往宅子搜查。埃克利人间蒸发了，书房角落的安乐椅旁堆着宽松睡袍、黄围巾和裹脚布，他是否穿走其他衣服不得而知。农场确实没有狗和家畜，住宅的外墙和部分内墙上留着奇怪的弹孔，但别无异状，并未发现圆筒、仪器或我装入行李箱带来的证物，怪味、震颤感、路上的脚印及我最后瞥见的怪东西更是荡然无存。

然而事后我在伯瑞特波罗待了一周，向任何可能认识埃克利的人打听，最终确定整件事不是做梦也不是幻觉。埃克利真的反常地大肆购买过警犬、弹药和化学品，他家电话线被切断也有案可查，而所有人——包括他远在加州的儿子——都认为他零星提起的怪异研究具有延续性。体面的镇民认为他疯了，不假思索地宣布所谓证据全是捏造的恶作剧，兴许还有别的怪人帮忙，但粗鄙的乡巴佬认可他陈述的所有细节——他给某些人看过照片和黑石头，播放过可怕的录音盘，他们都说照片上的脚印和录音盘里的嗡嗡声完全符合古老传说的描述。

农夫们说，自从埃克利发现黑石头，他家周围的怪影和怪声就显著增多，到头来除了邮递员和个别胆大包天的家伙没人敢靠近。黑山和圆丘原本就闹鬼，我问过的人谁也不曾深入探索，此外还有件事得到证实，本地的确偶有失踪人口，包括埃克利信中提到的无业游民沃尔特·布朗。我甚至找到一个自认在西河涨水时目睹怪尸的农夫，可惜他的说辞颠三倒四，不足为据。

我离开伯瑞特波罗时决心永远告别佛蒙特州，并坚信自己不会变卦。那片荒山中有可怕的宇宙种族的前哨站，当我从报上得知人们在海王星以外观测到第九颗行星，对此更深信不疑。对方不是宣称会让人类观测到它吗？天文学家自信满满而过于贴切地将那颗永夜笼罩的星球命名为“冥王星”，而我琢磨着约格斯星的恐怖居民暴露根据地的时机，不禁冷汗涔涔，只能徒劳地安慰自己，目前还看不出那些魔鬼危害地球和地球居民的新举措。

罢了，还是把埃克利农场的恐怖夜晚讲完吧。如前所述，我迷迷糊糊打起盹来，断断续续做了许多噩梦，支离破碎的梦境里全是怪诞风景，后来不知怎的就醒了，醒的正是时候。一团混乱中，我的头一个印象是客房外的过道地板响起鬼祟的咯吱声，有谁在小心、笨拙地摆弄门锁，但几乎立刻就停了下来，然后我清楚地听见楼下书房的交谈声。说话的不止一个，好像起了争执。

我只听了几秒便彻底清醒过来，任谁听到那种古怪的交谈也不可能睡得安稳。对听过那张该死的录音盘的人来说，至少能辨出其中两个声音是天外来客与人类交流时的亵渎嗡嗡声——恐怖的念头霎时涌入脑海，我明白自己正与无可名状的深渊生物身处同一屋檐下！那两个声音的音高、音重和语速存在差异，但绝对出自同一个可憎物种。

第三个机械般的声音无疑是筒装大脑连接仪器后发出的，特征跟嗡嗡声一样明显，由刮擦和转动混合而成，洪亮、呆板、带有金属感，缺乏语调和感情，但精准度无可挑剔，自昨晚听过以后便令我难以忘怀。我一开始怀疑发出这刺耳声音的是昨晚跟我对话的家伙，转念又想到只要连接同一台发声仪器，所有大脑都会发出同样的声音，区别仅在于语言、语速、节奏和音标而已。

雪上加霜的是，交谈中竟还有两个货真价实的人类——一个粗鲁的乡巴佬我没印象，但另一个圆润的波士顿口音显然就是先前的向导诺伊斯。

我拼命想听清楼下在说什么，无奈厚实楼板的隔音效果好到令人沮丧，另一方面，我听出下面另有许多窸窸窣窣的骚动，似乎挤满了活物，远不止交谈那几个。用“窸窸窣窣”形容过于笼统，但我实在找不到可供比喻的参照，那些东西仿佛有意识一般在房间里挪动，着地时像是某种硬面——例如不平整的兽角或硬橡胶——与地板的松垮撞击。打个更具体但仍不准确的比方，仿佛有人穿着没系紧的粗糙木屐在抛光木地板上蹒跚漫步。至于始作俑者究竟是什么东西、长什么样，我想都不愿去想。

没多久，我发现自己根本不可能听清连续对话，只能听出只言片语——尤其从那台发声仪器的声音里——其中包括埃克利和我的名字。由于缺乏上下文，我很难推断具体含义，如今更不敢妄加揣测，它们对我的可怕影响源于暗示而非直白的揭露。无论如何，我确定楼下正召开诡异的秘密会议，不知在商讨什么惊人议题，尽管埃克利保证过天外来客的友善，可那种邪恶歹毒、亵渎神明的气氛是确凿无疑的。

经过耐心倾听，虽听不清对话，但我渐渐能区分不同的发言者，捕捉到各种情绪。比如嗡嗡声之一带有毋庸置疑的权威性，发声仪器的声音尽管被机械塑造得洪亮又精准，却透出屈从的附庸地位，诺伊斯的语气则似有调解意味。其他许多声音我弄不明白，但其中没有埃克利熟悉的低语，当然那种低语也无法穿透厚实的楼板。

以下是我努力记录的杂乱词汇和响动，并尽可能标出发言者。我最先听出的词汇来自那台仪器：

（发声仪器）

“……我自作自受……送回录音盘和信……了结……接纳……见证和倾听……该死……不可抗力……锃亮的新圆筒……上帝啊……”

（嗡嗡声之一）

“……吾等耽误的时间……渺小的人类……埃克利……脑……说……”

（嗡嗡声之二）

“……奈亚拉托提普……威尔玛斯……录音盘和信……拙劣骗局……”

（诺伊斯）

“……（一个难以发音的名词或名讳，可能是‘以诺斯－库苏恩’）……无害……和平……几个星期……戏剧性……跟您说过……”

（嗡嗡声之一）

“……没理由……原计划……影响……诺伊斯盯住……圆丘……新圆筒……诺伊斯的车……”

（诺伊斯）

“……好……遵从您……在下面……休息……地方……”

（若干声音同时说话，无法分辨）

（许多脚步声，包括无法形容的窸窣挪动声或撞击声）

（古怪的扑翅声）

（一辆汽车发动、远去）

（归于寂静）

我竖起耳朵听到的大体如此。魍魉群山中的阴森农庄里，我直挺挺地躺在二楼的陌生床榻上，半件衣服也没脱，右手攥着左轮手枪，左手攥着袖珍手电筒。如前所述，当时我已彻底清醒，但那些声音消散之后很久，莫名的麻痹仍令我动弹不得。楼下某处，古旧的康涅狄克木钟发出不急不缓的嘀嗒声，我还慢慢听出不太规律的鼾声。诡异的会议结束后，埃克利终于睡着了，他确实需要休息。

接下来该怎么打算、怎样行动？说到底，我听到的与先前了解的又有什么不同？我不是早就知道不可名状的天外来客能自由进出这栋宅子吗？毫无疑问，埃克利没料到它们突然造访。然而谈话中的只言片语让我生出彻骨的寒意，激起了丑陋而荒诞的疑虑，让我殷切期盼能苏醒过来，证明一切不过是南柯一梦。我的潜意识肯定注意到了主观上忽略的线索。埃克利？他不是我的朋友吗？倘若谁想伤害我，他不是该保护我吗？楼下平和的鼾声仿佛在嘲笑我突如其来的强烈恐惧。

有没可能埃克利被它们利用，引诱我携带信件、照片和录音盘来到群山之中？有没可能怪物们认定我和他知道得太多，干脆统统抹消？我又想起埃克利最后两封信之间突兀而反常的转变，直觉告诉我其中大有文章，和表面看上去不一样。辛辣得被我倒掉的咖啡——是不是暗藏的未知存在下了药？我必须立刻找埃克利谈谈，让他重新审视局面，抛下揭示宇宙真理的诱人允诺，倾听理性的声音。在一切无可挽回之前，我俩必须逃离此地，若他实在缺乏争取自由的勇气，我会推上一把——推不动我自己也得逃！他会把福特车借给我的，事后留在伯瑞特波罗的车库就好。他一定认为危险已经过去，那辆福特车就扔在没上锁的车棚里，随时可以上路。我在晚间谈话前后对他产生的反感业已烟消云散，我相信彼此处境相似，应该同舟共济。半夜弄醒病体未愈的东道主不太合适，但事急从权，在这个节骨眼上，绝不能坐待天明。

我终于能动了，立刻使劲舒展身体，夺回对肌肉的控制，接着小心翼翼起床戴好帽子，拎上行李箱，借助手电筒的照明下楼。我的动作带有发自内心的谨慎，右手一直攥着手枪，左手同时抓住行李箱和手电筒，也不知在紧张什么，毕竟只是去唤醒这栋房子的唯一主人。

我蹑手蹑脚走下嘎吱作响的楼梯，来到底楼大厅，清晰的鼾声从左手边尚未去过的起居室传来，此前偷听的谈话发生在右手边敞开的漆黑书房里。我推开起居室没上锁的门，用手电筒照向鼾声的来源，看到熟睡的脸孔——下一秒便急忙转开光柱，像猫一样无声无息地退回前厅。这回的谨慎不但发自内心更是出于理性，因躺在沙发里熟睡的根本不是埃克利，却是先前的向导诺伊斯！

到底怎么回事？常识告诉我，最安全的做法是在不惊动任何人的前提下查明原委。回到前厅，我悄悄关闭并闩上起居室的门，避免吵醒诺伊斯，再悄悄进入漆黑的书房。无论埃克利睡着还是醒着，应该还待在角落里的大椅子上，那显然是他最喜欢的休憩处。我缓步前行，手电筒光柱照亮了中央大桌，桌上摆着连接了视觉仪器和听觉仪器的可怕圆筒，还有台发声仪器伫立在旁边，随时可以连接。我断定那只圆筒里的大脑曾在此前的恐怖会议中发言，一瞬间不禁产生邪恶的冲动，想替它连上发声仪器，听听会说什么。

它肯定发现我了，视觉仪器不会错过手电筒光柱，听觉仪器也不会错过脚踩地板的轻微咯吱声，而我不经意间注意到崭新锃亮的圆筒外壁贴着埃克利的名字，正是前半夜摆在架子上且埃克利要我千万别碰的那只圆筒。现在看来，我后悔自己畏首畏尾，不敢放手一搏，要能听听筒装大脑的声音就好了，天知道它能解开多少可怕的谜题，澄清关于身份的疑惑！但从另一方面讲，这或许又是个仁慈的决定。

我把手电筒从书桌转向角落，以为会见到睡着或醒着的埃克利，却困惑地发现宽大的安乐椅上空无一人，熟悉的宽松旧睡袍从椅面垂到地上，旁边摊着黄围巾和之前就令人生疑的大堆裹脚布。这让我踟蹰难定，埃克利会去哪儿？他为何突然脱下必要的防护？房间里的怪味与震颤感也消失了——我突然灵光一闪地意识到它们始终伴随着埃克利，以他的椅子附近最强烈，其他房间则完全没有，哪怕出了书房门都感受不到。我呆站在原地，用手电筒漫无目的地扫视漆黑的书房，苦苦思索此种变化的前因后果。

上帝啊，我真该在光柱再次落到空椅子之前就安静地离开——我最终还是离开了，但算不得安静，捂嘴发出的惊叫肯定传到了前厅对面的起居室，幸好没惊醒熟睡的看守。在这片蛮荒的乡野，与世隔绝的葱郁山丘和呢喃诅咒的潺潺溪流之间，汇聚了跨越宇宙的恐怖，而我逃出黑林子覆盖的闹鬼山峰下方、病态到令人窒息的埃克利农场之前，最后听到的是自己的尖叫和诺伊斯并未中断的鼾声。

我没在慌乱中丢弃手电筒、行李箱和左轮手枪，这点堪称奇迹，也可能根本顾不得丢。我迅速退出书房和农庄，再没弄出半点声音，刚把东西扔上车棚里的福特车，便立刻发动那辆老古董驶进黑咕隆咚的无月之夜，逃往未知的安全地点。接下来的行程仿如爱伦坡或兰波的疯癫文章，又像多雷的狂野画作，直至抵达汤申德村。现在一切都结束了，我庆幸自己依然理智健全，却免不了时时提心吊胆，尤其当人类离奇地发现了冥王星之后。

唉，在书房的时候，手电筒光柱再次落到空无一人的安乐椅上——我这才注意到椅子上还有些东西，摊开的睡袍使它们不太显眼，而后警方前来调查时，那三件东西又不见了踪影。有言在先，它们称不上多恐怖，恐怖的是引发的联想。其实到现在我也将信将疑，甚至觉得怀疑论者的看法颇有可取之处，一切不过是做梦，是神经紧张的错觉。

那三件无比精细的东西配有灵巧的金属夹，至于能夹在什么上面，我着实不敢去想。我希望——由衷地希望——它们是艺术大师的蜡制品，尽管内心深处的恐惧告诉我并非如此。全能的上帝啊！散发怪味、带来震颤感的暗夜低语者！巫师，信使，换生灵，天外来客……刻意压抑的恐怖嗡嗡声……一直装在架上崭新锃亮的圆筒里……可怜的家伙……“它们精通外科手术、机械学、生物学和化学”……

那三件安乐椅上的东西，惟妙惟肖到与原物如出一辙——很可能就是原物——乃是亨利·文特沃斯·埃克利的面孔和双手。

H.P. 洛夫克拉夫特 著

图书在版编目（CIP）数据

克苏鲁神话．4，土墩 /（美）H.P. 洛夫克拉夫特著 ；屈畅，赵琳译．-- 北京 ：中国友谊出版公司，2025. 9.

ISBN 978-7-5057-6101-8

Ⅰ．I712.73

中国国家版本馆 CIP 数据核字第 2025XK8012 号

书名 **克苏鲁神话．4，土墩**

作者 〔美〕H.P. 洛夫克拉夫特

译者 屈　畅　赵　琳

出版 中国友谊出版公司

发行 中国友谊出版公司

经销 新华书店

印刷 三河市嘉科万达彩色印刷有限公司

规格 880 毫米 ×1230 毫米　32 开

9.5 印张　191 千字

版次 2025 年 9 月第 1 版

印次 2025 年 9 月第 1 次印刷

书号 ISBN 978-7-5057-6101-8

定价 58.00 元

地址 北京市朝阳区西坝河南里 17 号楼

邮编 100028

电话 （010）64678009

它只有少许体毛的白色胸膛上刻着或烙着一行字

——虽然我没停下细看，

但一望即知是粗糙蹩脚的西班牙文。

既不熟悉地表文法也不常用罗马字母的古族，

设法在题词中混入了一丝嘲讽，

大意可译为：

“在泂烾意志之下由无头尸缇拉－玥布捕获。”

———

CTHULHU

MYTHOS

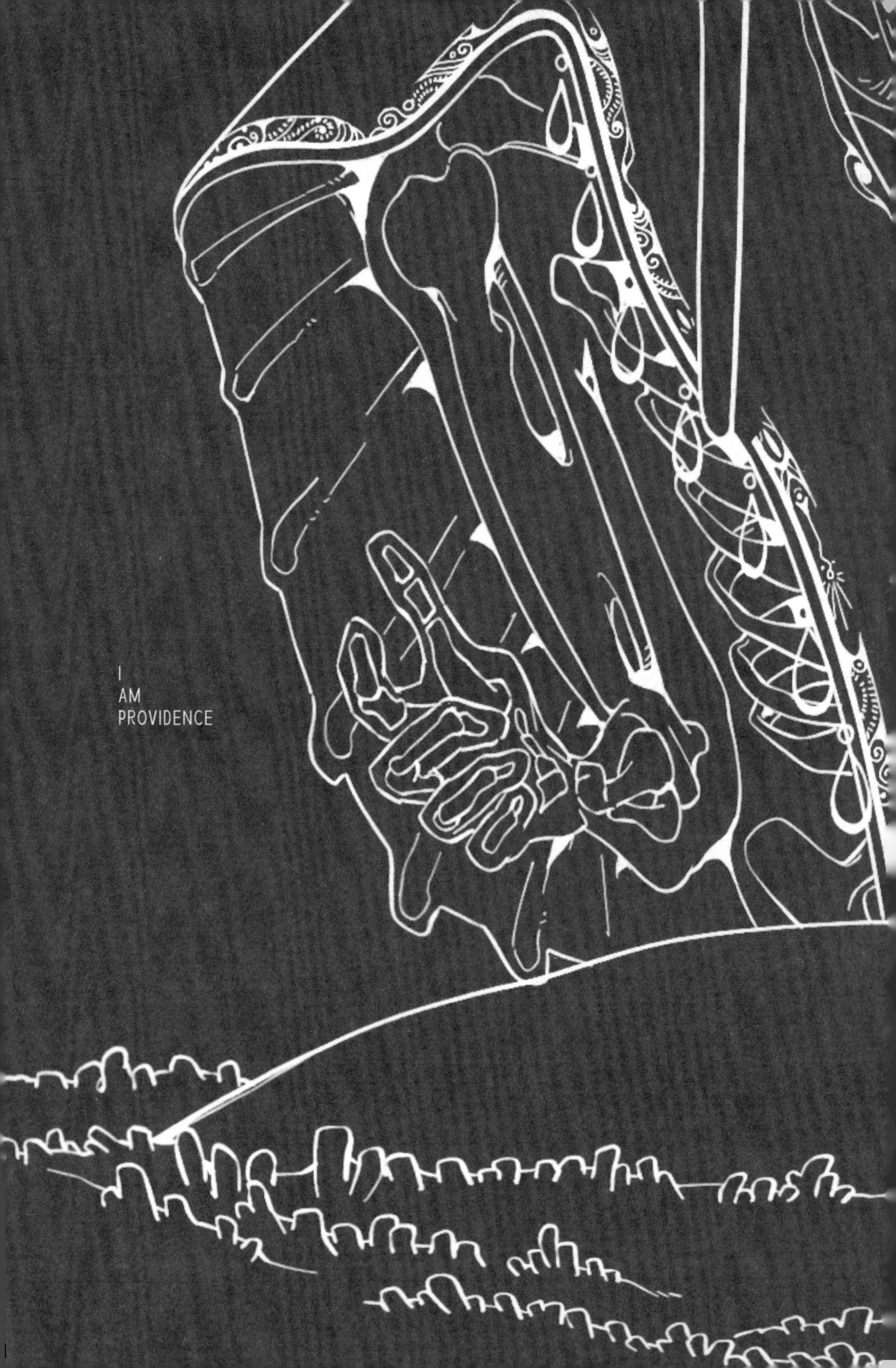
I
AM
PROVIDENCE